SUSANA RUBIO (Cambrils, 1975) es licenciada en Pedagogía por la Universidad Rovira i Virgili de Tarragona. A pesar de tener su propia consulta, nunca deja de escribir en sus ratos libres: no le importa dónde ni cuándo, solo necesita sus auriculares con música a todo volumen para teclear en el ordenador sin parar. Lo que desde siempre le había apasionado se convirtió en algo más cuando decidió autopublicarse y sus libros se posicionaron rápidamente entre los más vendidos. Con miles de lectores enganchados a sus historias, Susana Rubio dio el salto a las librerías con la saga Alexia; *Tengo un whatsapp*; la bilogía *Todas mis amigas* y *Todos mis amigos*; la saga En Roma (*Arrivederci, amor*; *Ciao, bonita*; y *Buonasera, princesa*); y la bilogía LoveInApp, compuesta por *Vera y su mundo* y *Nuestro pequeño universo*. Recientemente ha publicado la bilogía Las hermanas Luna, compuesta por *Un cielo lleno de nubes* y *Un cielo lleno de estrellas*, y *Un te quiero a destiempo*.

Papel certificado por el Forest Stewardship Council®

MIXTO
Papel | Apoyando la silvicultura responsable
FSC® C117695

Penguin Random House Grupo Editorial

Primera edición en B de Bolsillo: junio de 2024

Travessera de Gràcia, 47-49. 08021 Barcelona
Diseño de la cubierta: Penguin Random House Grupo Editorial / Judith Sendra
Imagen de la cubierta: © Vanessa Borrell, alias Lady Desidia

Printed in Spain – Impreso en España

ISBN: 978-84-1314-888-5
Depósito legal: B-7.918-2024

Compuesto en Compaginem Llibres, S. L.

Impreso en Liberdúplex, S.L.U.
Sant Llorenç d'Hortons (Barcelona)

BB 4 8 8 8 5

Un cielo lleno de nubes

SUSANA RUBIO

A todos los escritores que me han
enriquecido e inspirado

1

MI CASITA DE MADERA

Xenia

Imagina que abres la puerta de tu casa, que es de cristal y madera, y solo oyes el canto de los pájaros. De esa casa salen dos perros preciosos que te miran con ganas de salir a correr. Andas un par de pasos y te encuentras un sendero que cruza un pequeño puente de madera en el que tu hermana pequeña ha colocado algunas calabazas porque, según ella, a nuestro bosque le falta color. Miras hacia arriba y ves árboles, muchos e inmensos, todos verdes y perfectos. Y, entonces, te das la vuelta y ves vuestra bonita casa, con el techo de madera y unas ventanas sin cortinas, porque tu madre decía que así le daba la sensación de que vuestro pequeño hogar molestaba menos.

—¿Molestar a quién? —Siempre le preguntaba lo mismo porque vivimos en medio de la nada. La ciudad más cercana está a diez kilómetros y nuestro pueblo está a cinco minutos en coche.

—Xenia, cariño, podemos molestar a la madre naturaleza...

—Pero ¿no eres tú mi mamá? —le pregunté con solo cinco años.

—Claro que sí, pero me refiero a que estamos aquí en medio de los árboles y de los animalillos y a que queremos molestar lo menos posible.

—¿Se enfadan?

Mi madre soltó aquella risilla aguda que tengo tan bien grabada aún en mi cabeza.

—No, les gusta que estemos aquí, siempre y cuando los respetemos.

—Y las cortinas no les gustan.

—A mí me parece que, si nos ven a través de los cristales, pueden saber que aquí dentro hay tres niñas preciosas que se portan muy bien.

—¿Y Martina?

Toqué la barriga de mi madre sabiendo que mi hermana venía en camino.

—Martina será igual de especial que vosotras tres...

A veces intento recordar más cosas de esa u otras conversaciones con ella, pero se baja el telón en mi mente y no consigo ver más. Otras veces me pregunto si esos recuerdos y esas charlas con ella no me las he ido inventando con los años. Porque los recuerdos son frágiles y el tiempo los va difuminando. Odio esa sensación de no estar segura de si lo que recuerdo es cierto al cien por cien, pero imagino que eso le ocurre a todo el mundo, o eso dice mi mejor amiga.

—Xenia, ¿dónde estás?

—¿Eh? Estaba pensando.

Ella es Gadea, mi mejor amiga desde el instituto. Ha venido a verme a la tienda en la que estoy trabajando desde que terminé la ESO, de eso hace ya cuatro años.

—¿Soñando con Hawke?

—¿Cómo lo sabes?

Nos reímos las dos porque estamos obsesionadas con estos libros. Los leemos juntas, cada una el suyo, por supuesto, porque no les dejamos nuestras joyas a nadie (ni a mis hermanas) y los vamos comentando con urgencia, como si nos fuera la vida en ello. Siempre quedamos en el bar del pueblo, que solo hay uno aunque es bastante grande, y allí buscamos una mesa apartada y nos pasamos las horas charlando del libro mientras tomamos una cerveza o un batido de chocolate, la especialidad de la casa.

—Cóbrame, niña —me pide María, una señora de unos ochenta años que siempre viene en pijama.

—Claro, María. Serán trece euros.

—Trece, qué bonita rima —susurra Gadea.

La miro y me aguanto la risa. Cuando quiere, es muy idiota. Ambas miramos a María cuando sale de la tienda.

—Tía, cuando sea mayor, quiero ser como ella. Que me la sude todo.

—Mirándolo bien... ¿qué diferencia hay entre un pijama y unos pantalones y una camiseta de verano?

Gadea me observa achicando los ojos.

—En su caso, hay diferencia. Lleva esos lacitos que la delatan. Pero lo entiendo, ¿para qué se va a vestir para cinco minutos? Somos esclavos de esta sociedad que tiene unas normas absurdas. Ropa de día, ropa de noche, ropa de tarde, ropa de montaña, ropa de vete a tomar por culo.

Estallamos en risas. Gadea me encanta y, en algunas ocasiones, me recuerda mucho a mi hermana pequeña, a Martina. Las dos suelen ponerse en plan filosófico cuando menos te lo esperas. Quizá por eso no la aparté de mi lado cuando vino a preguntarme dónde estaba su clase. Gadea vivía en San Sebastián, pero a su padre lo trasladaron en el trabajo y acabaron en este pequeño pueblo. Ella está encantada de la vida aquí, porque es muy extrovertida y tiene una facilidad innata para hacer amigos, todo lo contario a mí.

A mí no me gusta la gente y es algo contra lo que tengo que luchar, soy muy consciente. Me diagnosticaron un leve TEA, concretamente un leve autismo, cuando tenía once años y entonces entendimos mi rigidez en las rutinas, mis dificultades para hacer amigos y por qué era tan selectiva con la comida. Recuerdo que a mis diez años mi padre se hartó de mis quejas con la comida y me obligó a engullir ese plato sí o sí. Estuve un día entero sin probar bocado, me negué en rotundo. Al final, mi madre cedió y, mirándome a los ojos, me preguntó cuál era mi problema con la comida.

—Mamá, no es algo que yo haya escogido. Es mi paladar.

Mi madre me miró frunciendo el ceño y entonces decidió tomar cartas en el asunto. Consultamos algunos especialistas de la ciudad hasta que uno de ellos nos recomendó una eminencia que vivía en Vitoria. El doctor Aguirre confirmó mi TEA, nos explicó cuál era la situación y cómo podía mejorar mi vida con una buena terapia.

No, no estuve años yendo al psicólogo, solo necesitamos algunas sesiones para que nos dieran las herramientas necesarias para llevar una vida más o menos normal. Porque, como dice Gadea, «¿Quién lleva realmente una vida normal?». La adoro cuando le da importancia cero a mi TEA, las dos coincidimos en que hay cosas peores. Por ejemplo, una de nuestras compañeras de instituto llegaba casi cada lunes con algún morado que escondía como podía. Yo me fijé en ella nada más empezar el curso y, cuando se lo comenté a Gadea, no le quitamos el ojo de encima. Mi mejor amiga intentó hablar con ella, pero nunca quiso explicarnos de dónde venían esos golpes. Ahora pienso que quizá deberíamos haber insistido más, porque ella y su familia desaparecieron del pueblo y no supimos más de ellos. Siempre me he preguntado si seguirá recibiendo golpes con veinte años. Qué jodido.

Así pues, ya ves que tampoco es lo peor del mundo, aunque siempre he ido con cuidado en decir que tengo un leve autismo porque parece que esta palabra está maldita o algo parecido. Debe de ser la ignorancia, que es muy atrevida.

—Xenia, que entra tu amigo.

Me giro con rapidez al oír el tono de apuro de Gadea. Me encuentro con los ojos de Ander.

—Buenas tardes.

Lo saludo con un movimiento de cabeza. Sabe que me cae mal, no es necesario disimular.

Se va directamente hacia la zona de las frutas y coge una manzana, la mira como si buscara algo en especial y viene hacia el mostrador.

—Cóbrame, niña.

Odio que me llame así, aunque lo haga medio pueblo.

Cojo la manzana y la peso sin replicarle, solo porque me estoy mordiendo la lengua.

—Oye, Andy.

Ander mira a Gadea con su típica cara de cabreo, creo que la mitad del tiempo lo he visto con ese gesto.

—No me llames así.

—Olvidaba que no te gusta tu nombre.

—Yo no he dicho eso.

—Entonces ¿por qué pones esa cara? —Me meto en la conversación.

Él me mira directamente y me fijo en sus labios porque los junta un poquito, como si fuera a besar a alguien. Ese gesto también me lo conozco bien, está pensando.

Ander aterrizó en el pueblo hace seis años, coincidimos en la misma clase en tercero de ESO y nunca lo he tragado, no es algo extraño en mí.

—¿Es que somos amigos tú y yo?

Cuando va de subidito, le daría un par de hostias.

—Ni ahora ni nunca, Andy.

Veo como aprieta la mandíbula. Deja un euro en el mostrador y se da la vuelta.

—Quédate con el cambio y te compras algún amigo.

—Imbécil.

Lo oigo reír mientras sale de la tienda y me giro hacia Gadea, que se está aguantando la risa.

—A mí no me hace gracia.

—Joder, es que sueles pasar de todo el mundo y con él veo que salen chipas de los ojos. Si pudieras, lo colgarías de una viga.

Ander trabaja en la librería del pueblo y justamente está enfrente. Cuando se aburre, viene a por una pieza de fruta a molestarme.

—Es insoportable. Me cae peor de lo normal, lo sé.

—Uy, qué tarde. Me voy a la biblioteca, que mañana tengo examen. Nos vemos esta noche en el bar.

Gadea estudia Psicología a distancia, ya hace un par de años, y le va muy bien. No quiso irse del pueblo y, en su día, prefirió hacerlo por su cuenta. Es una tía responsable y tenaz, así que estoy segura de que logrará sacarse el título sin problema.

Yo dejé de estudiar porque no me gustaba. Es tan aburrido que no entiendo que la gente pueda pasarse media vida estudiando,

¡hay quien lo hace por gusto! Yo tenía claro que, tras terminar la ESO, me pondría a trabajar. No sirvo para estar sentada tantas horas ni para estar concentrada mientras memorizo datos y más datos. Para mí estudiar siempre ha sido un auténtico martirio, algo que tenía que hacer por obligación. Imagino que no todos servimos para lo mismo, así que yo dejé de sufrir y me puse a trabajar en la tienda de comestibles del pueblo.

Mi jefa es la señora Carmen García y me llevo muy bien con ella. Suele pasarse por aquí algún rato para llevar el tema de la contabilidad, pero del resto me encargo yo. Hace unos años empezó a padecer fibromialgia y se ve incapaz de estar tras el mostrador. Hay días que no sale de casa a causa del dolor.

—Xenia, el otro día Luis me propuso que podríamos hacer algo juntos.

Miro a Carmen alzando las cejas. ¿Por qué me comenta eso a mí? Carmen está soltera y nunca me ha comentado nada de sus relaciones.

—¿No está casado?

Me mira sorprendida y entonces se echa a reír con ganas. Pues no le encuentro la gracia, la verdad.

—Se refería a nuestros negocios. Por ejemplo, poner una parada en la calle con libros de recetas y algunos de nuestros productos frescos.

—Vale, ya lo entiendo.

—¿Qué te parece?

—Es un buen reclamo para los dos.

—¿Verdad? Hemos pensado que podríais estar Ander y tú...

—¿Y la tienda?

—No te preocupes por eso. Mi hermana puede atender sin problema.

—Ya, ¿y tiene que estar Ander ahí?

—Luis está encantado con él. Es un amor de chico. ¿Sabes que está estudiando dos grados al mismo tiempo? Madre mía, debe de ser muy inteligente.

«Sí, claro. Mucho».

—Y además trabaja por las tardes. No me extraña que todas las chicas del pueblo vayan detrás de él.

—Todas no, Carmen —le digo de mal humor.

Sé que Carmen está encantada con él y eso a mí me sienta fatal. Me gustaría que Ander le cayera mal a todo el mundo, pero no es así. Sé perfectamente que más bien es lo contrario y en el fondo me fastidia ser de las pocas que no se relacionan con normalidad con él. Pero es que me supera. Va de guapo, va de listo y va de «soy el número uno». Tanta perfección me echa para atrás.

Además, tiene un perro pequeño, en concreto un *pug* que, siempre que me ve, ladra como un poseso. Alguna vez nos hemos cruzado por el bosque y Ander tiene que llamarlo con energía porque corre hacia mis dos perros ladrando y enseñando los dientes. Por suerte, mis dos *huskies*, Taka y Atenas, pasan de ese renacuajo, igual que hago yo con su amo.

Mis dos perras fueron un regalo de mi padre hace unos tres años. El *husky* de un amigo suyo tuvo cachorros y mi padre no se lo pensó dos veces. Sabe que los animales son mi pasión, como también lo eran de mi madre. A veces, cuando paseo con mis chicas a solas por entre los árboles, la imagino mirándome desde el cielo. Miro hacia arriba y sonrío. Lo hago porque sé que nadie puede verme y porque necesito saber que ella sigue ahí.

Me cuesta entender la muerte, siempre me he preguntado qué pasa después. ¿Hay algo? ¿No lo hay? Nadie lo sabe, pero el mundo se divide entre aquellas personas que creen que hay algo más y las que no. Bueno, sí, también hay quien cree que puedes reencarnarte, pero ese grupo lo pondría en las que creen que hay algo más.

Yo prefiero pensar que sí, que hay algo. Mi hermana Zoe cree que eso son tonterías, que es una manera de negarnos lo evidente: nacemos, crecemos y morimos. Y ya está. Yo creo que no puede terminar así, es como si leyeras un libro y siempre acabara mal. Menuda mierda, me niego. Pero Zoe insiste en que quiero aferrarme a un sueño y que soy una ilusa. Tiene dos años menos que yo, pero a veces me parece que es la mayor de las cuatro. Es demasiado seria, pero la quiero mucho, como a mis otras dos hermanas, claro.

Laura, Xenia, Zoe y Martina. Estas somos nosotras y a cada cual más distinta. En el pueblo nos llaman las hermanas Luna y a mí me encanta cuando nos nombran así, siento un calorcito en el pecho y que mamá sigue entre nosotras.

Miro el tatuaje en mi muñeca izquierda, las cuatro nos hicimos el mismo dibujo hace unos meses: una pequeña luna. Nos costó convencer a mi padre, porque Martina solo tiene quince años, pero era algo que nos apetecía mucho a todas. Además, es un dibujo muy pequeño y muy bonito, no es nada vulgar. Adoro mirarlo y pensar en ella, sé que mis hermanas hacen lo mismo que yo.

—Ay, mamá...

2

SOMOS COMO SOMOS

Xenia

—Chicas, a la mesa...

Es la hora de cenar y huele de maravilla. Laura cocina de vicio y, ahora que está aquí, sustituye a mi padre en los fogones. Que mi padre no lo hace nada mal, pero es que ella tiene un toque especial.

Laura es mi hermana mayor, aunque solo por un año. Nos entendemos a la perfección a pesar de ser muy distintas. Por ejemplo, ella es una muy buena estudiante, en eso se parece mucho a Zoe. Ahora mismo acaba de terminar tercero del grado de Administración y Dirección de Empresas, pero está un poco desanimada porque no sabe si quiere seguir estudiando. Mi padre le ha dicho que se lo piense bien porque solo le queda un año, pero ella ya lleva todo el curso diciendo que no le gusta lo que está haciendo. A ver, yo los entiendo a ambos. Mi padre ha invertido una pasta en los estudios de mi hermana. Está en una residencia en San Sebastián y todos sabemos lo que cuesta la vida del universitario. Por otro lado, si a mi hermana no le gusta lo que está haciendo, ¿qué sentido tiene? ¿No sería mejor que cambiara de rumbo? Solo tiene veintiún años, tiene mucha vida por delante.

—Xenia, ¿has quedado con Gadea? —me pregunta Laura cuando me siento a la mesa.

—Sí, después de cenar. ¿Por qué?

Zoe y Martina han empezado a servirse la ensalada de rúcula.

—No, por nada. Ahora vuelvo.

Laura sube las estrechas escaleras de madera de nuestra pequeña casa y desaparece. Nosotras la miramos desde el salón, donde hay una mesa de madera enorme con ocho sillas igual de macizas. A un lado tenemos un sofá grande y dos sillones a juego delante de un televisor de un tamaño medio que no solemos mirar mucho. Al otro lado, tenemos unas estanterías de un color más claro donde hay libros y marcos de fotografías de toda la familia. Lo que más me gusta son las grandes ventanas desde las cuales puedes ver el camino, los árboles, las calabazas...

—¿Qué le pasa? —les pregunto a mis hermanas.

—Ni idea —responde Zoe mientras le indico con un gesto que me pase el aceite.

Laura es muy suya, en ocasiones tiene reacciones de este estilo. Está sentada a la mesa y desaparece porque necesita escribir algo en su diario o estar sola un par de minutos. Yo creo que la muerte de mamá le afectó el doble que a nosotras porque se impuso con dieciséis años un papel de madre que aún no le tocaba. Gadea, que será una estupenda psicóloga, opina lo mismo que yo.

Laura ha subido corriendo a la habitación que comparte con Xenia porque se siente saturada. Siente que tiene diez años más de los que indica su DNI y no sabe cómo volver a ser una chica normal de poco más de veinte años. Ve a su hermana Xenia tan feliz que en muchos momentos la envidia y eso que ella siempre le dice que le encantaría tener su altura y su pelo rubio. Xenia es morena y es la única con el pelo rizado. Sus dos hermanas son castañas y tienen el pelo liso como ella, como su madre.

En el fondo, quiere mucho a sus hermanas, pero siente el peso de toda esa casa encima de ella y le cuesta dar algún paso. Esta noche había pensado ver una película con sus tres hermanas, pero todas tienen planes, todas menos ella.

No tiene ninguna amiga íntima en el pueblo, nunca la ha tenido porque desde que murió su madre se sintió muy lejos de todas sus compañeras. No entendía que se preocuparan por cosas que a ella le parecían banalidades. La muerte sí era un problema, uno sin solución. Sí, claro que sabía que sus compañeras no tenían ninguna culpa de que ella hubiera vivido esa situación y sí, también entendía que ellas lidiaban con los problemas típicos de la edad. Pero ella no podía evitar sentirse a años luz, no lograba intimar de verdad con nadie. Excepto con Él. Con él fue distinto.

Se mira los dedos mientras tira de un hilo de sus pantalones. Creía que ya había pasado esa época en la que no sabes qué hacer con tu vida. A los quince, a los dieciséis, incluso a los diecisiete años dudas de todo, pero ahora debería tener las cosas claras y, si mira bien, no tiene nada. Levanta la vista para observar el rostro de su madre. Tiene una fotografía colgada en la pared en la que están las dos juntas, una semana antes de su muerte. La hizo con su móvil y la imprimió antes de deshacerse de él para siempre. Ahora no tiene teléfono y en parte vive más tranquila, a pesar de que a veces parece que está algo incomunicada. Le da igual, ese aparato lo carga el diablo y, a día de hoy, no quiere saber nada de la tecnología.

Su madre era rubia, como ella, con el pelo liso y lo solía llevar cortado por los hombros. Era una mujer divertida y muy extrovertida, se hacía con todo el mundo. Era inteligente, despierta y siempre estaba dispuesta a ayudar a sus hijas. Eran su vida, lo decía continuamente.

—Lo siento, mamá.

Cree que su madre no estaría orgullosa de ella y eso es lo que más le duele de todo. ¿Por qué no es como Xenia? ¿O como Zoe? Siempre saben lo que quieren y van a por ello sin miedo. Ella siempre va con pies de plomo, con miedo a equivocarse.

«Cariño, equivocarse es normal. Es una manera de aprender».

Su madre siempre intentaba ayudarla a superar sus miedos, pero cuando esos miedos están bien enterrados, con unas raíces bien profundas, es complicado deshacerse de ellos. Somos como somos, eso es inevitable. Puedes intentar mejorar, intentar limar algún aspecto de tu personalidad, pero Laura está convencida de que no es el entorno el que modifica nuestra manera de ser. Ella siempre ha sido miedosa a pesar de tener un buen referente. Su madre jamás ha alimentado sus temores y su padre menos. ¿Entonces? De ahí que Laura reniegue de esas teorías que indican que todo se basa en las relaciones que establecemos con nuestros referentes, con el apego que tenemos con ellos. ¿Por qué sus hermanas son tan diferentes entre ellas? Y han nacido del mismo padre y de la misma madre. Laura asegura que una muestra de cuatro hijas es una buena muestra y es muy cierto que ella no se parece a Xenia ni a Zoe ni a Martina.

—¡Laura! ¿Bajas?

Esa es Martina, que no empieza nunca a comer si no están todas las hermanas a la mesa.

—Ya voy.

Laura tira de ese hilillo del pantalón mientras mira con detenimiento la foto de su madre. ¿Qué le diría ella en este momento? Que debería ser más resolutiva. ¿Puede ser más resolutiva? ¿Puede empezar a vivir de otra forma?

Puede.

Mira el tatuaje de la luna que tiene en la muñeca y sonríe.

Baja las escaleras de dos en dos, mucho más animada. Acaba de tomar una decisión y va a intentar darlo todo. Va a ser su mejor versión a partir de ahora.

—Tenía que responder un correo —dice Laura mientras se sienta a la mesa.

Sus hermanas la miran sabiendo que no es cierto, pero prefieren no agobiarla más. Todas tienen claro que, desde la muerte de su madre, Laura no ha vuelto a ser la misma. Las cuatro han sufrido lo suyo, pero cada una lo ha gestionado a su manera. Laura se ha encerrado en sí misma, Xenia necesita hablar mucho de ella, Zoe ha encontrado consuelo en Tinder y Martina no deja de escuchar la música preferida de su madre.

—Martina, ¿no tienes calor?

Xenia señala el brazo de su hermana. Lleva una camiseta negra de manga larga y justo hoy ha empezado a hacer un calor bastante inusual en el pueblo.

—No. Por cierto, Ander me ha conseguido una cinta de Rick Astley —responde Martina mientras se baja más las mangas de su camiseta de Michael Jackson.

Todas conocen al cantante por su madre y por Martina, que ha heredado el mismo gusto musical que ella. Se sabe todos los grupos de esa época y las letras de las canciones de carrerilla. Estudiar no le gusta tanto, pero te puede recitar mil canciones de los años noventa sin problemas. Tiene un radiocasete que también se lo consiguió Ander, le tiene un cariño especial a la pequeña de las hermanas.

—Ander es el mejor —suelta Laura más animada.

—Llámalo Andy, le encanta —comenta Xenia en un tono aburrido.

Sueltan una risilla.

Hay pocos secretos entre las hermanas, todas están enteradas del mal rollo que hay entre Xenia y su vecino el librero.

—Pues, si no fuera tan mayor... —empieza a decir Martina, consciente de que su hermana Xenia saltará en dos coma cero segundos.

—¡Ni se te ocurra, Martina! Como me entere de que tú y él... de que el imbécil ese te pone una mano encima... Mira, mira. No me pongas nerviosa, que le cojo el minichucho ese que tiene y me hago un colgante.

Martina estalla en una carcajada y las demás la siguen al ver la cara de Xenia.

—Siempre picas, hermanita —le dice Zoe riendo por la bajini.

—No puedo con él, no puedo.

—Yo creo que en otra vida ya os debisteis de pelear —le dice Martina entre risas.

Xenia sabe que Ander trata genial a su hermana, pero le da igual, ella no es su hermana.

—¿Quizá lo maté en otra vida? —pregunta Xenia con entusiasmo.

Las cuatro vuelven a reír con ganas. Menudas ideas.

Siguen hablando de todo un poco. De la comilona especial que quieren prepararle a su padre el día de su cumpleaños y del regalo que deberían hacerle. No se ponen de acuerdo y acaban proponiendo dos ideas: un reloj nuevo o unos días de vacaciones para dos personas. Su padre está saliendo con alguien de la ciudad, lo saben desde hace casi un año y, al principio, les pareció bastante raro. ¿Tan pronto? No, no era pronto. Su padre estaba solo hacía ya cinco años y había sufrido tanto o más que sus hijas. Perder a su compañera de vida, a la madre de sus niñas, había sido muy duro. Pero ahora Mateo había conocido a alguien, a Eneka, y una pequeña llama de esperanza se había encendido en su pecho. ¿Por qué no? Podía volver a amar.

—Yo prefiero lo del viaje —comenta Xenia muy decidida.

—¿En serio? —le pregunta Zoe—. Pensaba que Eneka no te caía bien.

—Tampoco la conocemos tanto y ya sabéis cómo soy —se justifica Xenia.

Martina levanta el brazo y a Xenia se le van los ojos hacia allí. Le parece ver algo, pero su hermana se tapa con rapidez. Se pregunta si se habrá hecho un tatuaje. Lo duda mucho porque Martina no escondería algo así. ¿Qué esconde entonces?

Martina se ha dado cuenta de que su hermana la estaba mirando y por suerte ha reaccionado de inmediato. No quiere dar explicaciones de lo que se ha hecho esa misma mañana en el brazo. Bueno, en realidad, lleva muchos meses haciéndolo, pero en invierno es muy fácil esconderlo con la ropa. Ahora se le complica la cosa y entiende que va a tener que ponerle remedio. No quiere asustar a nadie y no sabe cómo explicarlo sin que parezca que está pirada. Sus hermanas mayores a veces no la entienden.

—Yo también prefiero el viaje —dice Martina colocando las manos bajo sus piernas para no meter la pata de nuevo.

—¿Zoe? —le pregunta Laura.

—Por mí bien, me parece una buena idea.

Durante la siguiente media hora, deciden el destino y el tipo de viaje que creen que preferirá su padre. Cinco días en Menorca para que disfrute de las estupendas calas de la isla les parece que es una idea genial. Zoe se encargará de preparar el viaje porque es una experta en encontrar gangas.

—Pues, si ya hemos terminado, me voy, que tengo que pasear a las chicas.

Después de cenar, las tres hermanas recogen y Xenia sale a pasear a Taka y Atenas, haga el tiempo que haga. Es su responsabilidad y a ella le encanta salir por el bosque mientras observa a sus perras ir de un lado a otro con total libertad.

A veces piensa que le gustaría ser como ellas: felices, libres, sin complicaciones, sin cargas.

Y sin un vecino como Ander.

—Joder, hasta en la sopa. Puto Ander.

3

COMIENDO DE MI MANO

Xenia

Vivo en una zona donde hay mucho bosque y, cuando digo mucho, es mucho. Suelo pasear por distintos senderos para que mis chicas no se aburran y es raro que me cruce con alguien por aquí, bastante raro. Por eso mismo no entiendo por qué tengo a Ander a pocos metros delante de mí con su miniperro saltarín. Dicen que los perros se parecen a los dueños, pero en este caso no es así, debo reconocerlo aunque me pese.

Observo la espalda de Ander. Es alto y está bien proporcionado. Su pelo negro algo largo y despeinado le da un toque especial, más que nada porque la mayoría de los chicos de su edad van peinados del mismo modo: pelo corto por detrás y largo por delante. Él lo lleva largo por llevar la contraria, seguro. Y sí, es guapo, ya lo hemos comentado. Tiene los ojos oscuros, unas cejas perfectas, una nariz recta y unos labios algo gruesos, aunque su boca es pequeña, pero da igual, en conjunto es atractivo.

Su perro se gira de repente al oírnos y Ander se vuelve con gesto interrogante.

—Taka, Atenas, aquí.

Mis dos perras se colocan a mi lado y me observan con atención.

Zeus, su perro, se pone a ladrar como siempre y yo lo miro impaciente.

—Coge a tu peluche para que podamos pasar —le pido en un tono neutro.

—Zeus, siéntate.

Asombrada, veo como su perro se sienta a su lado y se calla.

—¿Sorprendida?

—Un poco, ahora solo faltas tú.

Abre los ojos, ahora el sorprendido es él.

—Vamos, chicas.

Pasamos muy dignas por delante de Ander y de su perro. Mis perras ni lo miran, saben que ninguno de los dos me cae bien. Bueno, realmente Zeus no me ha hecho nada y tiene una cara muy graciosa, pero es el perro de Ander y siempre me ladra.

—Hoy ha llegado *Una corona de huesos dorados*.

Me detengo en seco. Es el tercer libro de la saga *De sangre y cenizas* y, en teoría, sale a la venta la próxima semana. Gadea y yo lo estamos esperando con ansias. Tenemos mil ganas de leerlo juntas y estamos contando los días.

—Pero han llegado muy pocos y la lista que tengo es muy muy larga.

Me giro hacia él. Si cree que le voy a pedir algo, va listo. Sabe que estoy leyendo esa saga y que Gadea y yo somos muy fans.

—¿Tienes algún problema en esa cabeza tuya? —le pregunto molesta.

Me jode la posibilidad de quedarme sin libro, pero no me voy a bajar del burro. Si hace falta, iré a la ciudad y lo compraré allí.

—Solo quería informarte —me responde con ironía.

Este tío es idiota.

—¿Somos amigos tú y yo ahora? —le replico imitándolo.

Sonríe y me muestra su dentadura también perfecta. Guapo, con cuerpazo y, por lo visto, inteligente. ¿Tendrá alguna tara este chico? Sí, que es idiota perdido.

—No lo somos porque yo no quiero —responde como si fuese el marqués de no sé dónde.

—¿Perdona?

—Si me pongo, te tengo comiendo de mi mano.

—Realmente no estás bien de la cabeza, así que voy a hacer como que no te he oído.

Logro aguantarme las ganas de insultarlo mucho, pero no quiero parecer vulgar.

—¿Quieres comprobarlo?

—Que sí, que sí. Lo que tú digas —le replico mientras me giro de nuevo para reanudar mi paseo.

—Me apuesto cinco libros. En… mes y medio, vas a perder la cabeza por mí.

Me salé una risilla porque en realidad estoy alucinando con lo que dice. ¿Puede ser más pedante y creído?

Me giro hacia él y, mientras ando hacia atrás, lo señalo con el dedo.

—Mes y medio, ¡ja! Cinco libros, los que yo quiera.

—Los que tú quieras. Y si gano, me invitas a cenar a tu casa.

Lo miro extrañada. Me parece una petición absurda.

—Quiero saber qué se siente cenando con las cuatro chicas más guapas del pueblo, con las hermanas Luna.

Parpadeo incrédula. Vale, ya ha empezado su juego.

—Vas a perder, pardillo —le digo demostrándole que su piropo me lo paso por allí.

—Ya lo veremos, niña.

Pongo los ojos en blanco y empiezo a andar a buen ritmo. Taka y Atenas tienen ganas de moverse y los paseos a paso lento no les gustan demasiado, como a la mayoría de los perros.

Me vuelvo un segundo para asegurarme de que Ander está lejos. Su *pug* tiene las patas mucho más cortas y, lógicamente, no sigue nuestra marcha. Nos mira sonriendo y me vuelvo pensando que no he conocido a alguien más insoportable que él. Ni en un millón de años acabaría pillada por alguien así.

Ander no deja de mirar a Xenia hasta que desaparece con sus dos perras. Esa chica le genera mucha curiosidad. No está acostumbrado a que lo ignoren de esa manera. Siempre fue un niño más bien mono, pero al crecer, sus facciones lo convirtieron en un tipo bastante atractivo. Sabe que gusta, no es tonto, aunque no es algo de lo que vaya presumiendo (normalmente). Es cómodo poder liarse con las chicas que le gustan sin demasiados problemas, pero aparte de eso, no tiene muchas más ventajas en la vida. Estudia a diario y tiene sus propios fantasmas, como todo el mundo.

Alguien le comentó un día que Xenia tenía un problema: es autista. No se lo creyó. Siempre había relacionado esa palabra con personas que no se comunicaban con nadie y con algunos rasgos concretos, como el poco contacto visual o la repetición continua de frases o palabras. Pero Xenia te mira a los ojos sin ningún problema y nunca ha visto nada distinto en ella. Es muy borde, eso sí, sobre todo con él, pero eso tampoco es nada singular. A él tampoco le cae bien todo el mundo, aunque Xenia no entra en ese grupo.

Tampoco le gusta, pero algo tira de él hacia ella, le gusta molestarla y no sabe por qué. Es una chica guapa, eso es evidente y, cuando sonríe, se le ilumina el rostro; sin embargo, a él no le ha sonreído nunca. Y duda que lo haga.

Acaba de hacer una apuesta con ella y sabe que perderá, lo divertido será importunarla. Sonríe al pensarlo, ya tiene preparada la primera jugada. Más adelante, ya se le ocurrirán otras estrategias para acercarse a ella. No tiene ninguna intención con ella, obvio, solo es un mero juego con el que entretenerse. Xenia le divierte, no como la mayoría de las chicas que beben los vientos por él. Es algo que le resulta tedioso y repetitivo, por eso mismo no siente un interés especial por nadie en concreto. Sí, se ha enrollado con alguna, pero no ha ido más allá.

Salió con una chica cuando vivía en Vitoria, a los catorce años, pero no le gustó nada la sensación de control que le provocó aquella relación. Prefiere estar solo y hacer lo que le dé la gana. Es demasiado joven para tener que dar explicaciones a nadie. A él lo que le gusta es pasárselo bien. Estudia un doble grado y trabaja por las tardes en la librería del señor Ernesto, así que ya está bastante atado y ocupado. Prefiere mil veces salir con sus amigos y acabar la noche durmiendo en el coche mientras se le pasa la borrachera.

Sí, Ander bebe demasiado. No sabe nunca dónde está el límite y, cuando sale de fiesta, bebe una copa tras otra sin apenas darse cuenta. El desenlace siempre es el mismo: demasiado alcohol por sus venas, aunque él asegura que controla sin problema. Al día siguiente, también dice lo mismo: «No beberé más», pero cuando está con sus amigos, olvida todo lo que se ha prometido. Tampoco hace daño a nadie y es joven, qué carajos.

—Vamos, Zeus, que es tarde.

El perro lo sigue moviendo la cola y él lo mira con cariño. Lo encontraron en una calle de Vitoria siete años atrás. Tenía pocos meses y estaba desnutrido. Su hermana y él no se lo pensaron dos veces y lo recogieron para llevarlo a casa. Su madre puso el grito en el cielo, pero a la media hora ya se le había pasado, Zeus tenía una mirada que te llegaba al alma. Las primeras noches durmió con Eider, su hermana, y Zeus la adoptó como su nueva madre. De ahí que cuando Eider se fue, su perro estuvo un tiempo triste, bueno, como todos en casa.

El móvil de Ander suena de repente y Zeus se pone a ladrar del susto.

—Tranquilo, Zeus. Es Gorka... ¿Gorka?

—¿Dónde andas? Aquí ya estamos todos.

Es viernes y ha quedado con los amigos en el bar del pueblo. Allí se toman las primeras copas y después se van a la ciudad en busca de más fiesta.

—Estoy paseando al perro. En media hora estoy allí.

—Venga, no tardes. Te voy pidiendo una copa.

—Me toca conducir...

—¿Y?

Ander siempre tiene la buena intención de no probar el alcohol cuando le toca hacer de taxista, pero al final todo se queda en eso, en una buena intención.

Acelera el paso hasta el coche, se va a su casa que está situada casi al final del pueblo y deja a Zeus bien acomodado.

—Vigila a papá y a mamá.

El perro lo mira fijamente.

—Así me gusta, chico.

Xenia aparece de repente en su cabeza. Empezó a llamar así a Zeus al oírla a ella nombrar de ese modo a sus perras: «buena chica». Xenia adora a sus *huskies*, es algo que él entiende perfectamente. Puede que sea de lo poco que comparte con ella. Bueno, eso y el amor por la lectura, aunque nunca han comentado nada al respecto. Ni hablan de sus perros ni de libros. La verdad es que no han tenido nunca una conversación normal y corriente. Ella siempre se ha mostrado antipática con él y, por ende, él también.

Se va al bar y nada más entrar ve a sus amigos, que ocupan un par de mesas. Gorka, su mejor amigo, se levanta con rapidez y se dirige hacia la barra para pedirle una cerveza. Siempre empiezan con cerveza y después, según dónde caigan, beben sidra, ron o algún combinado especial.

—Ander, ¿qué te cuentas?

—Pues nada nuevo, ¿y vosotros?

Los viernes suelen estar todos: Gorka, Miguel, Raúl, Santi y Soraya. Se sienta al lado de su amiga y ella le da un abrazo demasiado apretado, es su manera habitual de saludarlo. Sí, se han enrollado en el pasado, pero solo en tres ocasiones, porque a la tercera Ander se dio cuenta de que Soraya empezaba a verlo como algo más que un simple amigo. Estuvo un tiempo fría y distante, no le gustó que él la rechazara, pero al final entendió que él era así con todas las chicas.

Ella lo observa detenidamente porque él está mirando algo con interés.

Xenia.

La rarita de Xenia.

4

AMIGAS

Xenia

Cuando entro en el bar charlando animadamente con Gadea, lo primero que veo son los ojos de Ander. ¿Es posible? Acabo de visualizarlo como el tío ese de la muerte que lleva encima la guadaña. ¿Me está siguiendo o qué? Tres veces en un día ya es demasiado, así que aparto la mirada para intentar convencerme de que no está ahí mismo. Y mirándome. ¿Qué leches mirará?

—¡Xenia!

Uno de sus amigos me llama, es Gorka, y lo miro alzando ambas cejas.

—No llevo chocolate, olvídame.

La semana pasada, se pillaron todos una buena y Gorka no dejaba de seguirme por el local para pedirme que abriera la tienda y le vendiera un poco de chocolate negro. Menudo flipado.

—Si yo lo que quería era enrollarme contigo, morenaza.

Sus amigos se ríen, sobre todo Soraya, con quien apenas me he relacionado.

—Sigue soñando —le replico.

—Si eso ya lo hago, morenaza, y no veas...

Ander le da un codazo y Gorka lo mira frunciendo el ceño.

—Déjalo ya —le ordena.

Se callan todos de repente y nosotras aprovechamos para desaparecer de su vista. Imagino que Ander le ha dicho eso por la apuesta, así que ni lo miro.

—Con lo guapo que es y lo payaso que me parece —dice Gadea refiriéndose a Gorka.

Siempre le ha gustado, pero no quiere salir con un imbécil, algo muy lógico. ¿Quién quiere salir con un imbécil? Yo salí con uno de esos cuando tenía dieciocho años y, afortunadamente, me di cuenta al mes de estar con él. Menudo mamarracho. Por suerte vive en la ciudad y no me lo tengo que cruzar por el pueblo, porque por aquí nos vemos todos continuamente.

—Bueno, pues ya sabes para qué te puede servir Gorka.

—No, no, ¿y si luego me gusta mucho? Paso.

—También tienes razón, no vale la pena.

—Pero ¿te imaginas? ¿Cómo debe de ser en la cama?

Ambas lo miramos de reojo. Gorka es el típico guapo de ojos grandes, nariz grande y boca grande. Que así dicho parece todo muy grande, pero quien lo creó lo hizo con armonía. Alguna vez nos hemos preguntado si todo lo tiene así de grande y nos hemos reído mucho imaginando que el universo lo ha puteado colocándole una minipolla. Eso lo hablamos cuando nos hemos bebido alguna cerveza de más.

—A saber, estos chicos engañan mucho. A veces parece que saben un montón y después no saben ni dónde está el clítoris.

—Eso es culpa del porno —dictamina mi amiga con razón.

—Ya. Son unos flipados.

—¿Cómo pueden pensar que nos la pueden meter sin más?

—Estás hablando de Felipe.

—Joder, no me lo recuerdes. Menudo elemento.

Gadea y yo seguimos charlando, enlazando un tema con otro hasta que terminamos hablando de nuestra pasión: los libros.

—No pude terminarlo...

—Chicas... —Manuel, el camarero nos interrumpe.

—¿Sí? —le pregunto.

—Os traigo dos cervezas. Invita Ander.

Alzo las cejas sorprendida hasta que recuerdo la apuesta.

—¡Ander! ¡Gracias! —le grita Gadea con entusiasmo.

Lo miro y él me sonríe. Le doy las gracias con un leve movimiento de cabeza. No quiero que piense que va por buen camino, aunque el gesto me ha gustado.

—Otro guapo desperdiciado —dice Gadea antes de darle un sorbo a la botella.

Estoy a punto de explicarle todo el rollo este de la apuesta con Ander, pero al final me callo. No quiero que Gadea piense lo que no es. Siempre ve estrellas cuando el cielo está lleno de nubes.

Además, en ese momento entra mi hermana Zoe por la puerta y la miro arrugando el ceño. No suele venir por aquí.

La saludo con la mano y, en cuanto me ve, se dirige hacia nuestra mesa. Le da dos besos a Gadea y a mí me da uno en la mejilla derecha, como siempre hacemos entre nosotras.

—¿Qué haces aquí? —le pregunto con curiosidad.

Zoe tiene dieciocho años y, desde que tiene carnet de conducir, ha dejado de salir por el pueblo y se va a la ciudad con alguna amiga. No suele dar demasiadas explicaciones, Zoe es la más introvertida de las cuatro y también la más estudiosa.

—He quedado con Eli, ¿la has visto?

Las tres miramos a nuestro alrededor y mis ojos se cruzan con los de Soraya, la amiga de Ander y Gorka. Levanta un poco el labio en señal de desprecio y me pregunto qué le pasa a la tipa esa.

—Parece que no ha llegado —concluye Gadea.

Zoe mira su reloj y suspira.

—La voy a llamar, es raro que no esté aquí.

Zoe se aparta un poco de nosotras, pero oigo perfectamente la conversación. Eli se ha retrasado por culpa de su madre, pero en cinco minutos estará en el bar.

—Siéntate mientras —le pido a mi hermana.

Se coloca a mi lado y Gadea la acribilla a preguntas, como suele hacer.

—¿A dónde vais? ¿A qué local vais? ¿Has conocido a alguien interesante en la ciudad? ¿Algún famoso? ¿Algún famoso empotrador?

Zoe se ríe con ella. Gadea a veces es como una niña pequeña. Mi hermana responde con otra pregunta.

—¿No os aburrís aquí? Siempre lo mismo con la misma gente.

—¡Uy! Qué va, no necesitamos a nadie —le contesta Gadea con soltura.

—No, los viernes toca charla de libros —le aclaro con orgullo.

Hace tiempo que Gadea y yo dedicamos los viernes por la noche a hablar de nuestras lecturas. Tenemos todo el tiempo del mundo por delante y nos encanta destripar los libros. Vamos viendo que todo el mundo se va del bar para irse a la ciudad o para hacer botellón en algún claro del bosque, pero nosotras preferimos ir a nuestro rollo. El sábado solemos ir a la ciudad, aunque no siempre salimos de fiesta. A veces vamos al cine y otras simplemente a cenar y a dar una vuelta. No necesitamos emborracharnos cada fin de semana para nada.

—Os envidio —nos dice Zoe casi con un suspiro—. En serio, me encantaría tener bastante con una buena charla.

Gadea y yo la miramos sorprendidas.

—¿Te pasa algo? —le pregunto extrañada.

Quizá con tanto estudio se le ha fundido algún fusible.

Mi hermana me mira pensativa.

—No, nada. Solo digo que me gusta vuestro estilo de vida, así, sencillo, sin grandes pretensiones...

—Perdona, guapa, ¿nos estás insultando? —le pregunto picada.

—No, Xenia, claro que no. Lo digo sinceramente, os envidio.

Gadea y yo nos volvemos a mirar. No la entendemos demasiado, pero lo dejamos pasar. En algunas ocasiones, mi hermana es un poquito intensa.

—Mira, ya está aquí Eli —dice levantándose de nuestra mesa.

—Pasadlo bien —le digo cogiendo su mano en un gesto cariñoso.

Me mira fijamente y asiente demasiado seria. ¿Se va de fiesta o a un patíbulo?

Mi hermana Zoe es complicada de verdad.

Zoe se va en busca de su amiga Eli, han quedado para ir a la ciudad. Eli ha conocido un chico por Tinder y Zoe le hace el favor de acompañarla. Eli no se fía de los chicos que conoce a través de la aplicación, sobre todo desde que el año pasado una amiga de una amiga tuvo un buen susto con Tinder, porque en vez del tío rubio y simpático de la foto, se encontró con dos tíos con muy malas pintas. Por suerte, pudo escabullirse y todo quedó en eso: en un susto. Zoe le ha dicho que deje de usar este método para ligar, pero su amiga se resiste a dejarlo. Ella también usa Tinder, aunque no con las mismas intenciones que su amiga. Lo suyo es mucho más práctico.

—Mira, Zoe. Allí está Sergio.

Eli señala un chico más bien bajo, de pelo tupido y negro que está de medio lado en la barra de Maya, uno de los bares que están de moda en la ciudad.

—Tiene mucho pelo, parece un monillo.

Su amiga le da un manotazo y Zoe se ríe. Se considera una chica más bien seria, pero con Eli consigue ser ella misma al cien por cien.

—Te digo algo, no te vayas.

—Tranquila, que te espero. Si no lo ves claro, nos vamos.

—Vale, si lo veo claro, quedamos en un par de horas.

—Perfecto.

A Zoe no le importa estar dos horas sola por la ciudad; tiene muchos lugares donde ir. Más bien al contrario, le va genial quedarse sin compañía durante ese rato porque ha quedado con alguien que tiene las ideas tan claras como ella. Se han citado dentro de media hora exactamente en Glops, un local donde todo el mundo sabe a lo que va.

Observa que su amiga entra en el bar y saluda al chico con pelo abundante. Él se levanta del taburete y se lo ofrece a ella. Bien, ahí ya ha ganado un punto. Extiende un brazo y llama al camarero. Le pregunta a Eli qué quiere tomar y ella le responde amablemente. El chico habla con el camarero y Eli mira a Zoe para indicarle que todo está bien. Ella asiente con la cabeza y da un par de pasos hacia atrás. Se queda cinco minutos más para asegurarse de que todo va correctamente. Y, por lo visto, así es, porque Eli y Sergio están hablando muy animados.

Hora de irse.

Tiene exactamente una hora y cincuenta minutos para ella sola. Pone la marcha atrás del coche y sale de allí para dirigirse hacia Glops, un local donde muchas parejas de Tinder tienen su primera cita. Está un poco más lejos, pero es más complicado encontrarse con alguien del pueblo. No le apetece tener que dar explicaciones de lo que hace durante las noches en la ciudad. Es su vida y a nadie le importa con quién folla.

Cuando llega, sale del coche, entra en el local oscuro y echa un vistazo rápido. Sus ojos se cruzan con unos de color verde que reconoce al momento. Es el chico de Tinder con el que ha quedado y es guapísimo. Se sienta a su lado con coquetería y se retira el pelo del cuello dejándolo a la vista de aquel desconocido. Se vuelve hacia él, sabiendo que la está mirando. Le sonríe. Ella le devuelve la sonrisa. Él la invita a una copa. Ella bebe de la pajita mirándolo sin reparo. Él se sienta a su lado y coloca su mano en su pantorrilla. Ella abre un poco las piernas.

Ya lo tiene en el bote.

5

CHARLAS, COPAS Y SEXO

Los amigos de Ander no callan, pero él no está demasiado interesado en la conversación. Está tramando cómo camelarse a Xenia, estaría genial que ella y su amiga se juntaran con ellos para ir más tarde a la ciudad. Allí tendría más y mejores oportunidades de coquetear con ella. Porque allí en el bar es imposible. Xenia y Gadea están en su puto mundo y apenas reparan en quién hay a su alrededor. En parte eso le atrae mucho. Mucho. Las tías de su edad salen los viernes a divertirse, a ligar, a beber como cosacas, no a charlar sobre vete a saber qué.

Siente envidia. Sí. Cierta envidia de las dos, pero sobre todo de Gadea, le molaría estar en su lugar. Daría medio brazo por saber de qué están hablando. ¿De chicos? Lo duda mucho. ¿De perros? No, Gadea no sabe nada de perros. ¿De lo que harán este verano? ¿De libros? Eso es bastante más probable y es un tema que él domina.

Nota en ese momento que sus piernas están a punto de ponerse a andar hacia ellas, pero frena justo a tiempo. Soraya lo mira alzando las cejas a modo de pregunta y él le dedica una sonrisa falsa. No le gusta que esté tan pendiente de él. Se siente observado y vigilado, algo que odia mucho.

—¿Todo bien, Ander? —le pregunta Soraya con voz melosa.

Ella sale con su amigo Miguel, que está allí presente, así que no entiende por qué le habla en ese tono.

—Ahora vuelvo —le responde casi sin mirarla.

Al final, sus pies lo llevan hacia la mesa de Xenia. Siguen enfrascadas en su charla y aprovecha para mirarla detenidamente. ¿Siempre ha tenido esos ojos tan bonitos? Tiene unas pestañas muy largas y unos labios muy bien dibujados. Lleva el pelo rizado recogido en una coleta alta y tiene algunos mechones sueltos por la cara.

De repente, ella lo mira y él se detiene. ¿Qué va a decirle?

Gadea se gira al ver que Xenia mira por encima de su hombro.

—Hombre, si es nuestro librero favorito... ¿Vienes a invitarnos a otra cerveza?

Ander coge una silla y se sienta al lado de Gadea. La mira y sonríe con seguridad.

—Yo a ti te invito a lo que quieras.

Busca los ojos de Xenia y se topa con una mirada fría y hostil. Lo habitual en ella.

—Pues es la primera vez que te enrollas tan bien. ¿Te has dado un golpe o algo? —le pregunta Xenia alzando solo una de sus cejas.

Él siente un burbujeo extraño en su interior al observar ese gesto. ¿Qué cojones le pasa? ¿Y por qué Xenia de repente le parece una tía sexy y atractiva? Atractiva, joder. Nunca había pensado en ella de ese modo.

—¿Te has quedado mudo, Andy? —Gadea le da un codazo amistoso y él reacciona.

—Gadeíta, bonita, ¿puedes dejar de llamarme así?

—A mí me gusta.

—A mí me pones mal.

Gadea y Ander se miran serios. Ella observa algo oscuro en sus ojos.

—¿Lo dices en serio?

—¿Ves que me esté riendo?

—Mal, ¿por qué? —le pregunta Xenia preocupada.

Ella sí lo ha creído y quiere saber más. Hasta ese momento, no había sentido ninguna curiosidad por ese chico, pero ahora siente que Ander esconde algo.

Él la mira igual de serio, aunque algo caliente se le deshace por dentro. Le gusta que se preocupe por él, es algo nuevo en ella. Observa su ceño fruncido, sus labios algo separados y sus ojos curiosos.

—Cuando seamos amigos, te lo explicaré.

Sus ojos se enredan unos segundos hasta que Xenia aparta la mirada de él.

—Eso será cuando las ranas críen pelo —le replica Xenia alzando la barbilla en un gesto orgulloso.

Ander sonríe, está seguro de sí mismo y sabe que, si insiste, conseguirá lo que quiere. No puede ser tan complicado, Xenia no lo conoce y no tiene nada en particular en contra de él. Simplemente es que no lo conoce.

Xenia

Flipo con este tío. Se cree que con un par de miraditas y una sonrisa de las suyas tiene al mundo en el bolsillo. Va de simpático cuando es un imbécil de mucho cuidado. Con otras le puede funcionar, pero conmigo va listo. Soy muy terca y, una vez que alguien se me atraganta, es muy complicado que yo cambie de opinión, sobre todo cuando sé que todo lo hace para ganar una absurda apuesta.

Debo reconocer que lo del nombre me ha pillado con la guardia baja y, además, he visto que lo decía demasiado serio. ¿Por qué? Solo es un diminutivo, como muchos otros. Busqué su significado por curiosidad y no era nada raro: «hombre robusto y viril», así que no entiendo ese rostro tan serio.

Miro hacia el otro lado del bar, con la clara intención de pasar de él. Imagino que lo pillará: allí no pinta nada. Gadea y yo estábamos hablando de un nuevo libro que ha salido hace nada, *Vera y su mundo*, y estábamos haciendo mil conjeturas sobre cómo continuará. Es algo que nos encanta hacer: ¿Qué pasará? ¿Acabarán juntos? ¿Descubrirá Vera cómo es su chico? ¿Triunfará el amor sobre la razón? Gadea es mucho más romántica que yo, a mí me gusta siempre darles un toque diferente a las historias: Vera se va sola a viajar por el mundo, se instala en China y se convierte en la mejor cocinera de rollitos de primavera del mundo. Allí conoce a Chun-li y tienen unos hijos monísimos... Gadea y yo acabamos siempre desternillándonos de risa.

—Bueno, ¿de qué estabais hablando? —nos pregunta Ander ignorando por completo mis últimas palabras.

—De libros —responde la inocente de mi amiga.

No sé por qué le dice nada, estoy segura de que le importa una mierda.

—Vaya, interesante. ¿Habéis leído...?

—¡Ander! Nos vamos.

Gorka se acerca a nosotros y Gadea aletea sus pestañas. A mí me entra la risa y Ander me mira con gesto interrogante mientras cambia de silla y se sienta a mi lado. Se acerca a mi oído y me dice en un susurro grave:

—Yo también quiero saber el chiste.

Su voz retumba en mi cabeza como si me hubiera dicho algo muy sexy. Me aparto de él como si quemara.

—Cuando seamos amigos —le escupo con cierto desprecio.

No me gusta que se acerque de ese modo.

Ander suelta una risotada y me fijo en los pequeños hoyuelos alargados que se le forman en el rostro. Lo he visto reír de cerca muy pocas veces y esa versión me tiene un poco confundida. Está como más... guapo. Sus dientes blancos y grandes destacan entre su boca pequeña. Esa boca que parece que siempre esté preparada para besar.

Se levanta y se va con su grupo de amigos. Gadea y yo los observamos sin decir nada.

—¿Te ha comido la oreja? —me pregunta de repente.

—¿Qué dices?

—Lo ha parecido.

—Es gilipollas. Solo tiene ganas de tocarme los ovarios. Y me da dolor de cabeza...

—Eh, Gadea...

Gorka se ha plantado de repente en nuestra mesa.

—¿Queréis venir? Vamos a tomar algo a Barazki.

Es una de las discotecas más concurridas de la ciudad. Muchos de los jóvenes del pueblo acaban la noche allí. Gadea y yo la conocemos bien, entramos ya con quince años con un carnet falso que coló aún no sabemos cómo. Barazki significa verdura en vasco y, cuando éramos adolescentes, nos reíamos diciendo que allí había muchos pepinos. Ahora ya no hacemos chistes tan tontos (normalmente).

Gadea me mira y leo sus ojos a la primera: quiere ir, pero no quiere ir si yo no quiero ir. O sea, que me como el marrón.

¿Desde cuándo a mi amiga le mola tanto el imbécil este? Porque imagino que es por él.

Miro nuestra ropa: vestimos con falda y top, así que no desentonaremos nada. Quizá nos falta un poco de maquillaje, pero con la oscuridad de la discoteca tampoco se ve una mierda.

—Si quieres vamos —digo en un tono no muy alto.

Lo último que me apetece es ir con ellos a la discoteca, pero en ocasiones ser amiga de alguien implica pringar de ese modo. Preferiría decirle que se vaya con ellos, que yo me largo a casa con mi hermana Laura, pero sé que Gadea se echará para atrás. ¿Y quién soy yo para meterme en medio de una historia de amor?

Me rio sola.

—¿Xenia? —me pregunta Gorka extrañado.

—Nada, me he explicado un chiste. Vamos —le digo a Gadea con más rotundidad.

Ella asiente y me mira agradecida. Ya hablaremos de todo esto. Empiezo a pensar que ha perdido un tornillo, porque me extraña mucho que prefiera salir con ellos. Pero bueno, tengo que ver la parte positiva de todo esto: es un cambio en mi rutina y sé que es algo a lo que debo enfrentarme. Cuando era una enana, era imposible pensar que pudiera aceptar un cambio de planes con normalidad. Yo siempre iba sobre aviso: «Xenia, en cinco minutos apagaremos la televisión e iremos a dormir» o «Xenia, hoy saldremos antes de casa porque tienes excursión». Si sabía los tiempos y qué iba a ocurrir, después llevaba mi ansiedad mucho mejor. Con el tiempo, he aprendido a ser menos rígida y ahora entiendo que cualquier imprevisto es como un desafío para mí. Ya no lo veo como algo tremendamente malo, aunque en alguna ocasión todavía puedo estresarme. Depende de muchas cosas: de mi estado de ánimo, del tipo de cambio, de mis expectativas...

Cuando salimos del bar, los amigos de Gorka nos miran sorprendidos.

—Chicos, vienen con nosotros —les informa Gorka sacando las llaves de su coche.

Lleva un Seat negro, el de su padre. Ander también tiene su propio coche, un Audi blanco más pequeño.

Sigo a Gadea y nos subimos al coche del padre de Gorka junto a Raúl. Soraya, Miguel y Santi se van con el enemigo. Mi amiga me coge la mano, entusiasmada. Nos hemos sentado juntas detrás y observo que Gorka mira hacia atrás de vez en cuando. Espero que lleguemos sanas y salvas, no me fío mucho de estos.

—¿Vas a beber, Gorka? —le pregunto directamente.

—Un par de copas, no te preocupes.

«Sí, claro. Que no me preocupe».

—Ya, tú controlas —le digo con ironía.

—Mucho —me contesta con seguridad.

Gadea coge su móvil y se pone a escribir. Me está escribiendo a mí.

Gadea

Si no lo vemos claro, a la vuelta pillamos un taxi.

Yo

Perfecto porque yo paso de subir si va borracho.

Gadea

Yo también paso.

Bueno, parece que mi amiga no ha perdido todos los tornillos.

Miro por la ventana del coche, pasamos cerca de mi casa y miro hacia allí a pesar de que sé que no se ve nada. Solo se ve el principio del camino y es difícil distinguirlo entre tantos árboles si no conoces el lugar. Es muy complicado dar con nuestro hogar.

Imagino a Laura en el comedor, viendo la televisión. ¿Se habrá dormido? Probablemente Taka y Atenas estén a sus pies, necesitan siempre estar a nuestro lado.

Laura mira a las perras de Xenia con cariño, están tumbadas a sus pies y así no se siente tan sola. Sabe que Zoe llegará tarde, Xenia le acaba de decir que se va a la discoteca con unos amigos y su hermana pequeña está en casa de su mejor amigo. Suele dormir allí en cuanto puede.

Se tumba en el sofá y coge el ordenador que usa solo para estudiar. Para estudiar y, en ocasiones, para saciar su apetito sexual. Escribe: «Vídeos porno masajista» y le sale inmediatamente su página favorita. Busca algo en concreto y, en cuanto lo encuentra, le da al *play*. Le gusta ese tipo con pelo largo que finge ser un masajista. Empieza haciendo un masaje de verdad, pero en cuanto la clienta se despista, su mano comienza a acariciarla entre las piernas.

Se imagina que es aquella chica, que hoy es rubia, y sus dedos tocan su sexo con delicadeza. La chica de la pantalla mueve los pies, ella también. El tipo de pelo largo le introduce dos dedos y gime. Es ella, sus dedos están dentro de ella. Cierra los ojos y arquea la espalda. Siente el cosquilleo en su epicentro, sabe que su orgasmo está a punto de llegar. Mira la pantalla cuando escucha un gemido del chico, la está follando encima de la camilla. Laura acelera sus movimientos y el placer se extiende durante un par de segundos por todo su cuerpo.

Ya está.

Es placentero, pero demasiado efímero. Piensa en Él. No, no quiere revolcarse en su propia mierda, pero es complicado controlar los recuerdos.

Él siempre empezaba colocando su mano entre las piernas de Laura. A ella le encantaba que dejara allí sus largos dedos mientras se besaban. No movía la mano, pero la sentía encima de su sexo y a Laura le excitaba más que si estuviera acariciándola. Era algo muy característico de él y al principio se preguntó si no iba muy a saco. Después de dio cuenta de que siempre lo hacía y, cuando le preguntó por qué, él le respondió con una media sonrisa. No se lo dijo, pero le dio igual, a ella también le gustaba. Mucho. Sabía que enseguida venían los besos, los mordiscos y las lamidas. Cuando entraba en ella, Laura estaba medio drogada de placer, le dejaba hacer lo que quisiera con ella.

—*Hoy lo vamos a hacer en medio del bosque...*

—*¿Y si aparece alguien?*

—*Que disfrute...*

Laura sentía que vivía al límite, pero al mismo tiempo le fascinaban sus ideas, así que siempre terminaba dejándose llevar.

Jamás los pillaron, pero ahora que lo piensa, se da cuenta de que arriesgó demasiado por él. No lo merecía.

6

NO TE ENAMORES DE MÍ

Martina está en casa de Harán, su mejor amigo, un chico alto, muy rubio y con un rostro amable. Se queda a dormir allí, él siempre le presta su cama y duerme en la cama nido que tiene debajo. En otras ocasiones, es él quien se queda en su casa. Les encanta pasarse la noche hablando de sus cosas antes de caer rendidos. Ahora mismo están viendo una película de miedo en el salón. Están solos porque los padres de su amigo han salido a cenar fuera.

Harán se esconde detrás de un cojín y Martina está con los ojos muy abiertos mientras va cogiendo palomitas de forma distraída. No tiene hambre, han cenado una pizza gigante, pero necesita tener algo en la boca para mantener a raya los nervios. Es muy nerviosa. Desde siempre, aunque desde lo de su madre, parece que ha empeorado en ese aspecto. En su casa aquella muerte les afectó a todos, pero ella solo tenía diez años y no supo gestionarlo demasiado bien a pesar de que todos se volcaron con ella porque era la más pequeña.

Al principio fue muy duro: su padre no levantaba cabeza, Laura dejó de sonreír durante un tiempo largo, Xenia sacó las peores notas de su historia, Zoe parecía que andaba sin rumbo por la casa, como si buscara a su madre, y Martina se sintió tan perdida que pensó que estaba viviendo en una realidad paralela. ¿Su mamá muerta? No podía ser. Cada mañana pensaba que al día siguiente se despertaría y la encontraría al lado de su cama para darle los buenos días con su bonita sonrisa.

¿Por qué la vida era tan injusta?

Eran una familia normal, feliz, con sus más y sus menos. ¿Por qué les hizo esa putada el destino? Martina no lo comprendía. ¿No podía haber elegido a una persona mala? Algún ladrón, algún violador, algún asesino. Su madre era buena persona, mucho.

Martina encoge los pies y Harán la mira de reojo. Sabe que, cuando hace ese gesto, es porque está incómoda.

—¿Te da miedo la peli?

Ella lo mira y niega con la cabeza.

—Qué va, me estoy durmiendo.

Harán sonríe porque él está cagado de miedo y, en cambio, ella ni se inmuta cuando sale esa muñeca asesina de ojos azules que gira la cabeza sobre sí misma.

Martina se rasca la nuca y Harán le ve con claridad el brazo derecho. Está lleno de cortes pequeños, muy pequeños, hechos uno tras otro con una cuchilla afilada. Ella le dijo que no lo haría más, pero por lo visto no lo está cumpliendo.

—Martina.

—¿Qué?

—El brazo.

Ella se lo mira y lo baja con rapidez.

—¿Es de hoy?

A él no hace falta que le mienta porque es su mejor amigo y sabe lo de los cortes.

—De esta misma mañana.

—Me dijiste que...

—Sé lo que te dije.

Lo han hablado muchas veces. Para Martina es una forma de desconectar del dolor, pero ya va siendo hora de que busque otras soluciones. Un año atrás, Harán se pasó una noche entera estudiando el tema en cuanto se enteró de lo que hacía su amiga. ¿Por qué se autolesionaba? Ambos creyeron que era por lo de su madre, aunque hubieran pasado unos años, ella seguía arrastrando aquel dolor.

Harán coge el mando de la televisión y quita la película que están viendo.

—Tengo una idea, pero no sé si vas a querer...

Ella lo mira sorprendida.

Él sabe que es adicta a esos cortes y que necesita una vía de escape, pero teme que lo mande a tomar por culo. Martina tiene mucho genio cuando quiere.

—¿Qué has pensado? Yo... no quiero seguir haciéndome esto, pero no puedo evitarlo. Hoy mi hermana casi me pilla.

—Ya...

Harán quiere ayudarla, no le gusta verla sufrir de ese modo.

—A ver, he pensado que podríamos recrear la vida de tu madre.

—¿Recrear?

—Sí, como si fuese un trabajo del instituto.

—¿Cómo una presentación?

—Sí, algo así. Pero solo para ti, claro.

A Martina le gusta la idea, sería como tenerla cerca siempre.

—Han pasado cinco años, podríamos hablar con tu padre, con tus hermanas, con gente que la conocía y podríamos tenerlo todo guardado en la nube. Siempre estará allí.

Parpadea un par de veces, tiene ganas de llorar.

—¿Harías eso por mí?

—Claro que sí. Podríamos pasarnos este verano haciéndolo y a mí también me gustaría saber más cosas de tu madre. Yo la recuerdo bien, era un encanto...

—Tú también lo eres.

Martina y Harán se sonríen. A ella se le ha abierto una nueva puerta en la mente que no sabía que estaba allí: poder recordar a su madre con anécdotas, con fotos, con el amor de los suyos, con recuerdos de otras personas... ¡Podía ser increíble!

Él observa que a su amiga se le iluminan los ojos. Sabe que ha acertado. Hace días que le da vueltas a la idea, pero le daba miedo sacar el tema. No quería entristecer a Martina y temía que le diera la espalda a esa idea. Si él perdiera a uno de sus padres, eso era algo que le gustaría hacer, porque al final los recuerdos se van difuminando y con ellos las personas.

—¿Empezamos mañana? —le pregunta Martina entusiasmada.

Harán se ríe y consigue que su amiga suelte también una buena carcajada. La mira un poco asombrado. Le cuesta tanto reírse así. Acaba de enamorarse un poquito más de ella.

Xenia

Este tío está enamorado de sí mismo. Cuanto más lo miro, más cuenta me doy.

—No le quitas el ojo de encima a Ander, ¿eh, Xenia?

Soraya me ha hablado al oído porque es la única manera de oírnos y no me gusta que se acerquen tanto a mí, pero le respondo del mismo modo. No quiero que piense que soy una borde, aunque lo soy. Ahora mismo me encogería de hombros y pasaría de decirle nada. Hago un esfuerzo.

—Es un espectáculo. No he visto a un tío que baile peor que él.

Soraya se ríe con ganas y yo sonrío.

—Pero tiene un polvo —me dice en un tono extraño.

La miro a los ojos. ¿Es que acaso le mola? Que yo sepa esa chica está enrollada con el tal Miguel, aunque eso no significa nada. Recuerdo a mi madre explicándome que su mejor amiga estuvo enamorada de papá durante años cuando eran jóvenes. Uno no elige de quién se enamora, eso decía ella, aunque yo siempre le replicaba diciendo que yo me enamoraría de quien me diera la gana. Faltaría más. Mi madre se reía mucho conmigo. Entonces yo solo tenía catorce años, pero yo ya tenía las cosas muy claras.

—A mí es que me cae mal —le digo a Soraya en un ataque de sinceridad.

Realmente me da igual, imagino que lo sabe medio pueblo, él incluido.

—Bueno, he conocido parejas que han empezado así.

Me acerco más a ella con interés.

—¿Así cómo?

—Al principio no se soportaban y ahora se comen la boca a todas horas.

Arrugo la nariz al imaginar eso con Ander. Ni loca.

—Ni que fuese el último tío de la Tierra, te lo aseguro.

Soraya se vuelve a reír. No sé si ríe porque le gusta saber que paso mucho de él o porque le hago gracia.

—A mí sí me mola.

Nos miramos fijamente. ¿Por qué me confiesa a mí eso? Joder.

—Pues mucha suerte. Dudo que sea un buen compañero.

No voy a mentir, es lo que pienso. Creo que Ander está demasiado enamorado de sí mismo y eso dudo que sea bueno en una pareja.

Soraya alza su botella de cerveza y le da un golpe suave a la mía antes de beber y posar sus ojos en Ander. Está rodeado de tías, cuando no baila con una, baila con otra. Es guapo y destaca, a pesar de que baila como el culo. Se gira hacia nosotras y me mira. Le doy la espalda, no tengo ganas de seguirle el juego. La apuesta se la puede meter por donde le quepa.

—¡Vamos a bailar!

Gadea aparece de la nada y me coge del brazo para arrastrarme hacia la gente que se mueve al son de la música. Suena Bud Bunny con «Titi me preguntó» y la gente se pone a saltar como si les hubiera dado un ataque repentino.

Gadea canta, aunque no la oigo, y yo me río por las caras que hace mientras baila y canta. Empiezo a balancear mi cuerpo al ritmo y pienso unos segundos en mi hermana Martina. Odia este tipo de música, dice que todas las canciones suenan igual. En parte tiene razón, aunque esta canción suena rara. Tiene un algo. Muevo las caderas, alzo los brazos y me dejo llevar.

Titi me preguntó
si tengo muchas novias,
muchas novias.
Hoy tengo una, mañana otra...

Mira, como Ander.

Río sola y me centro en la música para disfrutarla.

Gadea me coge por detrás y pega su cuerpo con el mío. Bailamos juntas con una mano arriba. Nos reímos y seguimos bailando hasta que se separa. Nos gusta bailar a nuestro rollo, siempre.

La canción baja el ritmo y yo hago lo mismo.

Vuelvo a sentir a Gadea junto a mi espalda y froto mi culo con ella.

Yo voy a romperte el corazón,
ey, no te enamores de mí...

Su brazo rodea mi cintura y bajo la vista con una sonrisa hasta que veo que esa mano no es la de mi amiga. ¿Quién coño es?

—«No te enamores de mí...».

Me detengo. Es... Ander.

Uno de sus dedos me retira el pelo del cuello. ¿Se me está parando el puto corazón?

7

PERDER LA CABEZA

Ander ve bailar a Xenia con su amiga y va hacia ella como un imán. ¿Por qué no? En ese instante, le parece la mejor idea del mundo. No se acuerda de que esa chica es una borde de la hostia ni de que él apenas le ha dedicado media sonrisa desde que se conocen. Solo ve que baila de miedo y que le apetece juntar su cuerpo con el suyo.

Genial, Gadea se separa de ella, así que ahora es su momento e imita el mismo gesto de su amiga. Se pega a ella y un latigazo le sacude la polla al sentirla encima de él. ¡Joder! Se lame los labios secos y se acerca a su oído para cantar junto a Bad Bunny. Si fuera otra chica, le besaría ese cuello descubierto y apetecible que parece que esté allí expuesto para él. Pero a pesar de que ya ha bebido un par de copas, aún controla y solo le retira un par de mechones. No quiere llevarse una bofetada de Xenia.

Siente que ella deja de moverse de repente. No sabe bien qué hacer. Las reacciones de esa chica a veces son un poco imprevisibles y sabe que no lo traga. Las pocas neuronas que parecen seguir libres de alcohol le aconsejan separarse de Xenia. Ella se gira hacia él con cierta brusquedad y se miran fijamente. Ander decide sonreírle y ella lo mira con desprecio. Está claro que no le ha gustado lo que acaba de ocurrir. Su polla no dice lo mismo, porque sigue empujando su pantalón. Espera que ella no fije sus ojos ahí.

—¿De qué vas? —le grita Xenia.

La música diluye su voz, pero entiende perfectamente lo que le ha dicho. Él alza las manos en señal de paz. Solo quería bailar con ella. Da un paso hacia delante y se acerca por su lado derecho para hablarle sin tener que gritar.

—Al verte, he perdido la cabeza. Perdona.

Lo dice en serio, no quiere que piense que es un imbécil. Pero ¿desde cuándo le importa lo que ella piense? La apuesta, claro. Tiene que ganar la apuesta.

—Lo que has perdido es medio cerebro.

Xenia se da la vuelta y se va con rapidez hacia la barra. Él la mira mosqueado. Tampoco es para ponerse así, joder. ¡Bah! Se va con sus amigos y pide otra copa. Soraya le pregunta por la rarita y él no le responde. Probablemente ya ha visto que ella lo ha mandado a tomar por culo.

—Vaya, vaya, una que no quiere caer rendida en tus brazos —le insiste Soraya.

—Yo paso de esa tía.

—Pues no es lo que parecía hace un par de minutos.

—¿Me controlas por algo?

Soraya clava sus ojos en los de Ander. No va a decirle que sigue colgada de él, todavía tiene algo de orgullo.

—Te hemos visto todos —suelta ella en un tono indiferente.

—Pues a lo vuestro —le replica él antes de beberse media copa de golpe.

Al cabo de media hora, Ander está borracho, como muchas otras veces, aunque normalmente tiene a alguna tía entre ceja y ceja. Esta noche no. No le apetece liarse con nadie. Busca con disimulo a Xenia y no la encuentra. Gadea está charlando y riendo con Gorka, ¿dónde está ella?

Xenia

He necesitado salir de la discoteca, en alguna ocasión aún me pasa: los espacios con tanta gente me saturan. Las luces y la música pueden llegar a irritarme y la solución es salir. Gadea ya lo sabe, así que cuando señalo con el dedo la salida, entiende que necesito estar sola. Es como si mi cabeza me pidiera hacer una pausa para poder empezar de cero.

Respiro el aire fresco mientras observo a la gente que está por allí. Lo de siempre: gente charlando y hablando, parejas haciéndose arrumacos... y alguien que baja las escaleras como una jodida modelo de pasarela, con un pie delante del otro. Puto borracho. Es Ander. Se detiene y mira hacia delante, imagino que está intentando enfocar la vista. Sonríe y sigue con esa peligrosa bajada. Juro que parece que de un momento a otro se va a dar la hostia del siglo. Voy hacia él y lo detengo justo cuando empezaba a acelerar el ritmo.

—Eh, eh, frena.

—¿Qué dices? —me pregunta como si no le hubiera salvado en ese momento de darse una buena castaña.

—Digo que estabas a punto de caerte, Ander.

Echa la cabeza hacia atrás para mirarme. No sabe quién soy, obvio. Abre mucho los ojos cuando me reconoce y me enseña sus dientes perfectos.

—¿Me lo parece a mí o me estás siguiendo?

No entiendo cómo puede hablar bien con la que lleva, lo percibo en sus ojos. Los tiene turbios y se le va la mirada hacia arriba. Sé que Ander bebe mucho cuando sale, no es la primera vez que lo veo en ese estado.

—No tengo nada mejor que hacer que seguirte, listo.

—¡Ay, niña! Si ya sabía yo que querías algo conmigo...

Ignoro lo de niña y suelto una risotada porque es absurdo lo que dice.

—Lo que no quiero es que me salpiques de sangre. Te ibas a caer.

—Yo controlo, tía.

—Sí, claro. Ya te he visto.

Baja las pocas escaleras que quedan apoyándose en mí y, cuando toca tierra firme, me separo de él. Por hoy ya tengo bastante. Le doy la espalda para irme calle abajo, pero oigo sus pasos detrás de mí. ¿Es que no tiene nada mejor que hacer? No me apetece nada confraternizar con un borracho y menos con él.

Se coloca a mi lado y andamos en silencio. Paso de mirarlo, no quiero darle pie a nada.

—¡Anda, mira! Una bonita mariquita.

Frena en seco y lo ignoro.

—Eh, eh, espérame. No quería asesinarla.

—Qué buena persona eres —le replico en un tono irónico.

¿En serio tiene veinte años? Porque a mí me parece que tiene muchos menos.

—Es que mi hermana las adoraba.

La que se detiene en ese instante soy yo. Todos en el pueblo sabemos lo de su hermana. Ander jamás habla de ella. Debe de ser cosa del alcohol y no quiero intimar con él, así que reanudo mi paso mientras me trago todas las preguntas que me salen de la garganta.

«No quieres intimar con él, recuérdalo».

Una idea nueva aparece en mi cabeza: «¿Tal vez por eso quiere cenar en mi casa con mis hermanas? ¿Porque es algo que él no tiene?».

Lo miro de reojo: anda con la cabeza gacha, mirando el suelo y muy serio.

Joder, joder.

¿Lo hace queriendo o realmente está de bajón? La empatía no es una de mis aptitudes más desarrolladas. A veces me cuesta ponerme en el lugar del otro, pero sé leer en los ojos de la gente, es algo que he entrenado durante años. Ander ahora mismo está con los ánimos por los suelos y yo me siento como una mierda por no consolarlo.

¿Tanto me cuesta? Tampoco va a pasar nada. Seguiremos siendo los mismos: él entrará a por una fruta en la tienda para darme por saco y yo seguiré entrando en la librería sin saludarlo apenas.

—Ander...

—¿Mmm?

Nos miramos un segundo mientras seguimos andando calle abajo.

—¿Estás bien?

Junta sus labios en ese gesto tan suyo. Está pensando la respuesta y, como está borracho, seguro que dirá alguna tontería de las suyas.

—Ahora mismo no, pero ¿quién está bien siempre?

—Nadie, claro.

—También está bien sentirse mal. Es una manera de valorar lo bueno.

Lo miro alucinada porque... me extrañan esas reflexiones en él. No me cuadran con la imagen que tengo del chico guapo y superficial.

—Si siempre estuviéramos bien, al final sería aburrido.

Lo siguiente que digo lo hago con toda la intención de darle una vuelta más a la tuerca. Dudo que me siga.

—Vale, pero ¿no tendríamos bastante con el recuerdo de lo mal que lo hemos pasado en determinada situación? Yo firmaría para estar bien siempre, sé muy bien lo que es pasarlo mal y dudo que se me olvide.

Ander me mira interesado.

—Se te olvidaría, el tiempo es lo que tiene.

—Hay cosas que uno no olvida.

Ander me coge del brazo y nos detenemos.

—Lo sé.

—Lo sabemos los dos. Entonces, tengo razón.

Vuelve a hacer ese gesto con los labios y no puedo evitar mirarle la boca. Es pequeña, pero tiene los labios gruesos y húmedos. Realmente son bonitos y dan ganas de mordisquearlos.

Vale, se me va la cabeza. Parece que la borracha sea yo.

—Los humanos somos complicados, Xenia. Te aseguro que acabarías olvidando lo malo y que acabarías aburrida de la vida.

Lo dudo, lo dudo mucho. Gracias a mi trastorno, no lo he tenido nada fácil y he vivido muchos sentimientos contradictorios en mi interior. Desde querer estar con toda mi clase jugando en el patio y no poderlo hacer porque me saturaba tanta gente, hasta querer estar completamente sola y tener que estar rodeada de desconocidos que me provocaban una angustia exagerada.

La vida no es fácil, para nadie, la vida es como una puta yincana y tienes que ir superando las pruebas lo mejor que puedas. Algunos se quedan por el camino y otros sobrevivimos como podemos. Y ahora mi hermana Martina preguntaría: «¿Con qué fin?». Yo no quiero llegar a tanto, no hago preguntas que no tienen respuesta.

—Sigo diciendo lo mismo, Ander. A mí no me gusta pasarlo mal.

—A nadie le gusta, pero el mundo es así. Si no hay algo feo, no hay algo bonito. Todo sería igual.

Lo miro atónita.

—Es necesario pasarlo mal, Xenia. Aunque nos joda.

No sé si estoy más sorprendida por sus conclusiones o porque no entiendo cómo su cerebro discurre tan bien con lo que ha bebido. Es que tampoco se traba al hablar ni balbucea ni nada de nada.

—¿Te has drogado?

La pregunta me sale disparada, ni la pienso. Las drogas podrían justificar su forma de actuar; si no, no lo entiendo. Se tambalea, no anda nada bien, pero habla correctamente.

Parpadea un par de veces y alza las cejas.

—Oye, niña, yo paso de drogas. ¿Por qué lo preguntas? Pensaba que se podía hablar contigo, pero ya veo que eres una cría. Igual eres tú la que se mete de todo, no te jode. Tendría sentido, por eso eres tan borde.

Abro la boca para replicar algo, pero no me da tiempo. Se va de allí a paso rápido y se vuelve un segundo para enseñarme el dedo corazón.

Levanto el labio en señal de desprecio. Menudo idiota. ¿Me ha llamado borde?

8

MOMENTOS BUENOS

Las cuatro hermanas están nerviosas, hoy es el cumpleaños de su padre y tienen muchas ganas de cenar con él y darle el regalo. Hace una semana hablaron de sorprenderlo con un viaje y Zoe se ha encargado de todo. Tienen una tarjeta preparada con toda la información del viaje para dos a Menorca para cinco días. Saben que le va a encantar la sorpresa, porque ese regalo también es para Eneka y su padre está colado por esa mujer. Lo ven cuando habla de ella. En nada llegarán ambos a casa.

Laura está terminando de preparar la cena, ilusionada porque se presenta una bonita noche por delante. Zoe está decorando la mesa con mucho mimo, es la más creativa de las cuatro y la mesa está quedando genial. Xenia lee en uno de los sofás, está entusiasmada con su nueva lectura y, si pudiera, no haría nada más en todo el día. Y Martina habla por teléfono en su habitación, está intentando convencer a Harán para que venga a casa a la hora de los postres.

—No va a venir nadie más —se queja él.

—¿Y qué más da?

—Pues que es algo familiar, ¿qué pinto yo allí?

—Tú eres mi familia, así que eso que dices es una tontería.

Harán se queda en silencio. No sabe si le gusta ser familia.

—Vaaa, Harán... Después subimos a mi habitación y vemos *Stranger things*, ¿vale?

A él el plan le llama mucho, claro. Están viendo juntos la serie y quiere saber qué va a pasar en el siguiente capítulo.

—Hecho.

—¡Genial!

Martina adora a su mejor amigo. Si por ella fuera, vivirían juntos.

Sale de su habitación y baja las escaleras de dos en dos. Xenia la mira sonriendo.

—Algún día te vas a romper la cabeza.

Martina le devuelve la sonrisa y señala su libro.

—¿Qué tal está?

—Genial, ya llevo dos microinfartos.

El libro salió a la venta el jueves, pero ella el lunes ya lo tenía en sus manos. Fue algo bastante sorprendente. Aquel día abrió la tienda con los ojos medio cerrados, como la mayoría de los días porque le costaba bastante levantarse, y se tropezó con un paquete envuelto en papel marrón. En él estaba escrito su nombre y nada más. ¿Qué podía ser? Era demasiado pronto para pensar, así que lo abrió con curiosidad y, cuando vio la portada de *Una corona de huesos dorados*, soltó un pequeño grito: «¡No me jodas!». Se volvió con rapidez hacia la librería a pesar de que estaba todavía cerrada. ¿Había sido Ander? Claro, no podía ser otro.

Abrió el libro para pasar las primeras páginas y encontró algo escrito: «Para Xenia, para que haya más momentos buenos que malos». Ella se quedó muy sorprendida, por lo visto él se acordaba de lo que habían hablado el sábado por la noche. Y ella también porque le había dado muchas vueltas a esa charla. Siempre había pensado que ese chico era más bien idiota, de esos guapos que simplemente se pasan el día mirándose en los espejos de los escaparates. Pero parecía que estaba equivocada. Eso, o tenía muy estudiado el discurso, algo poco probable.

—¿Es el que te regaló Ander? —le pregunta Zoe con una risilla.

Xenia explicó la anécdota a sus hermanas y ellas se asombraron tanto o más que ella.

—Sí, el mismo.

—Oye, Harán vendrá para los postres —informa Martina a su hermana Laura mientras entra en la cocina.

—Muy bien. ¿Se quedará a dormir?

—Pues no lo hemos hablado. Ahora mismo se lo digo.

Laura observa a su hermana manejar el móvil. De las cuatro es la que mejor domina el tema de la tecnología y, cuando escribe con el teléfono, va a la velocidad de la luz. Laura no entiende cómo lo hace. Martina alza la cabeza y se encuentra la mirada de su hermana fija en ella.

—Deberías pillarte uno, Laura.

—Ya sabes que paso.

—Llevas cinco años sin móvil, es hora de que pases página.

Podríamos decir que eso se lo dice la sartén al cazo, porque las dos están marcadas por la muerte de su madre. Ambas tienen sus propios miedos.

—No lo necesito, en serio.

Sí, a veces se siente más sola que el resto porque ve que sus compañeras hablan por los grupos de WhatsApp o incluso sus hermanas tienen su propio grupo. Pero se juró que no usaría más esa máquina infernal. Si no le hubiera enviado ese mensaje a su madre, no se habría retrasado esos cinco minutos. Piensa en el último libro de Elisabet Benavent, donde la protagonista tiene la oportunidad de volver a vivir sus últimos años. Entiende la idea del libro, pero ella no está conforme. Si pudiera volver atrás, sabe perfectamente que no habría llamado a su madre y entonces... ¿Hubiera terminado todo del mismo modo? Tal vez sí, pero tal vez no. Y eso es lo que la mata por dentro.

—¡Ya llegan! —exclama Zoe con alegría.

Oyen que Taka y Atenas reciben con ladridos a su padre y a Eneka. Las cuatro los esperan en el salón casi en fila, por orden de nacimiento. Se colocan así alguna que otra vez sin darse cuenta.

—¡¡¡Felicidades!!!

Gritan y aplauden entusiasmadas al mismo tiempo.

Mateo y Eneka las miran con una gran sonrisa. No se esperaban ese recibimiento.

—Gracias, gracias —dice su padre antes de besarlas.

También saludan a Eneka con un par de besos. Ahora es casi como una más, aunque todas tienen claro que no es su madre ni ella pretende serlo. Eneka es una mujer amable y muy inteligente que entiende perfectamente que no debe herir sensibilidades. Se intenta poner en el lugar de ellas para comprender lo que sienten. Observa a Laura que se dirige hacia la cocina y va tras ella.

—¿Necesitas ayuda?

Le gusta cocinar, mucho, comparte esa afición con Laura.

—¿Quieres sacar la bandeja del horno?

Laura le habla casi como a una amiga más. A ella no le costó demasiado aceptar que su padre se había enamorado de nuevo.

Ojalá a ella le pasara algo similar, pero parece que nadie le interesa. ¿Estará marcada de por vida por su ex?

—Ahora mismo.

—¿Un poco de vino? —le pregunta Mateo a su pareja mientras saca el vino de una bolsa de papel.

—¿Solo un poco? —le pregunta Eneka sonriendo.

Ambos sueltan una risilla y Laura piensa que le encanta ver a su padre tan feliz. Han vivido días demasiado nublados, todos, y es bonito ver que va saliendo el sol para quedarse. Cinco años son muchos años y ellos han pasado por todas las fases del luto. Ahora les toca sonreír de nuevo.

Ella ha decidido tomar las riendas de su vida y hace un par de días empezó a estudiar diferentes posibilidades. Le gusta mucho el mundo de la cocina, esa es una posibilidad. La otra es la psicología, el otro día estuvo hablando con Gadea y también es algo que le llama muchísimo la atención. Además, si puede estudiar desde casa, todo será mucho más fácil, incluso le puede decir a su padre que el coste será mucho menor. Tiene que encontrar el momento para hablar con él porque sabe que se llevará un disgusto.

—¡A la mesa! —exclama Eneka seguida de Laura.

Durante los siguientes minutos, hablan todos a la vez de la buena pinta que tiene todo. Mateo las mira a todas de vez en cuando, encantado de tenerlas allí. Entiende que es sábado, que son jóvenes y que quizá querrían estar en otro sitio con sus amigos. En cambio, están allí, con él y con Eneka. Se siente feliz, por fin.

—Aviso a Harán, ¿de acuerdo? —le informa Martina cogiendo el móvil.

Sabe que durante las comidas tienen prohibido usar el teléfono. Bueno, a Laura no es necesario decirle nada porque se deshizo del suyo tras la muerte de Luna. Ha intentado hablar con ella de eso, pero Laura es muy suya. En realidad, todas lo son. Cada una de un color, pero las ama con locura.

Martina

Hora de los postres, te esperamos.

Harán

En cinco minutos estoy allí.

Deja el móvil a un lado y su padre le sonríe.

—¿Puedo poner música? —le pregunta.

—Claro, sorpréndenos —le responde Mateo entre risas.

—Blur —dice convencida.

Empieza a sonar «Girls and Boys» y Martina comienza a balancearse en la silla al ritmo de la música. Adora ese grupo, como tantos otros de esa época. Para ella no hay mejor música que esa.

—Me encantaban, eran tan guapos —dice Eneka sonriendo con melancolía.

—Oye, Eneka, ¿qué tal en la agencia? —le pregunta Xenia.

—Muy bien, me fue genial que me enseñaras aquello del Excel. Ahora voy mucho más rápida con los cálculos.

Las tres hermanas miran a Xenia.

—Hace un par de semanas le expliqué lo más básico —se justifica ella.

—¿Usas Excel en la tienda? —le pregunta asombrada Martina.

—Claro, desde siempre.

—¿Y dónde has aprendido a usarlo? —le dice Laura sonriendo.

Xenia las mira una a una y pone los ojos en blanco.

—A ver, chicas, que no me guste estudiar no significa que no sea inteligente.

—Eso nunca lo hemos dudado —suelta con rapidez Zoe.

Xenia asiente sonriendo. No está enfadada con sus hermanas, sabe que la consideran igual de lista aunque no haya querido seguir estudiando. Como dice la enana de la casa, no todo el mundo sirve para lo mismo, aunque ella lleva mucho tiempo sin dibujar. Tendrá que preguntarle por qué.

—Pues miré varios vídeos y entré en algunas páginas interesantes. No es tan complicado, ¿no creéis?

—A mí me lo parece —asegura Eneka.

—Sencillo no es —añade convencida Zoe.

—A Xenia no le gustan las cosas sencillas, ¿verdad? —dice Martina con retintín.

—¿Lo dices por algo? —le replica Xenia divertida.

—¿Yo? Por nada, por nada —le contesta riendo.

En ese momento, suena el timbre de la casa y Martina se va corriendo a abrir.

—¡Harán! Vamos, corre, es la hora del regalo.

Entran en el salón justo en el momento en que Laura trae el sobre tan bonito que ha preparado Zoe. Se lo da a su padre cuando ve que están todos alrededor de la mesa y Mateo saca la tarjeta con dedos temblorosos. Se emociona cuando ve que el regalo es un viaje para dos a Menorca. Adora a sus hijas y no necesita ningún regalo, pero le encanta ver que han preparado todo aquello para él. Para él siguen siendo sus pequeñas... Sus pequeñas niñas.

9

WHAT?

Xenia

No hay nada más bonito que ver a toda mi familia unida y feliz. Estoy contenta, mucho, porque creo que papá se merece estos momentos con las cuatro. Y con Eneka.

Es verdad que al principio no me cayó demasiado bien, pero creo que hubiera dado igual que fuese ella o Pepita o Margarita. El problema era yo y, hasta que lo supe, fui un poco antipática con ella. Mi padre tuvo mucha paciencia conmigo, lo sé. Pero de eso trata muchas veces la familia, de tener paciencia, ¿o me equivoco?

Observo a Harán, que está a mi lado, con una sonrisa. Él también es casi de la familia. Estos dos han crecido juntos, parecen hermanos mellizos. Me encanta saber que Martina tiene a alguien como él a su lado. Harán es un chico muy alto, de pelo rubio y corto con una cara muy simpática. Es de esas personas que sin conocerla sabes que te va a caer bien porque irradia buen rollo por todos sus poros.

Eneka ha traído una tarta increíble que ha hecho ella y ahora mismo está hablando de la receta con Laura. Las dos son unas grandes cocineras, no como yo, que odio los fogones. Si fuera por mí, sobreviviría a base de ensaladas y huevos fritos, pero por suerte mi padre y mis hermanas se defienden mucho mejor que yo.

Mi padre las mira encantado y, cuando se da cuenta de que lo observo, me guiña un ojo. Le devuelvo la sonrisa y enseguida observo a Zoe, que está charlando con Martina y Harán sobre un nuevo local que han abierto en la ciudad. Por lo visto solo pinchan música de los 90 y Martina la escucha con la boca abierta.

«Quiero congelar el tiempo», pienso.

Estamos todos alrededor de la mesa, felices, charlando y no quiero que esto cambie. ¿Y si mañana pasa algo y si...? No quiero ni imaginarlo, pero en ocasiones esas ideas absurdas y negativas entran en mi cabeza.

Respiro hondo y logro cambiar el rumbo de mis pensamientos.

Tengo que hablar con Martina. ¿Por qué ha dejado de dibujar? Y tengo que averiguar si se ha tatuado el brazo. Sigue llevando una camiseta de manga larga cuando los demás vamos en manga corta. Es verdad que es la más friolera de las cuatro, pero está haciendo un calor del demonio.

En ese momento recibo un mensaje en el móvil y miro hacia atrás porque lo tengo en una de las estanterías.

—Cógelo —me indica mi padre divertido.

—Es Gadea —le digo sonriendo.

Gadea

Me ha escrito cuatro veces hoy, ¡cuatro!

Me río con ganas. Mi amiga se está haciendo la digna, pero sé que en el fondo le encanta que Gorka le escriba a todas horas.

Se dieron el número de teléfono hace una semana cuando nos acompañó de la discoteca a casa en coche (e iba sereno, algo raro), y desde entonces él le escribe por WhatsApp con cualquier excusa: «Gadea, ¿crees que va a llover hoy?». Yo me parto de la risa porque Gorka tiene veinte años, como nosotras, pero se comporta como si tuviera cinco menos. ¿Es que cuando te gusta alguien te vuelves gilipollas? Puede ser.

Yo

¿Solo cuatro?

Gadea

No te rías, que te veo.

Yo

¿Ha confesado ya que no puede vivir sin ti?

Gadea

¿Qué dices? Solo me faltaba eso.
Yo no quiero nada con un ligón como él.

Me río de nuevo y Martina me interrumpe.

—¿Hablas con Ander?

La miro alzando las cejas.

—Para nada. No sé por qué dices eso.

—Yo tampoco.

Suelta una risilla y paso de ella.

Yo

Pues para ser un ligón le haces mucho caso.

Gadea

No me gusta ser una maleducada.

Yo

Jajaja, claro, será eso.

Gadea

Quiere que quedemos el lunes por la noche para tomar una cerveza en el bar.

Yo

Pues genial, ¿no?

Gadea

¿Sí? ¿Te parece bien?

Yo

Si a ti te parece bien, a pesar de que es un ligón.

Gadea

Jajaja, es que pensaba que me mandarías a la mierda.

La leo de nuevo porque no capto lo que dice, algo que no es extraño en mí. En algunas ocasiones, me cuesta entender algunas metáforas. Ciertas cosas que la gente da por hechas a mí me cuesta pillarlas y, por más que leo sus palabras, no logro comprenderlas.

Yo

¿A la mierda?

Gadea

Como no soportas a Ander.

Vale, mi cerebro hace un doble clic y lo capta todo de repente.

—¡Ni hablar! —exclamo mientras escribo con rapidez.

—¿Qué pasa? —me pregunta Laura.

—Nada, nada.

«Solo que mi mejor amiga se ha vuelto loca», respondo por dentro. Esto empieza a ser realmente preocupante. A ella no le mola Gorka, me lo ha dicho mil veces y, encima, quiere que quedemos los cuatro. ¿Esto qué es?

Yo

No vamos a quedar los cuatro juntos. Olvídalo.

Gadea

Pero si me has dicho que sí... Te llamo.

El móvil suena en mis manos y lo cojo sin pensar mientras me levanto para ir hacia la cocina.

—No sabía de qué me estabas hablando. Ni hablar —le digo a modo de saludo.

—Vamos, Xenia, solo será un ratito.

—Pero ¿para qué me necesitas? Queda con Gorka y ya está. Yo no pinto nada ahí.

—Es que no quiero una cita con él.

Joder, ¿se me han fundido a mí los fusibles del cerebro? Porque no entiendo a Gadea por mucho que lo intente.

—Pues dile que no.

—Pero me apetece conocerlo.

Me sujeto la frente con la otra mano y cierro los ojos intentando encontrar la concentración necesaria para entender aquel jeroglífico.

—A ver si lo entiendo. No quieres salir con él, pero te apetece conocerlo.

—¡Exacto! Se nota que eres mi alma gemela.

—No intentes camelarme, Gadea. Te voy a descubrir un gran secreto.

—¿Cuál?

—Cuando tienes una cita con alguien, al principio, es para conocerlo. ¿Lo captas?

Gadea suelta una risotada y me rio con ella. No puedo con la risa de mi amiga. Cuando nos calmamos, continuamos con la conversación.

—Xenia, porfitaaa...

—Sabes que no soporto a Ander.

—Pero estaremos los cuatro. Y te ha regalado un libro.

—Ya sabes por qué lo ha hecho. Oye, ¿esto no será idea de Ander?

—Qué va, Gorka también ha tenido que convencer a Ander.

—Encima.

—¿Lo ves? No tienes que preocuparte de nada. No quiere meterte la lengua hasta el fondo.

—Me dejas más tranquila, no te jode.

—Xenia, porfitaaa...

Cuando hace eso la mataría porque sabe que puede conmigo.

—Una hora y ya.

—Hora y media.

—Ni un minuto más.

—¡Genial! ¡Eres la mejor! El lunes a las ocho te recojo con el coche. Hemos quedado en el bar, ¿vale?

Gadea siempre me acaba convenciendo y le digo un sí entre suspiros. Lo último que me apetece es acabar el lunes con Gorka y Ander. Planazo.

Regreso al salón más seria de lo que me he ido y mi padre me mira con gesto interrogante. Siempre está pendiente de mí.

—Nada, Gadea, que siempre me mete en líos.

—¿Qué líos? —pregunta él preocupado.

Se callan todos en la mesa y me escuchan con atención.

—El lunes me toca salir con ella, con Gorka y con mi querido amigo Ander.

Martina suelta una pedorreta, Zoe una risilla y Laura me mira sorprendida.

—Ander es el chico que trabaja en la librería, ¿verdad? —pregunta Eneka.

—Es su enemigo público número uno —le dice Martina riendo.

—Gadea no quiere ir sola y yo qué sé... Me ha liado, joder.

Siempre he explicado mis asuntos en casa, bueno, casi todos. No me da corte explicar según qué delante de mi padre y tengo que decir a favor de él que en muchas ocasiones me da muy buenos consejos.

—Quizá así conozcas algo de él que no te disguste tanto —me dice mi padre.

Lo miro por debajo de mis pestañas bajando la cabeza, y todos se ríen por mi gesto de «*What?*». Eso no se lo cree ni él. Hace tiempo que conozco a Ander, no en profundidad, pero sé de qué palo va. Por muy listo e inteligente que sea, a mí no me va a caer bien en la vida.

—O quizá conozca algo de él que no me deje dormir por las noches, papá.

Mis hermanas y Eneka se echan a reír a carcajada limpia y mi padre niega con la cabeza con su bonita sonrisa.

Da igual lo que diga, sabe que tengo razón.

10

DECISIONES IMPORTANTES

Zoe está inquieta en su cama, no puede coger el sueño. No es pronto porque el cumpleaños de su padre se ha alargado bastante, estaban todos muy a gusto sentados alrededor de la mesa.

La primera que se ha ido a la habitación ha sido Martina, su mejor amigo y ella querían ver una serie. Enseguida, Laura y Xenia han empezado a recoger la mesa y Zoe las ha ayudado mientras Mateo y Eneka charlaban animados con una copa de vino delante. Se les ve muy felices y eso la hace feliz a ella también.

Coge los auriculares y busca en Spotify su lista favorita: música *new wave* de los años 70. Empieza a sonar Joy Division y cierra los ojos para dejarse llevar por la melodía.

A cada hermana le gusta un estilo distinto de música, es muy curioso. A ella le encanta ese tipo de música para pensar o para concentrarse cuando crea diseños de moda. Es un entretenimiento, pero le gusta sentarse en el escritorio que tienen en la buhardilla y dejar volar su imaginación. Algunos vestidos resultan imposibles, pero otros no están nada mal. Lo que más le gusta es darles color, un solo dibujo de aquellos le puede durar días. Hasta que no encuentra el tono perfecto, no desiste. Es perfeccionista, lo sabe desde que era una enana y su madre le explicaba que debía tomarse las cosas con más calma.

La echa tanto de menos...

La echa de menos en general y en ocasiones concretas, en esas es cuando lo pasa especialmente mal. Por ejemplo el día que se graduó de la ESO con todos sus amigos. No podía dejar de observar a los padres de los demás. Su madre debería haber estado allí. A ella le encantaban esas fiestas en las que sus hijas celebraban un logro más. Estaba siempre tan orgullosa de ellas... Si la decepcionaban en algo, dejaba pasar unos días hasta hablar del tema para hacerlo con la calma necesaria.

En ese momento, suena «Enola Gay» de OMD. Escucha la letra de la canción para desconectar de sus pensamientos, pero al final siempre vuelve a lo mismo. La melancolía la lleva a su madre. Cierra los ojos e intenta dormir, pero le es imposible. Al final decide subir a la buhardilla en silencio, no quiere despertar a nadie.

Enciende el ordenador y se pone a mirar el correo. Va eliminando aquellos mails que no le interesan hasta que lee: «Primer concurso de moda Voilà Mode».

> «Voilà Mode convoca su primer concurso de moda y diseño para jóvenes diseñadores. Se premiará el talento con un desfile en la siguiente edición de Voilà Mode en París...
>
> »Bases del concurso: ...»

Lee las bases con prisas para saber si tiene opción a participar y, tras una segunda lectura más minuciosa, comprueba que sí. Se muerde el labio inferior, ¿por qué no? No tiene nada que perder. Rellena el formulario para presentar su candidatura y apunta en su agenda lo que debe presentar para no dejarse nada. Cuando envía el formulario, le sonríe al ordenador. ¿Está haciendo una locura? Puede, ella no tiene estudios de moda y diseño, está segura de que la gran mayoría de los concursantes serán estudiantes o incluso profesionales. Le da igual. El no ya lo tiene.

Xenia siempre le dice que debería hacer algo con esos dibujos. Tanto ella como Martina tienen cierta facilidad para el trazo, aunque su hermana pequeña se dedica a dibujar paisajes y rostros con un realismo increíble. Ninguna de las dos ha querido nunca hacer nada con ese don, pero quizá es hora de escuchar a Xenia.

Xenia

Gadea y yo hemos quedado en el bar porque quería verme con urgencia. Los domingos por la tarde suelo pasear con Taka y Atenas por el bosque, depende del tiempo hacemos una ruta más o menos larga, pero suelo dedicarles esas tardes porque durante la semana es más complicado hacer esas caminatas.

Cuando entro en el local, mi amiga alza la mano.

—¿Qué pasa? —le pregunto sentándome a la mesa.

—Te he pedido un batido de chocolate. ¿Bien?

Asiento con la cabeza.

—Mis chicas me esperan, ya lo sabes. ¿Qué es eso tan urgente, Gadea?

Como sea una tontería...

—No me viene la regla.

—¿¿¿Cómo???

—No grites, joder. El mes pasado estuve con aquel tipo de la ciudad, ya sabes, fue un desastre...

—Madre mía, menuda bomba. Vale. ¿Cuántos días llevas de retraso?

—Tres días. Fijo que estoy embarazada.

La miro alzando las cejas.

—Eso no es nada, Gadea.

—Para mí sí. Yo siempre soy muy puntual.

Busca algo en su bolso y veo que saca el móvil. Lo toquetea y me señala con el dedo un montón de números que no entiendo.

—¿Lo ves? Lo tengo en esta aplicación todo apuntado. Desde mis trece años. Ni un día de retraso. ¿Lo ves?

Estoy triplemente asombrada. Por la aplicación esa, porque no haya tenido ni un retraso en siete años y porque piense que está embarazada.

—¿Por qué no he sabido nada de esa aplicación hasta ahora? —le pregunto con curiosidad.

—¿En serio, Xenia? ¿Esa es tu gran preocupación? Es algo íntimo, ya está.

—Vale, vale.

Está preocupada y quiero ayudarla, aunque no dejo de darle vueltas a la idea de que no haya tenido ni un retraso. ¿Es un jodido robot o qué? Gadea no toma pastillas y menos desde los trece...

—¿Xenia?

—Sí, sí. Vale. Tendrás que hacerte un test de embarazo, aunque yo esperaría unos días más.

—No puedo esperar. Mañana hemos quedado con Gorka y Ander, ¿y si estoy embarazada? No puedo beber alcohol ni fumar...

—Tú no fumas.

Gadea me mira mosqueada.

—Así no puedo quedar con él.

Una luz se enciende en mi cabeza: quizá me libro de salir con Ander.

—Necesito hacerme la prueba mañana mismo. Y te necesito conmigo.

—¿Vas a comprarla en el pueblo?

Eso podía implicar que medio pueblo se enterara del tema.

—No, claro que no. La gente habla demasiado, ya sabes. Quería pedirte si a mediodía podemos ir juntas a la ciudad...

—Por supuesto, iremos las dos. Cogeré el coche si mis hermanas no lo necesitan y, si no, iremos en autobús, ¿te parece?

Gadea me mira sonriendo y con los ojos húmedos.

—Vamos, no te preocupes. Seguro que es tu primer retraso y ya está.

—No quiero ni imaginarlo.

—¿Pasó algo con el preservativo?

—No, nada. No pasó nada. Eso es lo que no entiendo.

—Entonces, seguro que te viene, ya lo verás. ¿Quieres venir conmigo a pasear?

—No puedo, le he dicho a mi madre que en nada estaría de vuelta. Quiere que la ayude a redactar una carta de reclamación.

Ambas le damos un buen sorbo al batido de chocolate.

—Gracias por venir.

—No me des las gracias.

Miro sus ojos y veo que tiene ojeras. No me había fijado hasta este momento.

—¿Has dormido mal?

—Pues sí, porque estaba segura de que me iba a bajar anoche y nada.

—¿Sentiste dolor o algo?

—Eso me pareció, pero ya no sé si es que me lo estaba inventando o qué. Qué desesperación. ¿Y si lo estoy?

Dejo el vaso en la mesa y la miro muy seria. El tema es delicado. Solo tenemos veinte años y tener un hijo no está en nuestros planes.

—Si aún no es un problema, no pienses en ello, Gadea. No anticipes.

—Ojalá pudiera hacer eso.

—Mañana salimos de dudas. Mientras tanto, sé positiva.

Gadea me mira fijamente.

—Me encanta como eres, ¿te lo he dicho?

Me río porque me da corte que me diga eso, aunque en el fondo me gusta mucho. Brindamos con nuestros batidos y nos los terminamos sin respirar. Es imposible bebérselo de otro modo.

Charlamos cinco minutos más y nos despedimos con un apretado abrazo. Cojo la bicicleta y me planto en mi casa en quince minutos. El coche lo ha cogido Laura para llevar unos apuntes a una amiga de la facultad. Sigo preocupada por ella porque no nos ha dicho qué piensa hacer el próximo año, así que imagino que sigue dándole vueltas.

Laura se ha ido sola a la ciudad. A su familia le ha comentado que había quedado con Ruth para pasarle unos apuntes, pero no es cierto. Quiere ir a la ciudad porque ha visto una oferta de empleo por internet: pastelera en una cafetería bastante conocida, concretamente en Kafea. Es uno de esos lugares a los que solía ir cuando era pequeña con sus padres y sus hermanas. A ella le encanta la repostería y cree que se le da bien a pesar de que no tiene ninguna titulación ni experiencia alguna.

Cuando aparca en la otra calle y apaga el motor, respira hondo. No le ha dicho nada a nadie, no quiere que la rechacen y tener que dar explicaciones. Sabe que tiene pocas posibilidades de conseguir el empleo, pero quiere intentarlo.

Sale del coche y se dirige hacia la puerta con paso decidido. Su objetivo es empezar a hacer cosas que le gustan, así que ese es un buen comienzo. El miedo al rechazo no va a pararla esta vez.

—Buenos días, busco al encargado —le dice con educación a un chico moreno de ojos azules.

—Lo tienes delante de ti —le contesta él con amabilidad.

Ella lo analiza rápidamente: joven, alto y atlético.

—Ah, bien. Vengo por lo del puesto de trabajo...

La última palabra la dice con un hilo de voz y, entonces, carraspea para hablar con más energía.

—Me interesa mucho.

—¿Tienes estudios de cocina o repostería?

—No, pero tengo muy buena mano.

El encargado, un chico de veinticuatro años, la mira detenidamente. Le gusta la gente que no se anda por las ramas.

—Bueno, ¿puedes demostrarlo? ¿Tienes tiempo?

Es tarde, pero Laura no tiene nada mejor que hacer.

—Claro, sin problema.

—Genial, soy Mikel.

—Encantada, yo Laura.

Se dan la mano y luego ella lo sigue hasta la cocina, donde está todo colocado en perfecta armonía. Le resulta agradable ver lo ordenado que está todo, ordenado y limpio.

—En plantilla somos tres, pero necesito a alguien que controle la repostería.

—Ajá.

—Mira, aquí tienes los ingredientes y aquí todos los utensilios. Sorpréndeme.

Laura lo tiene claro: pastel vasco relleno de crema. Es su especialidad.

Mantequilla, harina, huevos, azúcar, canela, levadura, ron, crema pastelera y, al cabo de una hora, saca la tarta del horno. Deja que se enfríe y espolvorea un poco de azúcar glas tras sacarla del molde. Mikel ha entrado alguna vez en la cocina, pero no le ha dicho nada. Parece un chico muy centrado.

—Mikel, ya he terminado.

Laura se restriega las manos limpias en el delantal, nerviosa, mientras él observa con lupa la tarta. A primera vista, tiene muy buena pinta, pero ¿estará jugosa por dentro y crujiente por fuera? Todo el mundo sabe hacer el *Euskal pastela*, pero no todo el mundo sabe darle ese toque.

Mikel le ofrece un cuchillo a Laura para que lo corte. Ella lo hace sin que le tiemble el pulso y le ofrece un trozo en un plato sin que caiga ni una miga. Él se lleva la tarta a la boca y, nada más morderlo, sabe que va a contratar a esa chica. Se le deshace en la boca y está a punto de cerrar los ojos del gusto, pero no lo hace. No quiere que sepa que es el mejor pastel vasco que ha probado.

—Está muy rico.

—¿Sí?

—¿Puedes empezar mañana?

Laura ahoga una exclamación. Está alucinada.

—Por supuesto que sí.

—A las ocho y media aquí. Le diré al gestor que prepare el contrato. El sueldo es de...

Laura desconecta de la conversación. Piensa en su padre. ¿Qué le dirá al respecto? Tiene miedo de que se enfade con ella. Debería pasarse el verano estudiando esas dos asignaturas que ha suspendido para ir más preparada el próximo año, pero no quiere seguir con el grado.

Qué complicado es todo.

11

UN CIELO LLENO DE NUBES

Martina está en la buhardilla con Harán. La casa es pequeña y en las habitaciones no cabe un escritorio decente, así que su madre se preocupó de que tuvieran una mesa bien grande arriba para que pudieran trabajar las cuatro al mismo tiempo si fuese necesario.

—¿Y esa libreta?

Harán ha sacado una libreta pequeña con unas flores naranjas y lilas preciosas.

—Le he dicho a Ander que me diera la libreta más bonita de toda la librería.

Martina se ríe. Le encanta lo detallista que es su amigo.

—Necesitamos una libreta para organizar el trabajo —le asegura él.

—Sí, es verdad.

Ambos han realizado muchos trabajos juntos, se complementan a la perfección en ese sentido. Evidentemente, los dos dominan el uso del ordenador, pero les gusta escribir sus primeras ideas en una libreta. Y siempre usan una libreta para cada trabajo, manías de Harán.

—Vale, ¿por dónde empezamos? —le pregunta él con el bolígrafo en la mano.

—Tenemos que pensar cómo organizar la información, que no sea algo muy largo ni algo muy corto... Y empezaremos por mi familia, claro.

Harán escribe todo eso con muy buena caligrafía. Martina lo mira embobada, le encanta esa manera de escribir. Ella tiene muy mala letra.

—Perfecto. ¿Y qué les preguntamos? Yo les pediría que describieran a tu madre con una frase y después que nos expliquen alguna anécdota.

A Martina le brillan los ojos porque le encanta la idea.

—Sí, sí, Me gusta. También podríamos pedirles una foto donde estén junto a ella...

—Y que nos den una palabra para ponerla debajo... Estoy pensando en algo distinto, Martina...

—¿En qué?

—¿Y si lo hacemos todo a mano? A ver, el texto lo podemos hacer en ordenador, imprimirlo y pegarlo...

—¿Pegarlo dónde?

—Se me ocurre que podríamos hacer como una especie de álbum. Podemos buscar una libreta con hojas blancas o incluso un álbum. Eso déjamelo a mí, yo hablo con Ander y seguro que nos consigue algo donde podamos poner los textos, las fotos e incluso escribir a mano.

—¡Joder, me encantaría eso! Podría mirarlo en cualquier momento.

—Sí, es más real, ¿verdad?

Martina asiente feliz, le está gustando mucho hacer eso con

Harán. Está tan implicado que no puede dejar de pensar que quiere muchísimo a su mejor amigo. Se preocupa por ella, tanto como para implicarse en algo así. Para ella hablar de su madre y tener aquel recuerdo es importante y él lo sabe.

—Vale, entonces apunto: frase, foto, anécdota y palabra que la describa. ¿Por quién empezamos?

—Por mi padre. Podríamos ir en orden. Laura, Xenia y Zoe.

—Y tú.

Martina mira a su amigo, pensativa. ¿Una frase? ¿Una anécdota? Tiene tantos recuerdos guardados en su cabeza que no sabe si quiere compartirlos. Le da miedo que alguien le diga que eso no sucedió de esa forma. Ella los guarda en su cofre como si fuese oro.

—¿O no quieres?

—Sí, sí. Sí quiero.

Claro que sí. Ella también tiene que estar incluida en ese álbum.

Harán escribe el nombre de su amiga y la mira con orgullo. Sabe que a Martina le da miedo sacar a esa niña de diez años que seguía llorando al saber que su madre había desaparecido de un día a otro. Y lo entiende.

Él se enteró un par de horas después de lo ocurrido y todavía recuerda la sensación de vacío que notó en el estómago, como si de golpe hubiera bajado por una montaña rusa enorme. Estuvo a punto de vomitar, pero se aguantó las ganas y se fue corriendo al baño mientras su madre gritaba su nombre. Tras aquello salió disparado hacia la puerta.

—¿Adónde vas, Harán?

—A ver a Martina.

—Cariño, vive en las afueras y no puedes ir solo.

—Me da igual. Voy en bici. Y no tengo miedo de ir solo.

Solo tenía diez años, pero tenía las ideas muy claras. Su madre lo miró sopesando. Quizá no era un buen momento, pero sabía que Harán necesitaba ver a su mejor amiga y que a Martina le iría bien ver a su hijo, eran los mejores amigos.

—Cogemos el coche.

Harán la miró con orgullo. Esa era su mamá...

—¿Dónde tienes la cabeza? —le pregunta de repente Martina.

—¿Eh?

—Venga, seguimos con el listado...

Al cabo de una hora, lo tienen todo bien apuntado y organizado. Empezarán con su padre, pero primero quieren tener el álbum preparado, así que deciden coger la bicicleta para ir a la librería. En cuanto llegan, entran con la esperanza de que Ander esté por allí, a veces está en el sótano clasificando libros y cosas varias.

—Allí está Ander.

Lo ven detrás de una estantería colocando unos cuadernos para trabajar en verano. Harán arruga la nariz, sabe que alguno de esos caerá en las manos de su madre y que tendrá que estudiar por lo menos una hora al día, algo que le da un palo enorme. ¿No lo ha aprobado todo? Sí, vale, justo, pero es que no necesita más. Lo que ha estudiado este año en tercero de ESO es tan aburrido que su madre ya puede dar gracias de que no haya suspendido ninguna. Ella le dice que el día tiene veinticuatro horas y que solo le pide una para estudiar, pero es que su madre no entiende que él y sus hormonas tienen otros intereses.

—Hola, Ander.

—¡Ey! ¿Qué queréis?

Ander los mira con simpatía.

Entre los dos le explican lo que necesitan y él los escucha atento.

—Vale, esperad un momento. Creo que abajo tengo algo muy guay.

Martina y Harán se miran ilusionados y no quitan los ojos de las escaleras para ver subir a Ander. En cuanto lo divisan, van hacia él.

—¿Qué os parece?

Es un álbum de color blanco roto decorado con nubes azules de un color muy suave, como si fuese un cielo perfecto.

«¿Estará mamá allí?», se pregunta ella.

Coge el álbum con sumo cuidado y lo abre despacio. Las hojas son dobles y blancas, perfectas para su cometido. La medida es la ideal.

—Me encanta —susurra Martina.

Ander la mira extrañado, parece que es para algo especial.

—¿Precio? —pregunta carraspeando Harán.

Ander le cae muy bien, pero no le gusta que mire así a Martina. Sabe cómo se las gasta.

—Ahora mismo os lo digo —le responde mientras va hacia el mostrador.

Le da por mirar por la ventana y ve a Xenia saliendo de la tienda. Su amiga Gadea la está esperando y se van las dos hacia la parada del autobús. ¿Adónde irán?

Xenia

He estado toda la mañana esperando la llamada de Gadea, pero por lo visto la jodida regla no le quiere bajar. O está embarazada, que es otra posibilidad. Solo de pensarlo se me eriza la piel de todo el cuerpo. Ella no quiere ser madre y sé que, si se da el caso, acabará abortando. No quiero que pase por todo eso.

—Carmen, me voy, que Gadea ya está aquí.

—Tranquila, yo cierro sin problema.

Solo queda media hora para cerrar la tienda y por eso me voy tranquila.

Al salir, veo de reojo a Ander mirando a través de la ventana. Imagino que tiene poco curro y que no tiene nada mejor que hacer. Paso de mirarlo y saludarlo, no quiero que se crea que me ha dejado de caer mal, porque no es así. Por la tarde, tendremos que estar un rato juntos por culpa de nuestros amigos, pero eso no cambia nada. La apuesta se la va a comer con patatas. Sí, sí, lo del libro me sorprendió mucho, no me lo esperaba para nada, pero cuando sabes que la intención del otro es interesada... ya no es lo mismo. No fue un regalo, no fue un bonito detalle. Simplemente fue interés. Nunca he dicho que Ander no sea listo. Imbécil sí, pero tonto no. Sabe jugar bien sus cartas. Lo malo es que no ha tenido en cuenta que soy dura de pelar, me la sudan mucho sus regalos. Así que todo sigue igual.

En el autobús hacia la ciudad intento distraer a Gadea, está nerviosa aunque no lo demuestre. Se lo noto. Hago un esfuerzo por ser empática, es lo que más me cuesta en esta vida, pero creo que más o menos lo consigo. La gente se pone en el lugar del otro e intenta entender sus emociones, yo también hago eso, pero debo concentrarme mucho más que los demás. Me cuesta más prestar atención a las emociones externas. Por suerte, mi autismo es muy leve y, si me esfuerzo, consigo entender la mayoría de esas emociones, aunque soy de esas que si me explican algo y no me interesa no capto muchos matices de la conversación. ¿Por qué se ríen? ¿Por qué están todos con cara de pasmo? He aprendido a seguir la corriente aunque en mi cabeza siguen todas esas preguntas.

Cuando era pequeña, lo pasaba mal, me sentía distinta y a nadie le gusta pensar que es distinto. Ahora Martina se preguntaría por qué: ¿Quién nos ha dicho que tenemos que ser todos iguales? ¿Qué necesidad tenemos de parecer un rebaño? ¿Tan inseguros somos? ¿Tan poco nos valoramos? ¿Qué nos pasa?

Yo paso de todas esas preguntas, me podría volar la cabeza.

—Ya hemos llegado —me indica Gadea apretando sus dedos en el bolso.

Está atacada.

Cuando bajamos del autobús, le cojo la mano.

—¿Quieres que pida yo la prueba?

—¿No te importa? —me responde casi emocionada.

—Qué va.

Es verdad. No estoy embarazada y estoy segura de que en la farmacia sabrán que esa prueba no es para mí. Y, si piensan lo contrario, me da igual, que son farmacéuticos, no jueces.

Cuando tenemos la prueba en las manos, nos miramos con intensidad. Ha llegado la hora de la verdad y yo mentalmente rezo para que sea el primer y más largo retraso de su vida. Gadea debe de estar pensando algo similar porque no dice ni mu.

—Vamos a Kafea.

Ella asiente y, en un par de minutos, entramos por la puerta de una de mis cafeterías preferidas. Siempre íbamos allí con nuestros padres y solo tengo buenos recuerdos de ese lugar. Hacen una repostería buenísima y tienen unas magdalenas de frambuesa que me pirran. Han ido cambiando de dueños en los últimos años, pero últimamente la repostería es uno de sus puntos fuertes.

—¿Quieres pedir tú? Y yo voy al baño.

—¿Sola?

—Lo prefiero.

Joder, me muero por ir con ella, pero debo respetar su deseo.

La veo irse hacia los baños y, cuando el dueño se acerca, me saluda con amabilidad.

—Hola, ¿qué os pongo?

No sé cómo se llama porque tampoco vamos muy a menudo, pero el tipo es joven, de rostro agradable y tiene unos ojos azules muy bonitos.

Le pido dos cafés largos y un par de magdalenas de frambuesa. Espero que no se quede todo en la mesa después del disgusto. Cruzo los dedos inmediatamente y el dueño me mira sonriendo.

—Ahora mismo os sirvo.

—Gracias.

Miro el reloj. Ha pasado un minuto y medio. Vale, debo tranquilizarme, la prueba tardará mínimo unos cinco minutos. Miro a mi alrededor, le echo un vistazo a la pantalla del móvil: nada. Vuelvo a mirar a la gente que hay en la cafetería, está llena y la mayoría de las personas hablan animadas con sus acompañantes. No saben que aquí mismo puede haber una catástrofe en menos de cinco minutos. Joder. Y la vida es eso, unos comiendo magdalenas y otros a punto de ser atropellados por un autobús.

—Aquí tienes los cafés, las magdalenas y os he traído un trocito de tarta vasca. Invita la casa, tenemos nueva repostera, y está buenísima.

—¿La repostera?

Abre mucho sus ojos y enseguida suelta una risotada.

—No, mujer, la tarta. Aunque ella es... Bueno, da igual. Que aproveche.

—Gracias —le digo cuando veo que lo he entendido mal porque él tampoco lo ha dicho bien del todo.

«La casa te invita a un trozo de tarta, está buenísima. La ha hecho nuestra nueva repostera».

Ahí sí.

—De nada...

En cuanto se va, veo aparecer a Gadea con la cabeza gacha. Madre mía. Le doy un bocado a la tarta vasca esa antes de que se me quite el hambre y, cuando noto el gusto, miro la tarta como si fuese un objeto volador no identificado.

¿Perdona? Esta tarta es de Laura. Sí o sí.

12

SECRETOS

Laura lleva toda la mañana en esa cocina y se siente feliz. Ha llegado diez minutos antes, un poco nerviosa porque en casa ha tenido que mentir y no le gusta mentir. Quiere decírselo a su padre en el momento adecuado. Si puede, este mediodía hablará con él.

Mikel ya estaba dentro de la cafetería ordenándolo todo para abrir a las ocho y media. Algunos clientes son muy puntuales y a él no le gusta hacer esperar a nadie. Por eso mismo le ha gustado que Laura haya llegado un poquito antes. Le ha pasado una lista con la repostería que tiene que hacer durante la mañana y ella se ha puesto al momento, como si trabajara allí desde hace meses.

A media mañana, él le ha ofrecido un café con leche y ella se lo ha tomado sentada en uno de los taburetes que hay dentro de la cocina, junto a una pequeña barra que usan los trabajadores si necesitan hacer una pausa o comer algo. Junto a ella se ha sentado Maya, la camarera más rápida que ha visto en su vida. Tiene su edad y ha trabajado de camarera desde que terminó los estudios con dieciséis años. Se preguntan cosas la una a la otra y les queda claro que pueden llegar a ser buenas compañeras, pues se parecen bastante. Eso anima más a Laura, le gusta el trabajo, pero también quiere llevarse bien con el resto del personal.

A Mikel casi no lo ha visto, está detrás de la barra y no deja de preparar un café tras otro. Maya va y viene sin parar. Falta el otro camarero, pero esta mañana no ha podido trabajar por asuntos personales.

Laura se mira las manos llenas de harina y sonríe. Dentro de quince minutos, debe irse para coger el autobús, pero se quedaría allí el resto del día. Hace tiempo que no se siente tan bien consigo misma. A la gente le está gustando mucho su repostería y ella es feliz entre vasos medidores, rodillos y moldes. Mikel ya la ha felicitado un par de veces y ella ha recibido los halagos con las mejillas sonrojadas.

Recoge todo un poco y lo deja igual de limpio que antes de empezar. Cuando está a punto de terminar, su jefe le dice que puede irse cuando quiera.

—Faltan cinco minutos. Puedo barrer un poco...

—No hace falta, Laura. Está todo bien.

—Vale, entonces me voy a por el bus.

—Bien, nos vemos esta tarde.

Mikel lo ha dicho casi como una pregunta y ella le sonríe. ¡Por supuesto!

—A las cinco estoy aquí como un clavo.

Se despiden y ella se va a la parada como si estuviera flotando en una nube. ¿Puede que trabajar la llene tanto? ¿O es porque hace algo que adora? No lo sabe bien, pero quiere seguir viviendo esas sensaciones que hace tiempo que no siente. Su vida era apática, aburrida, cansada y poco estimulante. Nada le daba vida y, en cambio, en una sola mañana se ha sentido más viva que en el último año todo junto. Tiene claro que quiere continuar en la cafetería y que su padre lo tiene que comprender. Es su vida. Solo suya.

Cuando está a punto de subir al bus, ve a su hermana Xenia con Gadea. Van directas hacia la farmacia. Imagina que han quedado para ir de compras, aunque le extraña, porque su hermana trabaja mañana y tarde en la tienda. Es lunes. Tal vez han quedado para comer en la ciudad, es normal, a veces el pueblo se les queda un poco pequeño. Las hermanas no cambiarían nunca de casa, les encanta estar en medio del bosque y tan lejos de todo, pero es verdad que en algunas ocasiones les hace falta ver a más gente. Siempre las mismas caras, las mismas historias, la misma rutina. Es un poco aburrido. De vez en cuando, pasa algo grave como lo de su madre y entonces la gente del pueblo se pasa días hablando del tema. Por eso Laura se negó a salir durante los primeros días, no quería sentirse señalada. No quería que le tuvieran lástima.

Laura mira por la ventana del autobús y se aguanta las lágrimas. Cuando piensa demasiado en ella, se le forma un nudo terrible en la garganta y, por mucho que trague, aquello no baja. Aún ahora no entiende por qué su madre tuvo aquel accidente. Había hablado con ella diez minutos antes, justo al salir de la ciudad, y seiscientos segundos después dejó de respirar debido al impacto del coche contra un árbol. Era de noche, había algo de nieve en la carretera y perdió el control del coche. Cada vez que se lo imagina se le encoge el estómago y no puede respirar. Tiene que obligarse a hacerlo para no caer desfallecida.

—Mamá, ¿me has comprado la camiseta?

—Claro que sí, te va a encantar.

—¡Qué ganas!

—En nada estoy en casa, mi niña.

—La estrenaré mañana mismo.

Su madre se rio, era imposible decirle a Laura que tuviera más paciencia. Había ido a la ciudad especialmente para buscarle esa camiseta, aunque eso no se lo había dicho a ella, no quería mimarla demasiado. Había aprovechado el viaje para hacer algunos recados.

—Dile a papá que en nada estoy allí.

—Vale, mamá. Ahora mismo se lo digo.

—Te quiero, mi niña.

—Y yo...

Aquella había sido la última vez que había hablado con ella. No tocó su móvil en los siguientes días. Le daba la impresión de que, si lo usaba, volvería a pasar algo terrible, aunque estaba claro que no podía haber nada peor que la muerte de su madre.

Le dolía tanto el corazón...

Se deshizo del teléfono porque llegó a odiarlo. Si ella no hubiera hablado con su madre aquel par de minutos..., ¿seguiría vivía? Era una de esas preguntas que solo se había hecho en su cabeza, que habitaba allí en un rincón de su mente desde hacía cinco años y que no tenía respuesta. No podía decir que sí, pero tampoco que no. Era una de esas cosas que no podías saber, pero la incertidumbre le quemaba por dentro porque eso significaba que existía la posibilidad del sí. Su madre podría seguir viva. Entonces, ¿era culpa de ella? Tal vez.

A partir de ahí, no podía dejar de llorar.

Se seca las lágrimas con el brazo con rapidez. No puede llorar en el autobús. Allí no. Zoe le diría que llore donde le dé la gana, pero ella es más contenida. Su hermana es más seria, pero en realidad hace lo que quiere y cuando quiere, es más independiente que ella. Este año ha terminado bachillerato y va a estudiar el grado de Biología, le gustaría trabajar en un laboratorio y dedicarse a la investigación.

Cuando llega a casa, la comida ya está a punto. Su padre tiene vacaciones y les ha preparado esas albóndigas en salsa que tanto les gustan. Laura espera ese momento perfecto para hablar con él. Martina sube a la buhardilla y Zoe se encierra a escuchar música en la habitación. Ha llegado ese momento.

—Papá...

—Dime.

—Tengo que hablar contigo...

Xenia

A veces me es complicado hablar con la gente con normalidad porque me da miedo decir algo que no es adecuado, pero con Gadea la confianza es máxima, así que en cuanto llega a la mesa, la bombardeo a preguntas.

—¿Ya está? ¿Has tenido algún problema? ¿Positivo? ¿Negativo? ¿Lo estás?

Gadea me mira a los ojos y entonces lo veo claro: no. Respiro hondo y ella sonríe mientras me abraza con ganas antes de sentarse delante de mí.

—Joder, qué alegría —le digo recostándome en la silla.

—No serás tía, de momento.

—Es un retraso, Gadea. Ya está.

—El retraso del año.

Nos reímos las dos mucho más relajadas. Mi amiga coge la tarta y le da un mordisco con entusiasmo.

—No he comido nada, qué hambre. ¡Dios! Qué buena...

—Tía, sabe igual que la de Laura.

Gadea frunce el ceño y vuelve a darle un mordisco. Ella también la ha comido alguna vez, pero no puede asegurarlo como yo, claro. Yo sé que sí es de Laura.

—¿Sí? La verdad es que está igual de buena.

—Que sí, que es de mi hermana. Lo que no entiendo es cómo ha llegado a parar aquí una tarta de Laura.

—Pues pregúntalo. Oye, perdona...

La camarera se acerca con una bonita sonrisa. Es rubia, con el pelo corto y tiene unos ojos muy rasgados.

—¿Queréis algo más?

—No, no. Solo queríamos saber dónde habéis comprado esta tarta.

Evidentemente, las dos hemos dado por sentado que la habían comprado.

—Ah, no la hemos comprado. Está buena, ¿eh? Está triunfando y la ha hecho nuestra nueva repostera. Justo ha empezado esta mañana.

—¿Se llama Laura? —pregunto yo segurísima de que esa tarta es de ella.

—Sí, ¿la conoces?

—Sí —le digo intentando analizar esa información.

¿Nueva repostera? No entiendo nada.

—¿Y es repostera por un día o algo así? —le pregunto intentando encontrar una respuesta lógica a todo este embrollo.

La camarera suelta una risilla.

—No, no te preocupes. Ha empezado hoy, pero se queda en plantilla, así que podrás seguir saboreando sus delicias.

O sea, que mi hermana Laura trabaja aquí desde... hoy. Vale, y todos pensando que estos días iba a la facultad.

—Pues gracias por la aclaración —le dice Gadea viendo mi cara de flipada.

—De nada —dice la camarera soltando otra risilla mientras se va a otra mesa.

—¿Esto es normal o soy yo?

—Muy normal no es, la verdad. Quizá tu hermana solo quería probar... cocina de vicio.

—Lo sé, pero tal vez podría haber dicho algo. ¿Es que no confía en nosotros?

—A veces no es eso, Xenia. Seguro que hoy mismo os dice algo.

—Pensaba que mis hermanas no tenían secretos.

—Todos los tenemos.

Miro a Gadea más seria. ¿Ella también?

—Tú también los tienes —me acusa bromeando.

¿Yo?

—Puedes estar segura de que no.

—Ya, ya...

La miro negando con la cabeza. No tengo secretos. Ninguno.

13

NI TAN MAL

A Zoe no le gusta tener secretos con su familia, así que durante la comida, les comenta que la noche anterior ha rellenado un formulario para participar en un concurso de diseño de moda. Lo explica con toda la naturalidad del mundo mientras su padre la mira entre interesado y preocupado. ¿No quería estudiar Biología? De las cuatro es la más responsable con sus estudios y siempre ha tenido claro que quiere dedicarse a la investigación.

—Y no pongas esa cara, papá. Voy a hacer Biología igualmente.

—¿Y si te gusta más esto?

—Puedo hacer las dos cosas. Tengo materia gris de sobra —le dice ella señalándose la cabeza con una gran sonrisa.

Está contenta, esto del concurso la tiene más animada.

—Entonces ¿ahora tienes que esperar a ver si te aceptan? —le pregunta Laura.

—Exacto. Si me aceptan, podré concursar.

—¿Y el premio? —le pregunta Martina.

—Un desfile en París.

Las dos hermanas exclaman y aplauden entusiasmadas.

—¿Te maginas? —le dice Martina.

—No, no me lo imagino. A ver, es muy complicado que pueda ganar, pero no está de más intentarlo.

—Pues yo creo que tus diseños tienen posibilidades —le asegura su hermana mayor.

Laura siempre ha creído que Zoe tiene mucho gusto y que sus diseños son muy buenos. Ella no entiende especialmente de moda, pero lo que hace su hermana le gusta de verdad.

En cuanto terminan de comer, Zoe se va a su habitación a escuchar música. Eso la relaja y así es capaz de empezar a darle forma a todos esos diseños que tiene a medias en su cabeza. No sabe si aceptarán su solicitud, pero le da igual, terminará dibujando esos bocetos que tiene en mente.

Depeche Mode es la banda sonora para la creación de un vestido negro y largo de tul con tirantes muy finos a juego con unas sandalias atadas al tobillo también de color negro. ¿Y si le quita los tirantes? No, no, le gusta más así. ¿Tal vez baje un poco más el tul, a ras del suelo? Sí, casi rozándolo. Le gusta lo que ve con los ojos cerrados, así que se levanta de golpe y coge la libreta que siempre tiene en la mesilla de noche que comparte con su hermana pequeña. Hace un primer boceto rápido casi sin respirar. No quiere dejarse ningún detalle, ahora lo tiene muy claro en su mente y después sabe que irá difuminándose.

—Perfecto.

Extiende el brazo para observar bien el dibujo. Su colección podría basarse en el tul... Sí, es una buena idea. Usará el tul en todas sus prendas, aunque sin abusar, en su justa medida.

En ese momento suena el móvil. Es su amiga Eli que le pregunta qué va a hacer esta noche. Es lunes y no tiene nada que hacer. No tiene pensado ir a la ciudad, pero su amiga quiere invitarla al cine porque ella la acompañó a su cita con Sergio.

—No hace falta que me invites. Además, lo de Sergio salió rana.

A Eli no le había convencido el chico de Tinder.

—Sí, pero no por tu culpa. Yo invito.

—Está bieeen.

—¿Te importa si tenemos compañía?

—¿De quién?

—De mi primo.

—¿De Julen? Claro, que venga.

El primo de Eli vive en la ciudad y de vez en cuando se apunta a esas sesiones de cine. Es un tío listo y divertido que acaba de pasar un mal trago porque su chico lo ha dejado de un día para otro, sin explicaciones y por WhatsApp. Cuando comentó esto último, ellas dos no se lo podían creer. ¿Cómo podía haber gente tan ruin por el mundo?

—Perfecto, ¿le pido el coche a mi madre?

—Déjame que pregunte en casa si alguien necesita el coche y te digo.

El coche de la madre de Eli no pasa de los setenta por hora y eso a Zoe le pone muy nerviosa. A su madre ya le está bien porque lo usa muy poco y así su hija no corre, pero es terrible ir a la ciudad con ese trasto.

Zoe baja las escaleras de dos en dos y, casi al llegar, escucha algo de lo que hablan su padre y Laura.

—Espero que la próxima vez me lo expliques antes. No quiero que hagáis cosas a escondidas, ¿de acuerdo?

—Sí, papá. Pero ya te he dicho que ha sido todo como de repente...

—¿Necesitarás el coche?

—No, cogeré cada día el autobús. Así dejo el coche libre.

—Bien. Mañana puedo pasar a buscarte por la cafetería y vamos a mirar lo de psicología.

—Genial. Gracias, papá.

—Yo solo quiero que seas feliz.

—Lo sé.

Zoe baja el último escalón haciendo ruido para que sepan que está allí. Ambos se vuelven hacia ella.

—Solo una pregunta, ¿está libre el coche esta noche? Eli y yo queremos ir al cine.

—Sí, ni Laura ni Xenia lo necesitan —le contesta su padre.

—¿Psicología? ¿Cafetería? —pregunta de nuevo Zoe mirando a su hermana.

Ella sonríe y le indica que se siente junto a ella. Mientras su padre prepara el segundo café, le explica todos esos nuevos cambios en su vida. Zoe la escucha atenta y, cuando termina, la felicita por su decisión. Ya hace tiempo que piensa que a Laura le falta hacer algo que le guste en la vida. Se alegra mucho de que por fin coja las riendas.

Ahora toca disfrutar.

Xenia

Sé que no voy a disfrutar ni un segundo de esta jodida cita doble, pero no me queda otro remedio que pringar. A veces mataría a Gadea, ¿por qué me tiene que meter en estos berenjenales? Sabe que no soporto a Ander y que los dos podemos acabar arruinándoles la noche. No sé en qué estaban pensando cuando se les ocurrió esta gran idea.

La cena en casa ha sido de lo más entretenida porque Laura nos ha puesto al día de las novedades. Mi padre y Zoe ya lo sabían, pero Martina no sabía todavía nada del nuevo trabajo de mi hermana. Yo me he hecho la tonta porque... La verdad, no sé por qué.

—¡Pásatelo bien, Xenia!

El tonito de mi padre es divertido y lo miro con fuego en los ojos. Eneka suelta una risilla y acabo sonriendo.

—Eneka, si te hago una perdida, llámame.

Ella abre los ojos sorprendida.

—¿En serio?

—No le hagas caso —le indica mi padre con despreocupación—. No te va a llamar porque se lo va a pasar bien. Ander es de los chicos más listos del pueblo.

—Pero también es un imbécil —le replico con rapidez.

Me da igual que esté estudiando un doble grado, eso no quiere decir nada. En la tienda me he dado cuenta de que hay muchas personas sin estudios que son la mar de interesantes. Otras, con sus títulos bajo el brazo, son la hostia de estúpidas, creen que lo saben todo y te hablan como si estuvieran encima de un pódium. No soporto a este tipo de gente y Ander pertenece a ese grupo a pesar de que apenas lo conozco. Vale, sí, igual me equivoco, pero me da igual. No lo necesito en mi vida y últimamente nos estamos cruzando demasiado. Quiero pensar que es mala suerte, solo eso.

Me despido de mi padre y Eneka cuando oigo el coche de Gadea. Cruzo el puente y salgo hacia la carretera. Le hago un gesto con la mano y ella sonríe contenta. Todo sea por ella, va. Hoy ha pasado un mal rato con todo el tema de la prueba de embarazo.

Durante el camino, habla entusiasmada. Hemos quedado en el bar y, como es lunes, hay muy poca gente. Todavía faltan diez minutos para la hora, pero Gadea quería llegar antes para sentirse más segura. Todavía no tengo claro si le gusta poco o mucho el amigo de Ander.

—Gadea, ¿qué esperas de todo esto?

—Nada. Hablamos un rato con ellos y ya está.

—Pero ¿te gusta de verdad?

—No, claro que no. Ya sabes que soy muy exigente.

Alzo las cejas en un gesto irónico. Exigente… lo que se dice exigente…

—¿Qué? Gorka está muy bueno, pero las dos sabemos qué tipo de tío es —me dice alzando las manos.

—¿Y por qué perdemos el tiempo? —le pregunto sin entenderla.

—Bueno, no me voy a casar con él, ¿no?

—No, claro, no me jodas.

Ambas nos reímos por mi manera de decirlo y justo en ese momento aparecen los dos amigos. Me fijo en Ander: camiseta blanca y vaqueros cortos de un azul muy claro. Lleva unas Nike blancas enormes y, mientras se acerca, no puedo dejar de mirarlas. ¿No se le cuecen los pies con eso en pleno verano? Seguro que en vez de dedos tiene minisalchichas cocidas. Me da la risa, pero me aguanto y, cuando levanto la cabeza, me encuentro con la mirada de Ander. Gadea y Gorka se están saludando de una forma mucho más cariñosa.

—¿Qué te hace tanta gracia?

—El maltrato que le dedicas a los dedos de tus pies.

Ander se mira las Nike con el ceño fruncido. Están impolutas, eso sí. El niño es limpio. El niño...

—Oye, niño, déjalo —le digo con indiferencia.

—¿Niño?

—Eso he dicho.

—Hola, Xenia.

Gorka me saluda con la mano mientras se sienta enfrente de mi amiga.

—Hola, Gorka. Dile al niño que se siente.

Gadea suelta una risilla y Ander se sienta mirándome con cara de pocos amigos. A él le gusta molestarme y a mí me encanta ver que preferiría estar en la otra punta del mundo.

Gorka empieza a hablar de series de Netflix y Gadea le sigue el rollo de forma apasionada. Que yo sepa, le gusta más leer que ver la televisión, pero ahora mismo parece todo lo contrario. Por lo visto, Ander también es de series, porque charla con ellos con interés. Yo participo de vez en cuando porque veo pocas, la verdad, prefiero leer o pasear con mis chicas. De todos modos, ellos tienen más tiempo libre que yo, eso seguro.

—Creo que mañana mismo sale la tercera temporada de *The Umbrella Academy* —dice Gorka.

—Sí, es mañana —confirma Ander.

—Tengo muchas ganas de verla —les dice Gadea.

Ander me mira fijamente.

—¿No la has visto? —me pregunta mientras Gorka sigue hablando con mi amiga.

No es necesario que me dé conversación, me molesta que haga eso. Sé estar callada y escuchar y no me siento mal.

—No.

Miro hacia un lado del bar para indicar así que no me interesa seguir hablando con él. El mensaje está claro, ¿verdad? Pues él no lo pilla.

—Te gustaría.

Lo miro alzando ambas cejas en plan: «¿Y tú que coño sabes lo que me gusta a mí?».

Ander junta sus labios en ese jodido gesto y me sigue mirando fijamente.

—¿Qué? —le digo molesta por su forma de mirar.

—Espero una respuesta. Esto funciona así: yo te digo algo y tú respondes. ¿Lo sabes?

—Tal vez me la suda lo que dices —le replico con rapidez.

—Qué poca educación —dice para picarme mientras niega con la cabeza.

Es duro de pelar porque parece que le da igual lo que le diga. Tal vez está tan acostumbrado que ya ni le afecta. Decido pasar a otro nivel.

—Mira, Ander, seamos claros. Estamos aquí por ellos, no hace falta que hablemos. Simplemente compórtate como una jodida vela y ya.

Abre los ojos y por dentro sonrío. Ahora sí que he logrado hacerlo callar. Después suelta una carcajada y eso me cabrea. ¿De qué se ríe ahora?

Junta las manos y se las coloca encima de la cabeza. ¿Va a hacerme la danza del vientre?

—¿Parezco una vela? —me pregunta sonriendo.

Ahora la sorprendida soy yo. Tengo ganas de reír, muchas, y me aguanto las ganas, aunque se me escapa una sonrisilla semiescondida.

—¿Qué haces, Ander? —le pregunta Gorka algo mosqueado.

—Nada, nada —le contesta mientras baja las manos y me guiña un ojo.

Otro gesto de esos que usa sin darse cuenta y que probablemente resulta atractivo a la mayoría de las chicas.

De las series pasamos a las películas y de ahí a los libros. Cuando me doy cuenta, estoy hablando con Ander sobre Joël Dicker, a él le entusiasma este escritor y a mí se me hace un poco lento.

—No me digas que no te has reído leyéndolo.

—Sí, vale, eso es verdad, pero me sobran páginas en sus libros.

—¿En serio? A mí se me hacen supercortos.

—Me da la impresión de que repite la misma idea en demasiadas ocasiones.

—Nadie escribe como él, es un monstruo.

—No te digo que escriba mal, pero prefiero leer a otros autores.

Ander sabe mis gustos literarios, evidentemente, ya que compro todos mis libros en la librería.

Seguimos charlando animados, dando nuestra opinión y respetando la del otro. Me gusta eso de Ander, no hace desprecios y nunca dice que un libro es malo, solo dice que ese libro no le ha llegado. Yo siempre digo que ese libro no es para mí, pero quizá para muchos otros sí. Es imposible que nos guste a todos lo mismo y tampoco sería muy lógico.

—Mola saber que eres así —me dice recostándose en la silla.

—¿Así cómo?

—Pensaba que eras de esas personas que desprecian lo que no leen.

—Pues estabas equivocado.

—Los prejuicios —me dice clavando sus ojos oscuros en los míos.

Son bonitos, tengo que reconocerlo, pero aparto la mirada porque lo último que quiero es subirle el ego al príncipe de los libros.

Miro el reloj un segundo, porque veo que no queda ya nadie en el bar. Es tarde y Ander me mira señalando con la cabeza a nuestros amigos, que siguen hablando ahora de la universidad *on line*.

—Gorka, es tarde —le dice Ander abrazando a su amigo.

—Joder, vaya. Se me han pasado las horas volando.

Solo ha sido hora y media, pero entiendo qué quiere decir Gorka. La mirada que le echa a Gadea confirma mi teoría de que este chico está colado por ella.

Salimos del bar tras una minipelea en la que hemos perdido las chicas por querer pagar las bebidas. Gadea les dice que a la próxima pagamos nosotras y ellos asienten divertidos. ¿A la próxima?

A ver, que no me lo he pasado tan mal. Al final mi padre tenía razón, pero eso no implica que voy a ser su amiguita ni nada parecido. Sigo teniendo las cosas muy claras y, aunque se pueda hablar con él, representa todo lo que no me gusta de un chico: guapo a rabiar, creído, altivo y popular.

No, gracias.

14

DESCONOCIDOS

Martina lleva toda la tarde mirando el álbum vacío. Sabe que poco a poco va a ver cómo irán plasmando la vida de su madre en esas páginas. Está emocionada y casi tiene ganas de llorar. Desde que Harán le propuso esta idea, no ha necesitado refugiarse en los cortes que ella misma se hacía. Se levanta la manga de la camiseta, las heridas están oscureciendo y espera que en nada desaparezcan de su piel. No le gusta tener que esconderse de algo que no puede controlar. A algunas personas les da por comer y a otras por llorar muy fuerte, ella necesita hacerse daño y oler su propia sangre. No sabe explicar cómo empezó todo, un día se encontró cortándose la piel con una cuchilla.

Mañana se pondrán ya en serio, su amigo y ella han quedado con su padre para empezar el proyecto. Su padre no sabe bien de qué va el tema, pero en cuanto le ha dicho que quiere charlar a solas con él, no ha dudado en posponer sus planes. Sus hijas son lo primero en su vida.

El móvil de Martina le avisa de que tiene un nuevo mensaje en Instagram. Deja el álbum a un lado con cuidado y coge el móvil sin prisa. Será alguno de sus amigos para comentarle algo.

Es alguien desconocido.

Nerea

Hola, Martina. ¿Qué tal? He visto tu perfil y me gustan tus dibujos 🙂

Vaya.

Está en línea ahora mismo y tiene la cuenta pública, así que Martina le echa un vistazo rápido. Hay muchas fotos de esa chica paseando por la montaña y algunas tomando algo en algunos bares conocidos de la ciudad. Se fija en una donde muestra su rostro de cerca: ojos azules, pelo moreno y corto, y nariz algo curvada. Tiene unos rasgos bonitos y sabe destacar sus ojos con el *eyeliner* negro.

Martina duda si responder en ese momento. Al final decide hacerlo. No es la primera persona que le dice algo sobre sus dibujos, aunque ahora hace tiempo que no sube ninguno.

Martina

Hola, Nerea, muchas gracias 🙂

No sabe qué más decirle. No quiere parecer antipática, pero no se le ocurre nada más.

La chica le está escribiendo y ella espera con tranquilidad. Sabe que le seguirá hablando de sus dibujos y que le preguntará qué está haciendo en esos momentos. Y ella responderá que hace tiempo que no crea nada nuevo porque está bloqueada. Cuando coge el lápiz, este acaba resbalando de entre sus dedos porque no tiene ganas de dibujar.

Nerea

¿Qué tal estás?

Martina arruga el ceño. No esperaba esa pregunta y piensa unos segundos antes de responder. ¿Es que la conoce?

Martina

¿Nos conocemos?

Nerea

No, no, solo quería charlar un poco.

Martina

Vale, no quería parecer una maleducada. A veces me despisto.

Nerea

Jajaja, yo igual. Las amigas de mi madre me parecen todas iguales y no me aclaro con los nombres. ¿Te pasa eso con tu madre?

Martina traga saliva.

Martina

Mi madre murió hace cinco años

No quiere dar lástima, pero tampoco quiere mentir.

Nerea

Joder, lo siento. Soy la número uno metiendo la pata. Perdona si te he molestado. Ciao.

La chica desconocida deja de estar en línea y Martina relee la conversación. Parece que se haya ido asustada, quizá no debería haberle dicho nada de su madre.

Pasa la mano por el álbum, tiene que pensar qué recuerdo quiere que se quede para siempre entre esas páginas. ¿Tal vez cuando jugaban las cuatro con sus padres a las cartas? Su madre era una auténtica as del chinchón y les enseñó a jugar muy pronto. Se lo pasaban genial, pero no, ese es un recuerdo con todos. Tiene que ser un recuerdo de Martina y su madre, solas las dos. ¿Tal vez cuando su madre la llevó por el bosque y le explicó lo importante que era que no se peleara con sus hermanas? Para su madre era algo muy importante y siempre les recordaba que un día su padre y ella se irían, como los abuelos, y que entonces las cuatro hermanas tenían que estar más unidas que nunca.

Solo se había ido su madre y demasiado pronto, pero era cierto que las cuatro se querían con locura y que intentaban seguir todos aquellos consejos que no habían olvidado a pesar del paso de los años. De repente, se le ocurre que podría dibujar esa escena, su madre y ella paseando por los alrededores de la casa... Le encanta la idea y abre la puerta a toda prisa para subir a la buhardilla.

—Eh, eh, ¿a dónde vas tan rápido?

Martina casi arrolla a Zoe, que justo entonces pasa por delante de su habitación.

—A dibujar —le responde contenta.

—Oh, bien, bien. ¿Me lo enseñarás?

—Cuando esté terminado.

—Genial.

—Pásatelo bien —le dice Martina subiendo ya las escaleras.

—¡Tú también!

Zoe mira a Martina con cariño, parece que le ha vuelto la inspiración a su hermana y eso le agrada mucho. Sus dibujos son muy buenos y sería una pena que dejara esa afición. Nunca ha querido ir a clases de dibujo ni nada parecido, tanto ella como Martina son autodidactas. Han aprendido muchos trucos mirando vídeos en YouTube y han roto muchas hojas hasta lograr el resultado que buscaban.

Zoe se despide de su familia y coge el coche para recoger a Eli. Han decidido ver la película de Thor, que la estrenaron la semana pasada. Por el camino, hablan del protagonista y, cuando llegan al aparcamiento, esperan a Julen en la entrada.

—Míralo, por allí viene —le dice Eli señalando hacia la derecha.

Zoe se vuelve y entonces ve que viene con alguien. ¿Su nueva pareja? A rey muerto rey puesto, claro que sí.

—¿Y ese? —pregunta Eli extrañada.

—Pues un tío bueno que se habrá ligado —le dice Zoe en un susurro para que no la oigan.

De lejos simplemente ven a un chico alto y moreno. Cuando se acerca a ellas, Zoe abre los ojos muy sorprendida. Es el chico con el que folló hace unos días... El chico guapo de ojos verdes que conoció a través de Tinder.

—¡Ey! ¿Qué tal? —les pregunta Julen al llegar a ellas—. Ibai se ha apuntado —les informa—. Ellas son Eli, mi prima, y Zoe, una amiga.

Se saludan con los besos correspondientes y a Zoe le viene a la memoria cómo cogía sus nalgas con esas grandes manos.

Ibai la mira unos segundos más. Está claro que se acuerda de ella perfectamente, el sexo fue de diez.

Entran en el cine e Ibai insiste en pagar las cuatro entradas. Eli quiere devolverle el dinero, pero él se niega en rotundo.

—Es muy cabezón, no vas a poder con él —le avisa Julen.

—Pues nosotras pillamos las palomitas —refunfuña Eli.

Zoe sigue en shock, no puede creer que haya coincidido con alguien de la aplicación. ¿Y si habla de ella? A ver, no es que le importe demasiado, pero no le gustan los chismes ni tampoco que alguien hable mal de ella por buscar solo sexo.

Ibai la mira con una sonrisilla canalla y ella le da la espalda, no quiere seguir por ahí. Se liaron y ya, no es necesario que vuelva a pasar. Ella no suele repetir y es algo que deja bien claro en su perfil.

Durante la película, Zoe no dice ni mu, solo come palomitas y le da un sorbo al agua de vez en cuando. Eli, en cambio, tiene un ojo puesto en su primo. Ese tipo no parece demasiado interesado en Julen y ella está un poco mosqueada. Espera que no sea otro capullo que le rompa el corazón.

Cuando salen del cine, se las ingenia para hablar con él y preguntarle de dónde ha salido ese chico. Su primo la mira extrañado.

—¿Es que no lo reconoces?

—No, ¿de qué hablas?

—¿Te acuerdas de mi amigo Ibai, el que hizo conmigo toda la primaria?

—¿Ibai, el chico ese que...?

—Sí, que llevaba gafas, aparato y el pelo como una seta.

—Joder... Vaya. No sabía que era homosexual.

Julen la mira como si hubiera dicho algo muy raro.

—Es que no lo es.

En ese momento, aparecen Zoe e Ibai, que han ido al baño, aunque no juntos.

—¿Os apetece tomar algo rapidillo? —les pregunta Julen obviando la cara de flipada de su prima.

Es de las cosas que más le joden, que la gente crea que, si sale con un chico, es porque es un ligue. ¿Es que no puede tener amigos masculinos? Encima que sea su prima quien dé por hecho algo así, Julen piensa que estamos a años luz de normalizar ciertos temas.

—Por mí bien —le responde Eli.

Zoe e Ibai asienten con la cabeza y se dirigen hacia un local que hay cerca, donde ponen música suave. Es grande y hay muchas mesas libres, así que se sientan cerca de una de las ventanas.

Eli está más relajada al saber que entre su primo y ese chico no hay nada romántico, y se muestra mucho más simpática con Ibai.

—No te he reconocido, Ibai. Estás muy cambiado.

—Lo sé y hace años que no nos vemos.

—Os fuisteis a vivir fuera, ¿verdad?

—Sí, a Santander, pero hemos vuelto hace unos meses.

—Vaya, debe de ser duro dejar a tus amigos —le dice Zoe.

—Sí, pero aquí también tengo amigos. Hemos ido viniendo cada verano.

—Sí, nos hemos seguido viendo —confirma Julen con una gran sonrisa.

Ibai siempre ha estado presente en su vida y lo pasó muy mal cuando sus padres decidieron irse a otra ciudad por temas laborales. Ahora le encanta tenerlo de vuelta, se llevan genial.

—Sí y he cambiado de peinado —suelta Ibai con un guiño.

Eli y Julen estallan en una carcajada y Zoe los mira sonriendo sin entender el porqué de esas risas.

Ibai la mira y le dice con un gesto de la mano que espere. Busca el teléfono en el pantalón y lo saca. Le pasa el móvil y le muestra una foto de un niño. Ella la coge con curiosidad.

—Aquí me tienes con diez años —le aclara Ibai.

Zoe ve a un chico de mejillas sonrojadas, con los dientes cubiertos por unos bráquets de color metal, unas gafas redondas de pasta negra y con un peinado muy poco favorecedor.

Zoe sonríe y busca los ojos de Ibai.

—¿En serio eres tú?

El chico ha cambiado para bien, eso está claro.

—Ibai, el del pelo orinal. Ese soy yo.

Los cuatro se echan a reír y a Zoe le encanta que se ría de él mismo. Si ella hubiera llevado ese peinado, lo habría escondido sin dudarlo.

Siguen charlando entre ellos, aunque Zoe se da cuenta de que Ibai la mira distinto, como si intentara hablarle con los ojos. Ella hace ver que no se da cuenta y no le da pie a nada. Tiene muy claro que no quiere tener una relación al uso, prefiere disfrutar del sexo de vez en cuando y después vivir a su aire. Y con él ya ha tenido una buena sesión.

Cuando salen del local, Ibai les pasa su número de teléfono a ambas por si quieren tomar un café cuando vengan a la ciudad y ellas hacen lo mismo. En cuanto suben al coche, Zoe recibe un mensaje de Ibai.

Ibai

Lo del pelo fue culpa de mi madre, que conste en acta.

Ella sonríe y le responde.

Zoe

Ahora me has decepcionado mucho, estaba segura de que eras Ibai, el del pelo orinal que es muy original.

Ibai

Es la primera vez que alguien dice algo positivo de ese peinado. Te apunto en mi lista VIP.

Zoe

¿Lista VIP? Jajaja.

Ibai

Tienes el honor de quedar conmigo cuando te apetezca.

Zoe

Gracias por ese honor.

Ibai

La pelota está en tu tejado 🙂

Zoe guarda el móvil en su bolso y suspira. No necesita un chico a su lado, está muy bien sola.

15

SIEMPRE

Laura lleva tres días trabajando en la cafetería y se siente mejor que nunca, le da la impresión de que ha encontrado algo que realmente le fascina. Le encanta la repostería y sobre todo le gusta saber que a la gente le resulta delicioso lo que crean sus manos. Mikel la ha felicitado en varias ocasiones de parte de algunos clientes. Él también ha probado alguno de sus postres y ha terminado confesándole que tiene unas manos de ángel. Eso se lo ha dicho esta misma mañana y Laura se ha sonrojado. Su jefe le cae bien y el resto del personal también, así que vislumbra un verano muy agradable entre fogones.

Su padre le preguntó si estaba segura de querer trabajar tantas horas, ellos no son ricos ni nada por el estilo, pero su vida tranquila y austera no reclama demasiados gastos. Su padre trabaja de periodista deportivo en un periódico de la ciudad y gana lo suficiente para que no les falte de nada, aunque no naden en la abundancia. Ahora Laura supondrá un gasto menos porque tendrá su propio dinero.

Tal y como hizo Xenia en su momento, ella ha planteado dar parte de su sueldo a su padre, pero él se ha negado. Prefiere que sus hijas administren sus ahorros, ya son mayores y él no necesita el dinero.

—¿Un descanso?

Mikel aparece con dos tazas de café.

—¿Puede ser con hielo? —le pregunta ella en el mismo tono cantarín que él.

—Marchando.

Él desaparece un momento y regresa con un vaso con hielo. Él mismo se lo prepara todo mientras ella coloca una de sus tartas en el horno. Ella se vuelve y se lo encuentra casi encima.

—Uy, perdona —se excusa él dando un paso atrás.

A Laura le ha dado tiempo a oler su perfume, le gusta mucho cómo huele.

—No pasa nada.

Laura coge el vaso y le da un sorbo que le refresca un poco el cuerpo. Hace calor.

—¿Qué tal todo? ¿Estás contenta?

Mikel clava sus ojos azules en los de ella y de repente siente un calorcito en su interior. Intenta disimular que su mirada la intimida más de lo normal.

—Sí, la verdad es que mucho. Me encanta trabajar aquí.

—Me alegra oír eso.

Ambos dan otro sorbo al mismo tiempo y se sonríen.

—Oye, ¿haces algo los viernes por la noche?

Laura abre los ojos como platos. Lo último que se esperaba era que Mikel le hiciera algún tipo de proposición.

—Pues...

—¿Sabes patinar?

—Eh, algo sí.

—Yo suelo ir con un grupo de gente a patinar por algunas calles de la ciudad, si te apetece...

Laura frunce el ceño. Vale, no es una cita ni le está pidiendo salir con él. Solo es una invitación informal y seguro que se lo ha propuesto por educación.

—No, gracias. Tampoco patino tan bien.

Él alza una de sus cejas y le sonríe de nuevo.

—Bien, entonces quedamos un día en la pista de patinaje y te enseño algunos trucos. ¿Qué te parece?

Laura piensa que Mikel es muy amable con ella.

—No quiero fastidiarte la salida con tus amigos...

—No me fastidias nada, en serio. Podemos salir de aquí, picar algo y después nos vamos a la pista. Si quieres, claro.

Sus ojos la escrudiñan y Laura se pone un poco nerviosa. ¿Qué le pasa? Es Mikel, su jefe, no es un tío que esté intentando ligar con ella.

—Venga, sí.

—Genial.

Mikel se termina el café y se va hacia la barra para seguir atendiendo a la clientela. Lo hace silbando, está realmente contento.

Laura suspira como una niña, le gusta el plan, sobre todo porque hace mucho tiempo que no tiene un plan. Le agrada también la idea de pasar un rato con Mikel fuera de la cafetería, apenas lo conoce, pero le parece un chico listo y divertido.

Cuando llega a casa, les dice a sus hermanas que necesitará el coche el viernes por la noche. Están en la cocina tomando un café mientras charlan entre ellas y entonces Xenia le pregunta si tiene una cita. Laura sonríe y le responde que no, que va a salir a patinar con su jefe.

—¿El guapo de ojos azules? —le pregunta Xenia.

—El de ojos azules a secas.

—Ve al oculista —le indica su hermana.

Laura se ríe. Está clarísimo que trabajar en esa cafetería le está sentando fenomenal.

—¿Qué guapo? —pregunta Martina.

—El jefe de Laura —le dice Xenia alzando las cejas un par de veces.

—¿Mikel? —comenta Zoe interesada.

—El mismo.

—Tendremos que ir a tomar un café —le replica Martina dándole un codazo suave a su hermana Laura.

—Cuando queráis, hacemos una pequeña excursión —le contesta Xenia provocando más risas entre ellas.

A Martina le encanta tener ese buen rollo con sus hermanas y le encanta saber que la tratan como a una más. Hace unos tres años, se sentía muy niña y muy lejos de ellas. Las veía maquillarse, probarse mucha ropa y quejarse de algunos complejos que no entendía. También hablaban de cosas que quedaban fuera de su alcance, era como si ellas tres estuvieran en otra dimensión. Y, de repente, un día, Martina se hizo mayor y ellas abrazaron el cambio con mucho cariño.

—¿Martina?

Su padre la llama desde el salón.

—Ya voy.

Le ha explicado a su padre que Harán y ella están haciendo un álbum sobre su madre. Al principio, él la ha escuchado muy serio, tanto que ella ha llegado a pensar que no había sido buena idea. Pero no. A su padre le ha encantado esa iniciativa, sus ojos se han humedecido de la emoción.

—Debe de ser Harán —dice cuando llaman al timbre.

Corre hacia la puerta y la abre para dar paso a su amigo, que llega con la cara roja de ir en bicicleta.

—Vamos, mi padre nos está esperando.

Se sientan frente a él y Harán saca su libreta con lo que han ido anotando. Mateo lo mira con cariño, lo considera casi como a un hijo más.

—Vale, vamos a necesitar una foto donde estén los dos juntos —dice Harán en un tono muy profesional.

Martina lo mira sonriendo.

—Harán, que es mi padre —suelta con una risilla.

—Sí, Harán, no me hables de usted.

—De acuerdo —dice riendo también.

—Vale, os busco una foto bonita y os la doy. ¿Qué más?

—Necesitamos que nos expliques alguna anécdota con mamá o algo que recuerdes con cariño...

Mateo traga saliva, las lágrimas se le suben a los ojos sin que pueda evitarlo, aunque hace un gran esfuerzo y logra que no salga ninguna. Cuando su mujer tuvo el accidente, lloró mucho, no sabe ni cuánto. No entendía cómo había podido ocurrir algo semejante. Se habían despedido por la mañana con un sonoro beso que siempre hacía reír a sus cuatro hijas y ya no la había visto más con vida. La siguiente vez la vio muerta y era una imagen que trataba de sacar de su cabeza, no quería tener ese último recuerdo del amor de su vida. No era justo.

—Vale, tengo muchos recuerdos bonitos...

—Es que tu madre era un encanto —dice Harán casi sin pensar.

Martina lo mira fijamente. Harán es especial, cada día lo tiene más claro.

—Sí, lo era —confirma Mateo sonriéndole mientras se levanta a buscar el álbum de fotos que tiene guardado en uno de los cajones del mueble del salón.

Respira hondo y regresa intentando sonreír. No quiere que Martina piense que hacer todo eso es una mala idea, porque no lo es. A él le encanta saber que su hija quiere hacer algo tan bonito y él desea participar sin aportar nada negativo.

—Mirad, esta foto nos la hicimos durante nuestro primer viaje...

En la imagen se ve a Mateo con su mujer, muy jóvenes y sonrientes. Detrás de ellos hay un paisaje precioso de montañas pintadas de blanco.

—¿Dónde fue? —quiere saber Harán.

—En Viella, ¿lo conoces?

—Sí, estuvimos allí un fin de semana —responde Harán.

—¿Estabais casados? —pregunta Martina mirando la foto fijamente.

Hace por lo menos un par de años que no ve las fotos de ese álbum, no se sentía con fuerzas para hacerlo.

—No, no. Hacía poco que salíamos, solo llevábamos unos meses.

—Estáis muy guapos —dice Martina con un deje de tristeza.

No puede dejar de pensar que en ese momento aquella pareja tan feliz no sabía que un accidente terminaría separándolos para siempre.

—Gracias, cariño —le replica Mateo—. Pues justo cuando llegamos aquí arriba, estábamos los dos muertos de cansancio. Hicimos una excursión por nuestra cuenta y nos perdimos...

—¿En serio? —lo interrumpe Martina con una sonrisa.

—Sí, sí. Yo quise acortar el camino por un sendero pensando que llegaríamos al mismo lugar y nos perdimos. Tu madre subió todo el camino refunfuñando y yo solo le iba diciendo que no tenía de qué preocuparse, pero la verdad era que los tenía de corbata.

Los tres se ríen al mismo tiempo. Martina se imagina a su joven padre apurado por haber metido la pata.

—Al final llegamos, ya no sé ni cómo, y tu madre me miró poniendo los ojos en blanco...

—¿Estás cansada, Luna?

—Mateo, nos hemos perdido, ¿verdad?

—Para nada, para nada...

Luna estalló en una carcajada porque Mateo no sabía mentir. Lo conocía poco, pero siempre arrugaba la nariz cuando estaba poco convencido.

Él la miró embobado y la abrazó por la cintura provocando que ella silenciara sus risas.

—Estás preciosa.

Le dio un suave beso en los labios.

—Prometo hacerte así de feliz todos los días...

A Luna el corazón le dio un pequeño salto dentro del pecho. Sabía que en ese momento Mateo decía la verdad.

—Y yo prometo quererte siempre...

Se besaron despacio, sintiendo el amor en cada una de sus caricias. Ambos tenían la corazonada de que la suya iba a ser una bonita historia de amor.

Luna pensó que le encantaría formar una familia con él.

Mateo pensó que le encantaría envejecer a su lado.

Martina escucha atenta mientras Harán va escribiendo todo aquello en una libreta. A ella se le humedecen los ojos: a su padre no le ha sido posible envejecer a su lado. Por otra parte, adora saber que sus padres estaban tan enamorados y le agradece a su padre haber compartido algo tan bonito.

—Gracias, papá.

Él le sonríe con cierta nostalgia. Recuerda aquellas palabras en lo alto de la montaña como si las hubiera dicho hace unos minutos. Todavía ve a Luna con el pelo revuelto, las mejillas sonrojadas por el esfuerzo y con esa mirada de felicidad. Siempre estaba feliz y él echa de menos poder hablar con ella, hacerla reír o simplemente pasear juntos por los alrededores. A veces la vida te quita lo que más quieres y no sabes por qué, pero tienes que seguir adelante.

—De nada, cariño.

—Ahora necesitamos que nos describas a mamá con una sola frase o que digas algo relacionado con ella, lo que te parezca.

—¿Solo una? —Mateo dice aquello en un tono agudo.

—Lo sé, es difícil —le responde ella.

—A ver... Dejadme pensar.

Harán levanta la vista de la libreta, ya lo tiene todo apuntado. Martina lo mira con afecto y él le sonríe.

—Vale, apunta, Harán.

Él asiente serio y se prepara para escribir.

—Luna, siendo ella, era perfecta en su imperfección.

Martina se muerde los labios y se traga las ganas de llorar.

—Genial, papá. Me encanta.

Mateo coge la mano de su hija y le da un beso.

—Ya solo nos falta una palabra que describa la foto... —interviene Harán con un susurro.

Mateo coge la foto y la mira sonriendo.

—Siempre, la palabra es siempre.

—Siempre —repite Harán mientras apunta en la libreta.

—Siempre —dice también Martina sonriéndole a su padre.

16

NOS HEMOS EQUIVOCADO LOS DOS

Xenia

Normalmente me levanto animada, con ganas de salir a pasear a mis chicas para después irme a trabajar. Pero hoy no estoy de humor porque es viernes y este viernes voy a tener que trabajar con Ander. Sí, sí, aquella noche no había ido tan mal la cosa, pero estoy casi segura de que todo forma parte de su plan para conseguir ganar la apuesta. Ahora me arrepiento de haber aceptado esa tontería por cinco libros, porque si le hubiera dicho que no, sé que yo hubiera seguido en el olvido en su vida. En cambio, ahora aprovecha cualquier momento para acercarse a mí y hacerse el simpático.

Carmen y el jefe de Ander han insistido en montar este fin de semana el tenderete en la calle donde vamos a vender libros junto a algunos productos de nuestra tienda. La idea mola, claro que sí, pero no me apetece nada pasar el día a su lado. Ya es bastante molesto verlo cada día pululando por mi tienda mientras compra una manzana o un puñado de cerezas.

—Vamos, Atenas, Taka, hoy nos espera un día duro.

Ellas me miran moviendo la cola y salimos hacia el bosque por uno de los senderos. Mientras paseo con ellas, intento pensar en lo positivo del día que se me presenta: no estaré encerrada entre cuatro paredes, veré a gente paseando por allí, Gadea vendrá a hacerme compañía mientras Ander se va a comer... Ander, buf. Dejemos el tema del positivismo.

Cojo la bicicleta y, durante el paseo, admiro el paisaje que me rodea. La verdad es que soy una afortunada por vivir aquí, lo tengo clarísimo. Me gusta ir a la ciudad de vez en cuando, pero no podría vivir allí entre tanto coche y ruido. Aquí solo escucho el canto de los pájaros y poco más. Esta tranquilidad me da vida.

—¡¡¡Xenia!!! ¡Xeniaaa!

¿He dicho tranquilidad?

Me vuelvo rápidamente porque no puedo creer que esté escuchando la voz de Ander. Pero sí, es él. A varios metros detrás de mí y en bicicleta, como yo. ¿Qué hace por aquí? No tengo tiempo de buscar la respuesta porque algo choca con mi rueda delantera y me hace perder el equilibrio. Por supuesto, me caigo de lado y mi rodilla desnuda se roza con el asfalto áspero. Al principio no siento nada del susto que me he llevado, pero a los pocos segundos noto una quemazón en la piel.

—Joder.

Cuando miro, veo sangre y entonces observo bien la herida. No parece que sea mucho, así que intento levantarme.

—¡Xenia, joder! No, no te levantes. Espera.

La voz de ultratumba de Ander me deja sin palabras. ¿Está preocupado?

—A ver, que quizá tienes algo roto o quizá un esguince o...

—Ander, es solo un rasguño.

—Tienes sangre —dice con gravedad.

—Sí, pero no es nada.

Coge mi pierna y, cuando siento sus dedos en mi piel, ahogo una exclamación porque... porque siento un cosquilleo que baja hasta mi estómago.

—Déjame mirar.

Se acerca a la herida para observarla de cerca y yo lo miro alucinada.

—No es nada —logro decir casi sin aire en los pulmones.

Clava sus ojos en los míos y me habla muy serio.

—Eso no lo sabes. Voy a ayudarte a levantar. Si te mareas o algo me lo dices.

—Ander, en serio...

—Arriba —me ordena ofreciéndome su mano.

La cojo por no discutir con él y me ayuda a levantarme con sumo cuidado. Me choca que Ander se muestre tan atento y que sea tan delicado. Más bien esperaba que se hubiera reído de mi caída y que incluso hubiera pasado de largo. Definitivamente, no lo conozco lo suficiente.

—¿Cómo te sientes?

—Bien, ya te he dicho que solo es un rasguño.

Ambos miramos mi rodilla. Por ella baja un hilillo de sangre, pero no es nada. Me he hecho miles de veces heridas como esta, sobre todo cuando era más pequeña y andaba subiéndome a los árboles.

—Tenemos que limpiar eso.

Se quita la mochila que lleva a la espalda, coge los pañuelos de papel para sacar uno y me limpia la sangre despacio.

—¿Te duele?

—No.

Tenerlo agachado tan cerca de mí me pone nerviosa.

—¿Segura?

—Que sí.

Cuando se levanta, busca algo en mis ojos.

—Pensaba que serías de esas que chillan cuando ven sangre.

—Y yo pensaba que te partirías de risa con mi caída.

Nos quedamos en silencio mientras nuestras miradas siguen enredadas.

—Pues nos hemos equivocado los dos —dice dando un paso atrás.

Sí, está demasiado cerca y lo raro es que yo no me haya apartado. Analizaré eso más tarde.

—¿Crees que vas a poder ir en bicicleta? Queda poco para llegar, pero puedo ir a por el coche.

Abro los ojos, sorprendida por su ofrecimiento.

—No, no, gracias. Puedo ir en bicicleta sin problema.

Cojo la bicicleta del suelo y me subo a ella. Me duele la rodilla, pero no me voy a morir por ello, se puede aguantar.

—Te sigo —me dice ya subido en la suya.

—Vale.

Es que me tiene sin palabras. ¿Y ahora por qué me quiere acompañar? Quizá se piensa que me voy a caer de nuevo. ¿Hace todo eso para ganar la apuesta? ¿En serio? No me parece tan ruin, pero nunca se sabe, cosas más raras pasan en el mundo hoy en día. Hace dos semanas, Ander me dijo que estaría comiendo de su mano y no va a ser así, pero debo reconocer que ya no me parece tan imbécil.

En cinco minutos, llegamos al pueblo y aparcamos la bicicleta juntos.

—¿Qué tal?

Su tono es sincero y le sonrío.

—He tenido heridas peores, no te preocupes.

—Seguro que te has subido a más de un árbol.

—Era una niña muy curiosa.

—Puedo imaginarlo.

Ander me mira de nuevo fijamente y yo siento que me está desnudando con la mirada, así que me excuso diciendo que llegaré tarde a la tienda. Tienda que tengo a dos pasos.

—Eh, voy a llegar tarde.

—Si tardas diez minutos de aquí a allí, sí, llegas tarde.

Sonríe de medio lado y yo achico los ojos indicándole así que he captado su ironía. Vale, en quince segundos estoy dentro.

—Buenos días, Carmen.

—Buenos días, Xenia. ¡Uy! ¿Qué te ha pasado?

—Se ha caído de la bicicleta.

Ander de nuevo. ¿Es que ahora es mi sombra? Me vuelvo con el ceño fruncido.

—Señora Carmen, ¿tiene un botiquín? Quiero limpiarle esa herida.

Pasa por mi lado ignorando mi mirada y se va hacia dentro como Pedro por su casa.

—Claro que sí, Ander. Ahora mismo te lo doy. ¿Te duele mucho, cariño?

—Es una valiente —le responde él.

Por lo visto, ahora Ander es mi sombra y mi voz.

—Ander, puedo hacerlo yo —le digo incómoda al verlo que viene directo hacia mí con el botiquín.

—A mí no me cuesta nada. Siéntate.

—Hazle caso a Ander, Xenia, se te puede infectar la herida.

Mi sombra alza las cejas y me mira sonriendo. Sabe que Carmen tiene debilidad por él. Me siento para acabar con todo esto cuanto antes.

—Procura tocar lo mínimo —le digo en un tono borde.

Él suelta una risilla y me limpia la herida sin apenas tocarme. No puedo decir que lo haga mal, parece un experto y me muerdo la lengua porque quiero preguntarle si ha tenido que curar muchas de estas.

—¿Quieres decirme algo?

Me mira por encima de sus pestañas y niego con la cabeza.

—Pues ya está. Ni lo has notado.

Me guiña un ojo y se va hacia dentro para devolverle el botiquín a Carmen. La oigo reír y sonrío sin querer. Siempre le saca alguna carcajada con sus tonterías.

—Nos vemos ahora —me dice pasando de nuevo por mi lado.

Observo su espalda ancha y lo alto que es. Sí, sí, está bueno, no voy a negarlo, pero antes solo veía eso: una carrocería guapa. Ahora veo que el chasis no está mal..., pero estoy muy lejos de comer de su mano, así que unas semanas más y los cinco libros serán míos.

—Perdona, ¿está abierto?

Un chico alto, moreno y de ojos almendrados me mira con gesto interrogante.

—Sí, pasa, pasa —le respondo en un tono amable.

No he visto nunca a ese tipo y eso me extraña.

—¿Eres de aquí?

—No, vivo en la ciudad.

—Por eso no me suenas. ¿Qué necesitas?

—Un par de cosas. ¿Tienes empanada de atún?

—Sí, claro.

Se la muestro y la preparo para que se la lleve.

—¿Y la segunda cosa?

—Estoy buscando a alguien, quizá puedes ayudarme.

—Sí, dime.

—Busco la casa de una chica que se llama Zoe.

—¿Zoe?

En el pueblo no hay nadie más que se llame así. Solo mi hermana y le encantan las empanadas de atún. ¿Quién es? ¿Un amigo de Zoe?

—Sí, es amiga de Eli y de mi amigo Julen. Soy Ibai.

Le doy un segundo repaso al chico. No parece mal tipo, pero mi hermana no ha hablado de ningún Ibai, no quiero meter la pata.

—Pues me pones en un compromiso. No sé si ella querrá que te lo diga.

—Quiero darle una sorpresa —me dice ampliando su sonrisa.

Tiene un rostro agradable y simpático, no parece un asesino en serie. Además, sabe lo de las empanadas, es decir, que deben de conocerse mejor de lo que pienso.

—Está bien...

Le indico dónde está nuestra casa. Ahora mismo sé que mi padre está con Zoe y Martina en casa, así que no hay peligro.

—Muchas gracias...

—Xenia, me llamo Xenia.

—Muchas gracias, Xenia. Hasta otra.

—Sí, hasta otra.

Estoy a punto de enviarle un mensaje a mi hermana, pero Carmen me llama para que la ayude a colocar los productos en el exterior y me olvido de Zoe.

17

VIEJOS AMIGOS

Zoe está concentrada en el nuevo diseño de un vestido al que ya le ha dado mil vueltas. No sabe dónde colocar el tul y sigue sin estar satisfecha con el resultado. Mira el dibujo fijamente... ¿y si el tul fuese solo un complemento? ¿Por qué no? Justo entonces ve de reojo que entra un correo en el ordenador y lo abre sin prestarle demasiada atención hasta que se da cuenta de que se trata de Voilà Mode, el concurso.

Lee rápido, como si temiera que el escrito se pudiera autodestruir pasados los diez segundos.

«Querida Zoe... su participación en nuestro exclusivo concurso... será un honor ver sus diseños... hemos aceptado su solicitud».

Relee esto último: «hemos aceptado su solicitud».

—¡Sííí! Sí, sí, sí.

Se levanta de la silla y se sienta de nuevo para leer otra vez el correo. Quiere asegurarse de que no hay ningún pero. ¡Genial!

—¡Zoe!

Su padre la llama y ella sale de la buhardilla para bajar las escaleras corriendo.

—¡Papááá! ¡Soy feliiiz! Feliii...

Zoe se detiene de golpe. ¿Tiene visiones? ¿Está Ibai junto a su padre en el principio de las escaleras? Y le está sonriendo.

—Me alegro, cariño. Este chico te busca. Es Ibai —le dice con cierta picardía.

—¿Qué... haces aquí? —le pregunta ella muy sorprendida.

—Te he traído el desayuno: empanada de atún.

Zoe abre los ojos, mucho, y su padre suelta una risilla.

—Bueno, os dejo, que Martina necesita no sé qué.

Mateo sabe cuándo sobra, así que decide dejar a su hija con ese amigo nuevo del que nadie ha oído hablar hasta entonces. A él le ha parecido muy simpático.

Zoe baja las escaleras que le quedan hasta llegar a Ibai.

—He pensado que estaría bien invitarte a desayunar.

—¿En mi casa?

Zoe se ha dado cuenta de que lleva una bolsa de la tienda del pueblo, así que imagina que Xenia le ha indicado dónde estaba la casa. Este chico la desconcierta porque estaba segura de que buscaba lo mismo que ella en Tinder: «only sex».

—Quería darte una sorpresa. Podemos desayunar entre los árboles, lo poco que he visto me ha encantado. ¿Y esas calabazas de la entrada?

Zoe se relaja y sonríe.

—Mi hermana pequeña, Martina, las puso para darle más color al paisaje.

—Es realmente bonito.

Zoe lo mira a los ojos, no lo dice por decir y eso le gusta.

—¿Así que empanada? —le pregunta.

—Tengo buena memoria.

—¿Te apetece café?

—Perfecto.

—Preparo un termo y nos vamos a dar un paseo.

Zoe no se esperaba esta visita, pero ahora que Ibai está aquí, no va a ser una antipática con él. Además, está muy contenta por la noticia que ha recibido sobre el concurso. Ya seguirá dibujando más tarde. Tiene todo el día por delante.

Entre los dos preparan el café mientras Ibai le explica que una chica muy agradable le ha indicado cómo llegar. Zoe no le dice que es su hermana y lo escucha con una sonrisa. En cuanto lo tienen todo, le dicen adiós a su padre y se van a dar ese paseo por uno de los muchos caminos que hay por la parte trasera de la casa.

—Vaya, es realmente espectacular...

Ibai mira hacia arriba, donde ve la copa de unos árboles inmensos que dan una buena sombra.

Zoe observa su ancha espalda e intenta olvidar que se ha acostado con él.

—¿Siempre has vivido aquí?

—Sí, siempre. ¿Te extraña?

—No, me resulta curioso, nada más. Es como vivir en...

—¿En?

Zoe lo mira un poco mosqueada. Sabe que viven un poco apartados de todos, pero a ellos les encanta su casa.

—¿En un sueño?

Ella se detiene y lo mira seria. ¿Está bromeando?

—Lo digo en serio. Parece una casita de esas de hadas y cuentos.

—Yo no sabría vivir en otro lugar.

—Bueno, algún día tendrás que volar del nido...

Zoe piensa en sus estudios, sabe que su futuro está fuera del país.

—No te digo que no, pero de momento me encanta estar con los míos. ¿Y a ti?

—¿Eh?

—¿Vives con tus padres?

—Sí, sí. Con los dos...

El tono de Ibai ha cambiado y Zoe se da cuenta de que ha estado a punto de decirle algo más, pero se ha callado. Ella es muy discreta, así que no va a preguntarle.

—Pero no me importaría irme de casa para trasladarme a la tuya.

—Pues está llena.

Los dos se ríen con ganas.

—Es una casa pequeña, ya lo has visto.

Llegan a una zona con menos árboles y Zoe se sienta en el suelo, al lado de un enorme abedul. Él mira donde va a sentarse antes de hacerlo y ella suelta una risilla.

—Se nota que eres de la *city*.

—¿Y si hay algún bicho?

—¿Bicho tipo hormiga? Ve con cuidado, aquí se comen a los de ciudad.

Él se sienta riendo y le da un leve codazo a Zoe.

—No soy tan de ciudad, solo quería asegurarme.

—Hombre prevenido vale por dos.

Vuelven a reírse mientras sacan la empanada y el café caliente.

—Bueno, explícame qué tal el ambiente en la facultad.

Ibai estudia Ingeniería Química en la misma facultad en la que empezará Zoe este año. Ha estudiado segundo y está enamorado de la química, la física y las matemáticas, se le nota cuando habla de ello.

—Genial, la verdad. Te gustará. La gente va mucho a su rollo, pero yo he hecho dos amigas de las de verdad.

Zoe lo mira con curiosidad.

—Noa y Elsa. Son dos cerebritos y muy de la fiesta —dice soltando una risilla—. Coincidimos los tres en un trabajo de una optativa y a partir de ahí nos hicimos buenos amigos. Ya te las presentaré.

A Zoe le hace gracia la forma de hablar de Ibai porque apenas se conocen y parece que sean íntimos. Sabe que con algunas personas es más fácil conectar, pero jamás hubiera pensado que pudiera sentirse tan cómoda con alguien del sexo masculino. Zoe no confía demasiado en ellos.

—Tengo ganas de empezar, aunque ahora estoy inmersa en un proyecto de diseño de moda...

Él parpadea varias veces, ¿ha oído bien?

—¿De moda?

Ella le explica todo el tema del concurso y lo mucho que le gusta diseñar. Él la escucha atento y sorprendido por esa faceta creativa.

—¿Me enseñarás alguno de esos diseños?

Zoe sonríe divertida. Nunca se los ha enseñado a nadie que no sea de la familia.

—Otro día —le dice escurriendo el bulto.

—Te tomo la palabra. Creo que tendré que volver solo para comer de nuevo esta empanada.

Ambos se ríen y siguen charlando como dos viejos amigos. Entre ellos hay química, lo saben desde el primer encuentro, pero Zoe no quiere darle pie a nada e Ibai prefiere no correr. No siempre conoce a chicas tan interesantes como esta y tampoco es su intención ir más allá. Ha aparecido por allí porque sentía curiosidad por ella.

Tras un par de horas, él se despide para regresar a la ciudad. Durante el camino va sonriendo, Zoe le gusta, le gusta mucho y se ha dado cuenta de que no es como las demás, tiene algo especial. Eso no significa que quiera salir con ella, pero podrían liarse de nuevo, ¿por qué no?

Para el coche delante de una de las cafeterías que más le gustan de su ciudad y, cuando entra, Mikel lo saluda con simpatía. Le pide un café americano para llevar y un trozo de una tarta de nata. Todo es para su madre, espera que hoy se encuentre algo mejor. Ayer el morado le cubría casi todo el ojo y se pasó el día en la cama.

Se fija en que hay una chica nueva, no es muy alta, tiene el pelo liso y es rubia. Por un segundo, le recuerda a alguien, pero no sabe a quién. Ella le da la tarta de nata a Mikel y le sonríe. Ibai le devuelve el gesto mientras paga lo que debe. Cuando se marcha, los saluda amistosamente.

—Es Ibai, viene a menudo a por el café y algo para su madre. No sé si está enferma o algo así.

—Parece un chico majo —le dice Laura limpiándose las manos en el delantal.

—Sí, lo es. ¿Te preparo un café?

Laura le sonríe asintiendo con la cabeza hasta que se vuelve hacia la puerta y ve quien entra.

No puede ser.

Es... es él.

Se gira inmediatamente y entra en la cocina. Se pone la mano en el pecho, muy asombrada. ¿Qué hace en la ciudad? Creía que estaba en Madrid... ¿Desde cuándo está aquí? Joder, no entiende nada. Se había ido a estudiar a la capital y lo último que sabía de él era que había encontrado trabajo allí en una óptica de renombre. ¿Por qué ha vuelto?

Laura intenta tranquilizarse y tomarse las cosas con más calma. Probablemente ha vuelto para ver a su familia, es verano y tendrá vacaciones. Seguro que en unos días regresa a Madrid. No es necesario preocuparse ni ponerse así. Coge aire y respira hondo.

—Tu café —le dice Mikel a su espalda—. ¿Estás bien?

—Sí, sí, he entrado corriendo porque pensaba que me había dejado el horno encendido.

Mikel la mira extrañado, la conoce muy poquito, pero sabe que Laura es supermetódica y que sigue los pasos al pie de la letra. Le está mintiendo. ¿Por qué? Es la primera vez que la ve preocupada, pero es raro porque hace dos minutos estaba bien.

—Nada, ha sido un despiste —continúa Laura viendo que Mikel la mira fijamente.

Solo espera no cruzarse más con él, todavía le duele todo lo que ocurrió.

18

BESOS HÚMEDOS

Xenia

Solo queda una hora para terminar la jornada y debo reconocer que el día se me ha hecho muy corto. Ander es... una caja de sorpresas. Tiene el arte de vender en las venas y entre los dos hemos conseguido que la idea de su jefe haya sido todo un éxito. Estamos satisfechos.

—Vaya, casi no tenemos ningún libro de recetas.

—Ha ido bien —le digo colocando algunas frutas que se han desperdigado por la caja.

—Hacemos buena pareja.

Me vuelvo a mirarlo, me está observando con una de sus cejas levantadas. Ese es el Ander que siempre he visto: creído, ligón y seductor.

—Deja de hacer eso conmigo, no te va a funcionar.

—Joder, Xenia, ¿es que no te gusto?

Abro los ojos sorprendida por su tono: lo está preguntando en serio.

—¿A qué te refieres? —pregunto con cautela.

Sí, ahora hay más buen rollo, pero tengo muy incrustado en el cerebro lo que pienso sobre él.

—A... nada, déjalo.

Se gira medio cabreado y estoy a un segundo de ir hacia él para consolar su ego, pero no me da la gana. Creo que está demasiado acostumbrado a que le bailen el agua, sé de buena tinta que las chicas van detrás de él y que él siempre es quien escoge. Y no, no quiero darle una lección ni hacerme valer, la verdad es que no me interesa. ¿Por qué? Vale, imaginad por un momento que me hago la durilla, que él se empeña en tener algo conmigo y que finalmente yo caigo rendida en sus brazos (sí, sí, me cuesta imaginarlo). Seguid imaginando: estamos un par de meses juntos, yo y mi ingenuidad nos enamoramos de él y entonces es cuando viene la HOSTIA. Y lo pongo en mayúsculas porque el amor puede doler mucho, aunque después se pase. Él decide que ya se ha cansado de mí y entonces va a por otra, necesita seguir con su deporte favorito: el coqueteo, el saberse querido, la necesidad de gustar, el ego que crece. Así que imaginad que yo fuese tan lela como para caer en un tópico así. Ni hablar.

Sigo colocando bien algunos productos, de espaldas a él. No quiero darle importancia a lo que me acaba de decir, me da igual si está molesto. Aunque acabo mirándolo de reojo. Está con el rostro serio, concentrado en quitar el polvo de un libro ilustrado de cocina. Es muy guapo, sí, y si me preguntan si lo encuentro atractivo, sería raro que dijera que no, porque es de ese tipo de chicos que les gustan a todas. Pero a mí el físico no me nubla la inteligencia y sé que Ander en concreto es de esos que van dejando un reguero de corazones rotos. Además, llevo años pensando que es un imbécil y eso es difícil de borrar, sobre todo cuando sé que hace lo que hace para ganar una apuesta que seguro que va a perder. ¿Qué cinco libros escogeré? Tengo que ir pensándolo.

—Hola, ¿me pones un kilo de tomates?

—Sí, claro. ¿Qué tal estás, Toni?

—Ahora que te veo mucho mejor.

Me río porque Toni siempre me tira la caña a pesar de que sabe que no tiene nada que hacer conmigo. Tiene un par de años más que yo y es uno de los mecánicos del único taller que hay en el pueblo.

—Me alegro. ¿Quieres algo más? ¿Un poco de perejil?

—Quiero salir contigo un día de estos, ¿cómo lo tienes?

Toni suele bromear con este tema y yo le sigo el rollo.

—Esta semana la tengo muy llena, ¿la próxima?

—La próxima sin falta. ¿El lunes?

Suelto una carcajada por su insistencia. Ambos sabemos que no va a haber cita alguna.

—Venga, el lunes —le respondo mientras le doy el cambio.

Toni me coge la mano y me da un beso casi imperceptible en ella.

—A sus órdenes, mi reina —suelta justo antes de irse.

—Hasta otra —le digo sonriendo.

—Qué patético —dice Ander detrás de mí.

Me vuelvo hacia él, está muy cerca, pero no me muevo.

—¿A ti qué te pasa?

—A mí nada, pero no sabía que te gustaban los tíos así.

—¿Así?

—Así de babosos.

—No es ningún baboso, no tienes ni idea.

—Tienes razón, no tengo ni idea de cómo eres porque siempre me has girado la cara. Y tampoco sé por qué.

—Porque eres un poco imbécil, como ahora.

—¿Por decir lo que pienso? La escena ha sido patética —me dice con desprecio.

Está claro que le ha molestado mi insulto.

—Pero espero que el lunes te lo pases de miedo con un tío así.

Y también está claro que cree que he quedado con Toni.

—A ver, Ander, a ti te importa una mierda si me lo paso bien o no, eso lo primero. Y lo segundo...

Sus ojos se clavan en mis labios y me quedo sin palabras. ¿Qué hace? De repente, siento su dedo pulgar en mis labios y los recorre despacio. Me quedo sin aire y siento una presión en la parte baja del estómago. Me imagino por un segundo sus besos húmedos...

Reacciono antes de que haga algo más y me retiro hacia atrás provocando que una de sus cajas de libros se caiga al suelo con tan mala suerte que tres de ellos tiran una botella de agua. Lo veo todo a cámara lenta y no me da tiempo de reaccionar. Los tres libros acaban empapados a pesar de que los cojo rápido.

—¡Joder! —exclamo cabreada.

No soporto ver las páginas arrugadas y mojadas. Encima es por mi culpa y ya no hay nada que hacer, los libros gotean.

—Mierda, se han jodido —le digo a Ander.

—Déjame ver —me dice en un tono serio.

Nada. No hay remedio para esos libros.

—Dime cuánto es y te lo pago.

—No, déjalo. Ahora vuelvo.

Se va hacia la librería y yo maldigo mi mala suerte. No he visto la caja y he huido de ese roce como si fuese el propio diablo. No quiero sentir ese deseo por él, es todo muy primario y no quiero dejarme llevar por algo que sé que acabará mal. Prefiero masturbarme sola, la verdad.

Cuando sale por la puerta, no lo miro y él no me dice nada.

—Quiero pagar los libros —le insisto.

—Te he dicho que lo dejes.

—Pero es que no quiero dejarlo, ha sido culpa mía.

—Olvídalo, ¿vale?

Lo miro y veo algo extraño en su mirada. ¿Está hablando de los libros o de su acercamiento? ¿Tanto le fastidia que una chica no le siga la corriente?

—¡Xenia!

Me vuelvo al oír a Gadea.

—¡Ey!

—¿Te falta mucho?

Miro el reloj y niego con la cabeza.

—No mucho, en nada empiezo a recoger.

—Te espero en el bar. Tengo un mensaje de Ángel para ti. Dice que la otra noche fue espectacular.

Abro los ojos sorprendida. ¿De quién coño habla? Nos hemos visto a mediodía y no me ha dicho nada.

Veo que Gadea mira un segundo a Ander, que está colocando sus cajas detrás de mí.

—¡Ah! Y dice que quiere repetir, cosa que no me extraña, claro. Era de esperar.

Boqueo como un pez al ver el papelón que se está marcando mi mejor amiga.

—Ander, ¿cómo va eso? —le pregunta enseguida.

—Genial —le responde él sin levantar la cabeza de sus libros.

—Oye, Xenia, estoy pensando... ¿Y si salimos un día los cuatro?

«¡Y una mierda! Paso de caer en la tentación del diablo ese».

—Gorka, Ángel, tú y yo. Puede ser muy divertido.

Me muerdo los labios para no soltar una risa. Será tonta.

—Sí, sí, cuando quieras —le digo poniendo los ojos en blanco.

—Vale, te espero en el bar y picamos algo mientras hablamos de... ya sabes. Necesito que me des clases de sexo.

—¡Gadea! —le digo asombrada por su descaro.

—Vale, vale, ya me voy. ¡Hasta luego, Ander!

Él hace una especie de ruido a modo de saludo mientras se va hacia la librería cargado de cajas.

El tío está fuerte. Tiene una buena espalda. Y una buena cintura. Y un...

Vale, toca recoger.

—¡Xenia!

—Martina, ¿adónde vas?

—He quedado con Harán.

Mi hermana se acerca para darme un beso.

—¿Y para mí no hay? —le pregunta entonces Ander, que aparece en ese momento.

Martina se ríe y le lanza un beso que él coge con las manos para llevarlas hacia su corazón. Sí, fijo que ahí hay mucho amor.

—¿Qué? —me pregunta con chulería.

—Ridículo.

—Celosa.

—Sí, seguro.

—Qué buen rollito, ¿eh? —comenta Martina.

Ambos la miramos y resoplamos a modo de respuesta. Nos damos la espalda casi al mismo tiempo para continuar recogiendo.

—¿Te ayudo? —me pregunta mi hermana.

—No, no hace falta. Lo tengo todo listo. Mira, por allí viene Harán.

Con lo alto que es, se lo ve de lejos y sus andares tranquilos son muy característicos. En cuanto divisa a mi hermana, sonríe. Siempre he pensado que Harán siente algo por ella, pero quizá es mi vena lectora que ve historias de amor donde no las hay. Que yo sepa, nunca ha sucedido nada entre ellos y Martina lo trata como a un hermano.

—Hola a todos —nos saluda con su habitual buen humor.

—Harán, ¿qué tal? —le respondemos Ander y yo al unísono.

Nos miramos y pongo los ojos en blanco al ver su sonrisilla despectiva. Tengo ganas de irme con Gadea y dejar de ver su cara bonita.

—¿Nos vamos? —le dice Martina a su mejor amigo.

—Contigo, al cielo.

Martina suelta una carcajada y él sonríe mientras la mira embobado. No parece una mirada de hermanos, la verdad.

19

TODO EL MUNDO TIENE ALGO BONITO

A Martina le hacen gracia esos comentarios de Harán, los suelta de vez en cuando y siempre acaba pensando que la novia de su mejor amigo va a tener mucha suerte con un chico como él.

«Contigo, al cielo».

¿Quién no se desmaya con una respuesta como esa?

Martina abraza a Harán y ambos se dirigen hacia la plaza Mayor, donde están la mayoría de los chicos de su edad. Algunos charlan, otros muchos están con el móvil y otros están comiendo pipas. Ahora les ha dado por comer eso, aunque Martina no le encuentra la gracia. Se le queda la lengua demasiado salada y los labios medio dormidos.

Llegan hasta un grupo de gente y se integran en él, algunos de ellos son amigos suyos y Harán se da cuenta de que hay alguien que mira con insistencia a Martina. ¿Le gustará? No le extraña nada, su mejor amiga es especial y suele atraer muchas miradas. De todos modos, se pregunta quién es, porque no conoce a esa chica de ojos verdes que mira de esa forma a su acompañante. Probablemente esté veraneando en el pueblo, eso suelo ocurrir a menudo. Conocen a alguien durante un par de semanas en verano y después ya no lo ven nunca más.

De reojo, Harán ve que esa desconocida se va acercando a Martina hasta quedar a su lado. Marcos les está explicando algo sobre una nueva moto que ha salido al mercado, pero él tiene la oreja puesta en su amiga.

—Eres Martina, ¿verdad?

—Sí, ¿nos conocemos?

—No, pero he oído hablar de tus dibujos.

Martina la mira sorprendida. ¿En serio?

—¿Y eso?

—No te enfades, pero mi prima siempre habla maravillas de tus trazos. Yo también dibujo, por eso me lo ha comentado.

—¿Andrea es tu prima?

—Sí, estoy en su casa unos días. Vivo en la ciudad. Soy Sandra.

Ambas se sonríen y a Martina le gustan los hoyuelos que le salen en las mejillas a aquella chica.

—¿Y qué dibujas? —le pregunta Martina.

Le gusta encontrar a alguien que comparta su afición. Ella está entusiasmada con su nuevo dibujo, le está quedando genial. A su madre le encantaría.

—Retratos —responde Sandra—. Tú también, ¿verdad?

—Sí, y paisajes.

—Es verdad, mi prima me dijo que son una pasada.

—He estado un tiempo sin dibujar nada...

—¿Y eso?

—Bueno, ya sabes, si no llega la inspiración...

—Sí, te entiendo perfectamente. A mí me operaron el año pasado de apendicitis, se complicó un poco porque se infectó y estuve varios meses sin ganas de hacer nada.

—Ya, a veces pasan cosas.

Sandra observa fijamente los ojos de Martina. Tiene unos ojos muy bonitos, pero de repente se han entristecido. No la conoce, pero sabe que algo gordo le ha debido de ocurrir.

—Entonces, ¿ahora no estás dibujando nada?

—Sí, ahora sí.

—Podríamos quedar algún día y me enseñas tus dibujos.

A Martina le gusta su entusiasmo.

—Claro que sí y tú me enseñas los tuyos.

—Hecho.

Harán ha escuchado toda la conversación y no ha dicho ni mu, pero se ha dado cuenta de que esa chica mira demasiado a su amiga. ¿Le gustará? Se coloca al lado de Martina y reclama su atención.

—Oye, ¿has quedado con Laura?

Ella le da la espalda a Sandra para responder a su amigo y no se da cuenta de que Harán y ella se miran fijamente. Es una mirada poco amigable y ambos tienen claro que no se gustan.

—Todavía no, le diré a ver si puede mañana...

—Genial, ¿te quedas mañana a dormir en mi casa y hacemos después el montaje?

Harán mira de nuevo a Sandra. La chica está pendiente de lo que hablan y no le gusta que esté cotilleando de esa manera a pesar de que él ha hecho exactamente lo mismo.

—Vale, mañana en tu casa.

—¿Tortilla de patatas?

—¡Sí!

Ambos se ríen porque a Martina le pirra la tortilla que hace su amigo. La hace con cebolla, pero en su justa medida, y la prepara tan fina que apenas se nota.

A Sandra no le gusta nada la complicidad que tienen esos dos, aunque sabe que son muy amigos. Su prima Andrea se lo ha comentado por encima. Viendo su Instagram, se topó con el perfil de Martina y entró por curiosidad en él. Cuando vio aquellos dibujos espectaculares sintió envidia, ¿por qué no podía dibujar ella de esa forma? Adora dibujar y no se le da mal, pero no tiene el talento de Martina, eso es evidente. Siente hacia Martina una especie de admiración mezclada con una rabia extraña porque le hubiera gustado ser ella la autora de esos dibujos. Y es que encima parece que no hace nada productivo con ellos, solo los sube a su perfil de Instagram.

—Oye, Martina, ¿y si quedamos algún día para dibujar juntas?

Harán mira a aquella chica con mala cara. ¿No está siendo muy pesada?

—¿Juntas? No creo que sea buena idea, necesito estar sola cuando dibujo.

Harán sonríe en su interior porque Martina ha dibujado en más de una ocasión estando con él mientras hacía deberes o jugaba en el ordenador.

—Ya, necesitas concentrarte.

—Sí, algo así.

Martina le sonríe. Sandra es maja, pero un poco insistente y ella no tiene ganas de hacer nuevos amigos en ese momento.

—¡Eh, mira, Martina! Joel ha traído a su nuevo cachorro.

Martina y Harán se van hacia Joel y dejan a Sandra de lado. Ella los mira con desprecio.

—¡Taka, Atenas!

He oído los ladridos de un perro pequeño y creo que es el de Ander. No me apetece nada cruzarme con él, pero ahora le ha dado por pasear por aquí.

Mis dos chicas se sientan, una a cada lado. Prefiero que Ander pase para continuar con nuestro paseo. Este camino en concreto no es muy ancho.

—¡Zeus, Zeus!

Es el perro de Ander, pero no es su voz. ¿Es Gorka? Me parece que sí.

Aparece el morrito de Zeus por allí y, cuando nos ve, frena el paso. Me mira y empieza a mover la cola. Me hace gracia y sonrío.

—¿Dónde está Ander? —le pregunto.

Zeus mueve la cola con más ganas y gira la cabeza hacia los lados, como si lo buscara.

Me resulta muy curioso que no les ladre a mis chicas, siempre lo hace cuando va con su dueño.

—¿Hoy no ladras?

Me responde acercándose con las orejas agachadas y la lengua fuera. Parece que se ría y me hace reír a mí.

Entonces, aparece Gorka por el camino.

—Joder, puto perro. ¡Estás aquí!

Apoya las manos en las rodillas y coge aire varias veces.

—¿Se te ha escapado?

—Este demonio corre como una bala, la madre que lo parió.

—¿Y su dueño?

—Eh... Ha tenido que ir a la ciudad.

Por su tono veo que no quiere decir mucho más.

—¿Y Gadea?

—¿Gadea? Bien, ¿por qué? —le pregunto preocupada.

—Es que ayer le escribí y no me respondió.

Sonrío para mí, es muy típico de ella jugar con los chicos.

—Seguro que hoy te escribe.

—¿Sabes si yo le gusto?

Vaya, qué directo. Me asombra que me pregunte eso.

—¿Por qué no se lo preguntas tú? No sé me da bien hacer de celestina.

—Ya...

Se pasa la mano por el pelo, nervioso, y me mira con ganas de decirme algo más.

—¿Qué?

—¿Y tú con Ander?

—¿Yo con Ander? Nada de nada.

—No sé yo...

Suelta una risilla y lo miro intentando averiguar si está de broma o no.

—Pues deberías saberlo. A mí tu amigo no me gusta.

—¿Y si le gustaras a él?

—Eso tampoco es así, pero me daría igual. Eso no cambiaría mi modo de verlo. Y, si estás intentando que gane la apuesta...

—¿Qué apuesta?

Hubiera jurado que Gorka estaría al corriente de nuestra apuesta, pero por lo visto no es así.

—Nada, déjalo.

—¿Ha hecho una apuesta de esas rollo película? No me jodas.

Gorka estalla en carcajadas y Zeus se acerca a mí buscando mimos. Taka y Atenas lo miran, pero no se mueven del sitio y yo lo acaricio.

—Míralo, sin Ander parece simpático y todo.

—Es que con su dueño es muy protector.

—En cambio, de ti pasa mucho.

Gorka se ríe de nuevo. La verdad es que este chico es muy risueño y entiendo cuando Gadea me dice que siempre está de risas. Es agradable, cierto.

Nos despedimos y yo sigo mi camino. No hay nada como pasear sola con mis chicas por el bosque. Normalmente, no nos encontramos a nadie, pero hoy me cruzo con algún vecino más. Les saludo con educación a pesar de que no soy la persona más sociable del mundo. Mi madre me enseñó de bien pequeña que era importante ser educado.

—Debes procurar mostrarte amable con los vecinos, no son familia, pero siempre están ahí cuando los necesitas.

—¿Siempre, mamá?

—Vivimos en un pueblo muy pequeño y aquí nos conocemos todos.

—¿Y a ti te caen bien todos?

Era algo que me costaba entender porque había muchas niñas en el colegio que me resultaban antipáticas.

Mi madre me sonrió con cariño antes de responderme.

—Todo el mundo tiene algo bonito aquí dentro.

Señaló mi corazón y la miré embobada.

Yo quería ser como ella.

20

DOS AÑOS, UN MES Y CINCO DÍAS

Laura está apoyada en el quicio de la puerta de entrada a su casa, observando el pequeño puente decorado con calabazas mientras piensa en su ex. Desde que lo ha visto, no se lo ha sacado de la cabeza. No se esperaba volverlo a ver y menos en la cafetería donde ella ha empezado a trabajar. ¿Volverá por allí? Espera que no, porque no le apetece nada tener que esconderse. Su jefe no le ha dicho nada, pero se ha dado cuenta de que algo pasaba. Lo ha visto en sus ojos azules. Lo conoce muy poco, pero es muy expresivo.

—¿Estás de vigilante? —le pregunta Xenia, que llega de su paseo con Taka y Atenas.

—Estoy tomando el fresco.

Allí fuera, entre tanta vegetación, se está mucho mejor. Hoy ha sido un día caluroso.

—¿Qué tal el paseo? —le pregunta.

—Bien, aunque me he encontrado a medio pueblo.

Laura se ríe porque sabe que debe de haberse cruzado con dos o tres personas a lo sumo. Para Xenia eso es medio pueblo.

—No sé de qué te ríes —le dice cuando entra en casa.

—De nada, de nada —le responde Laura siguiendo a su hermana hacia el salón.

Siempre le ha parecido interesante el sentido del humor de Xenia. Es muy distinto del resto, pero le da igual, sigue siendo una chica segura de ella misma. Y eso a Laura le fascina. Cree que, si a ella le hubieran diagnosticado un autismo leve, se hubiera hundido en la autocompasión. En cambio, Xenia hizo todo lo contrario, empezó a leer todo lo que pillaba sobre el tema, estuvo días encerrada en la biblioteca queriendo saber qué le ocurría. Solo tenía once años, pero se lo tomó como una adulta de veinte.

Laura no puede evitar admirarla, a ella y a todas sus hermanas. Cada una es muy distinta y las adora tal y como son.

Xenia es segura, divertida y algo tosca con el resto del mundo, pero es todo corazón.

Zoe es seria, muy inteligente y siempre está dispuesta a ayudarla, como si supiera que la muerte de su madre le había cargado un peso enorme en su espalda.

Martina es dulce, carismática y sabe que se va a convertir en alguien muy especial.

Sus tres hermanas, sus tres pilares. Sin ellas no sabe si hubiera continuado adelante.

Suspira al volver la cabeza hacia el cielo. Está lleno de nubes y es imposible ver ninguna estrella, pero tiene la esperanza de que su madre la esté observando desde algún lugar.

Martina le ha contado que ella y Harán están creando un álbum sobre su madre y le ha pedido que piense alguna anécdota para explicársela. También quiere una foto en la que estén las dos solas. Tiene varias y no sabe cuál escoger, porque en realidad no quiere desprenderse de ninguna. Aquellas fotos son como su pequeño tesoro en el que se refugia cuando necesita un poco de oxígeno. Es como una burbuja de aire en el fondo del mar y para ella es vital. Ha pensado en decirle que le hará una copia, pero Martina le ha recalcado que las fotos deberían ser las originales porque así el álbum será mucho más valioso para todos. Y tiene razón, así será más auténtico.

La idea de Martina y su amigo le ha parecido muy bonita. Nunca se le hubiera ocurrido hacer algo así, pero le parece realmente necesario. Piensa que, cuando alguien se muere, lo despedimos entre lágrimas con una triste ceremonia en la que los más allegados van como anestesiados. Considera que no llegas a decir un adiós real. Cuando pasa el tiempo es cuando vas entendiendo qué ha ocurrido. Entiendes que no vas a ver más a esa persona, no vas a reír más con ella, no vas a hablar de esas tontadas que tanto os gustaba comentar.

No más besos, no más abrazos, no más miradas cómplices.

Y pasan los años.

Y los recuerdos se diluyen en el tiempo.

Y entonces tu hermana pequeña decide cortar con eso y crear una especie de álbum con fotos y recuerdos.

—Adoro a esta niña —dice en un susurro justo en el mismo momento en que suena el teléfono de casa. Laura lo va a coger hasta que lee la pantallita. Se detiene—. Número desconocido...

Se le para el corazón y sabe por qué.

Mira fijamente la pantalla y no sabe si descolgar o no la llamada.

Un tono.

Dos tonos.

Tres tonos.

Cuatro tonos.

Se supone que al quinto tono la gente suele rendirse y probar en otro momento.

Cinco tonos.

Seis...

—¿No lo coges? —le pregunta Xenia al pasar por su lado de nuevo.

Ella la mira asustada y su hermana frunce el ceño. Le da el aparato y Xenia ve que es un número desconocido. No duda en descolgar.

—¿Sí?

—¿Laura?

Xenia lo reconoce al instante.

—Se ha equivocado de número, señor.

Durante cinco segundos, nadie dice nada. Laura está aguantando la respiración.

—Perdone —contesta por fin aquella voz masculina.

—No pasa nada.

Y cuelga, teme que acabe reconociéndola, han hablado muchas veces aunque no por teléfono. Quizá por eso él no ha sabido que hablaba con Xenia.

—Era él.

Laura saca todo el aire retenido y sube hacia su habitación sin decir nada más. Xenia la mira y duda entre seguirla o irse. Ha quedado con Gadea para tomar algo.

Sube hacia arriba sin pensarlo mucho más.

—Laura.

—No quiero hablar.

—Laura, quizá solo quiere saber cómo estás.

—Lo he visto esta mañana, en la cafetería.

—Entonces, ¿ya habéis hablado?

—No, no. Me he ido hacia la cocina casi corriendo.

Xenia se imagina la situación: a su hermana le cuesta enfrentarse a los problemas. En ese momento, debería haber cogido el teléfono, pero ha preferido que lo hiciera ella.

—Laura, ya hace dos años que se marchó.

—Lo sé. Dos años, un mes y cinco días.

Xenia traga saliva. La cosa es preocupante.

«¿Y las horas? ¿También las tiene controladas?».

Xenia

Sé que mi hermana Laura lo pasó fatal con su ex y sé que desde entonces no ha tenido nada serio con nadie, pero no entiendo ese bloqueo que tiene con esa historia.

Él no actuó de la mejor manera, hubo un gran malentendido entre ellos y más tarde se marchó a Madrid dejando a mi hermana con el corazón roto.

Es algo que ocurre a menudo, pero Laura no lo ha superado. Han pasado dos años y no es capaz de coger el teléfono para hablar con él. Entiendo que lo pasó mal y que le dolió todo lo que ocurrió. Yo misma pensé que era un gilipollas de mucho cuidado, a pesar de que era un tío que me caía bien. Pero se equivocó, como nos pasa a muchos. Se equivocó, metió la pata hasta el fondo y no hubo marcha atrás. ¿No os gustaría tener una máquina con la que pudierais retrasar el tiempo cinco minutos? Yo sí, daría todo mi dinero por tener una y así me ahorraría muchas cagadas...

Joder, me he distraído mirando el escaparate de la librería y llego tarde a clase. Pues con la maquinita del tiempo, solucionado.

Madre mía, le he dicho a la popular del colegio que es una hortera y ahora no deja de insultarme cada vez que me ve. Con la maquinita, solucionado.

Dios, iba tan rápido con la bicicleta que he golpeado a una ardilla sin querer. Maquinita...

Y así hasta el infinito.

Bueno, también he pensado un millón de veces que la usaría para llamar a mi madre cinco minutos antes del accidente.

«Mamá, no cojas el coche. Tengo que hablar contigo».

Y ella no habría subido al maldito coche.

—¿Xenia? Xeniaaa...

La voz de mi padre me saca de mis ensoñaciones.

—Dime, papá.

—Esta tarde ha llegado un paquete para ti. Está en la mesa pequeña del salón.

—No lo he visto, vale.

Miro el reloj. Todavía tengo tiempo de ver qué es.

En cuanto lo veo, imagino que es un libro. No tiene remitente, así que lo abro con cuidado. Es una edición especial de *Mujercitas* de Louisa May Alcott y es preciosa. Es de tapa dura, con los bordes decorados con flores rosas y las cuatro hermanas dibujadas, una a cada lado. Lo observo entusiasmada, es de mis libros favoritos.

—¿Me lo has comprado tú? —le pregunto a mi padre emocionada.

—No, cariño. Un repartidor lo ha traído esta tarde…

Miro el papel de nuevo para encontrar al autor de este regalo. Nada. ¿Habrá sido Gadea? Ahora lo descubriré.

21

NO ERES MI TIPO

Xenia

Gadea está esperándome sentada dentro del bar. Llego algo tarde porque he cogido la bicicleta y he ido a un ritmo lento, no me apetecía llegar sudada.

—¿Hace mucho que esperas? —le pregunto sin mirar a mi alrededor.

El bar está a petar, se nota que es viernes.

—Qué va, he encontrado esta mesa libre de rebote. Estaban aquí las gemelas y se han ido a la ciudad a ver no sé qué película de miedo.

—¡Ueee, ya está aquí! ¡Ueee!

Gadea y yo nos volvemos hacia la puerta al oír a varias personas decir aquello.

Es Ander.

Y tiene mala cara: los ojos tristes, la sonrisa algo torcida y el pelo demasiado revuelto. Levanta un brazo y los demás lo vuelven a vitorear. Odio esas actitudes tan idiotas. Su amiga Soraya lo coge por la cintura y él se vuelve para cruzar sus ojos con los míos. Me mira sin miedo, con intensidad, y yo hago lo mismo. Deja de mirarme para hablar con Soraya y yo me vuelvo hacia Gadea.

—Oye, me ha llegado un paquete a casa, un libro que no he pedido. ¿Has sido tú?

—¿Yo? No... ¿qué libro es?

—*Mujercitas*, una nueva edición muy bonita que han sacado hace unos días.

—Pues entonces ya puedes imaginar quién ha sido.

Gadea señala hacia Ander y su grupo de amigos.

¿Ander?

—No, no creo. ¿Cómo sabe que es de mis libros preferidos?

—Pues no sé, tampoco es algo tan complicado de saber. Quizá incluso se lo has dicho tú y ni te acuerdas.

Me quedo pensando en ello. No recuerdo habérselo comentado, pero Gadea tiene razón: no es algo complicado de averiguar.

—Pero no creo que haya sido él, apenas nos hablamos.

—¿Y antes sí?

—No, tampoco. Quiero decir que casi ni lo he visto.

Algunos días se saltaba la merienda y yo miraba a través de la puerta casi de manera inconsciente. Sabía que tenía trabajo, pero me extrañaba que no viniera a molestarme con la compra de su fruta de la tarde.

—A ver si lo vas a echar de menos...

—¿Por qué estamos hablando de él?

—Porque probablemente te ha regalado esa maravillosa edición.

—Pues no lo sé ni me importa.

No es cierto, quiero saberlo, aunque no lo voy a reconocer ni en mil años.

—Por mí como si se pierde un día de estos paseando a su minúsculo perro. ¿Cambiamos de tema?

Gadea sonríe asintiendo y empezamos a hablar de nuestra gran pasión: los libros. Hemos coincidido en una de nuestras últimas lecturas: *El regalo* de Eloy Moreno. Ambas opinamos que es un libro muy original, profundo y distinto. La pluma del autor nos tiene enamoradas y cada libro suyo es una experiencia distinta.

Mi amiga me explica que ha conocido a un nuevo grupo de lectura en Instagram, hacen lecturas conjuntas y después las comentan a través de Telegram. Me parece algo divertido y le propongo que nos unamos las dos. Su siguiente lectura es *Romper el círculo* de Colleen Hoover y empiezan justo en un par de días. No hemos leído a esta autora, pero creemos que nos puede gustar, Gadea y yo leemos casi todos los géneros.

—Pues genial, lo vi el otro día en la librería —me dice Gadea.

—Mañana lo pillo.

—Mi madre me va a echar de casa, pero me da igual.

Nos reímos porque ese tema lo hemos hablado muchas veces. Tenemos libros para leer, pero siempre vamos comprando más. Es que salen muchos cada día y los queremos todos. No es culpa nuestra.

—¿Otra? —me pregunta refiriéndose a la cerveza—. Pido dos más y voy al baño.

Asiento con la cabeza y se va hacia la barra para pedir. Agacho la cabeza para buscar el móvil, quiero preguntarle algo a Ander.

Yo

¿Me has enviado
Mujercitas a casa?

Ander

¿Tengo pinta de ir haciendo regalos a la chica más guapa del bar?

Yo

Deja de perder el tiempo.

Ander

¿Lo dices por la apuesta? Lo sé.

Yo

Pronto me vas a deber cinco libros y ya sé cuál va a ser el primero.

Levanto la vista del móvil y lo miro, está a un par de mesas de la mía. Ander se queda mirándome. Parece que me vea por primera vez y me esté examinando. No me gusta nada y me pone nerviosa.

Yo

Deja de mirar así, tus amigos se van a pensar que pasa algo entre nosotros.

Ander

No eres mi tipo, Xenia.

Lo dice en serio y me fastidia, cosa que no entiendo de mí misma. A mí este tío me da igual.

Yo

No hace falta que te diga lo que pienso yo.

Ander

Tú tienes un problema.

Echo el cuerpo hacia atrás en la silla, solo espero que no me insulte gratuitamente sobre mi autismo. Eso me dolería de verdad y diría muy poco de él.

Ander

En realidad, yo te gusto...

Lo miro sorprendida. ¿Lo está diciendo de verdad?

Ander

Y por eso mismo no me soportas. Es muy típico en las películas, en los libros, en las series.

Yo

Creo que si eso fuese cierto lo sabría. Tengo veinte años, Ander. Sé lo que me gusta y lo que no. Y tú no estás en el primer grupo.

Junta los labios mientras piensa y mis ojos se fijan en ellos de forma hipnótica. Antes ese gesto no tenía ningún sentido para mí y, ahora, cada vez que lo veo, me quedo atontada mirándolo. Y no, no es que quiera besarlo, pero me parece... ¿atractivo? Me jode decirlo, pero es así.

Ander

Sigo pensando que sí.

Suelto una risa porque Ander es demasiado presuntuoso y creído.

Yo

Piensa lo que quieras.
También puedes pensar que
la Tierra es cuadrada y te estarás equivocando.

Ander me mira a los ojos y sonríe.

Ander

No suelo equivocarme.

Yo

Presuntuoso.

Ander

Guapa.

Justo entonces regresa Gadea y dejo el móvil a un lado. Tengo ganas de sonreír por ese «guapa», pero no lo hago. Seguimos charlando de nuestras últimas lecturas casi una hora más. El siguiente tema es Gorka y yo le pregunto qué le pasa con él. Está confundida, le gusta, pero no le gusta. Quiere salir con él, pero al mismo tiempo no quiere. Tiene un buen lío mental, así que de momento prefiere no mover ninguna pieza en el tablero.

Miro de reojo a Gorka y veo que está con sus amigos como si nada, pero está claro que tiene un ojo puesto en nuestra mesa. Gadea le gusta e imagino que no quiere dar ningún paso en falso.

—¿Y si se lo explicas?

—¿Qué le voy a explicar? «Me gustas, pero no sé qué quiero».

—No, mujer. Me refiero a que le expliques que estás pensando en lo vuestro, que no quieres meter la pata...

—Ya, eso sí podría hacerlo porque lo tengo superdesconcertado.

—Y con lo básicos que son...

Nos volvemos a reír y seguimos charlando de otros temas hasta que vemos que ya es la una de la madrugada. Miramos a nuestro alrededor y observamos que la gente se ha ido marchando. Quedan algunas parejas, el grupo de Ander y poco más.

—¿Nos vamos? —le propongo.

—Sí, ya es tarde.

Al salir, siento los ojos del grupito de Ander en nosotras, pero ninguna de las dos dice nada. Estoy segura de que Gorka sigue los pasos de mi amiga y que no va a por ella porque tiene miedo de que le cierre la puerta en las narices. Gadea es muy clara cuando quiere.

—¿Vamos al cine mañana? —me propone mientras subo a la bicicleta.

—Vale, ¿una de miedo?

—Ni hablar, con la última me pasé tres días sin dormir. Ya buscaré alguna.

Me río y le digo adiós con la mano. Enciendo las luces y empiezo a recorrer los pocos minutos que me separan de mi casa. A esas horas casi no hay tráfico y me gusta poder disfrutar del frescor que acaricia mi rostro.

Cuando estoy a punto de llegar, oigo un coche y me aparto un poco para que pase. Se coloca a mi lado y baja el ritmo. Lo miro extrañada.

—¿Te llevo? —me pregunta un Ander bastante bebido.

—No, gracias. Mi casa es aquella.

—Es verdad —dice riendo.

Sigue conduciendo de ese modo hasta que llegamos a mi casa. Aparca allí y sale del coche con rapidez. Lo espero antes de entrar en el puente, porque no quiero que despierte a los míos, así que dejo la bici a un lado.

—¿Qué quieres?

—¿Te soy sincero? No lo sé.

Nos quedamos en silencio, mirándonos. Daría medio sueldo por saber qué está pensando en esos momentos.

—Creo que no deberías conducir en ese estado.

—No he bebido tanto.

—Los borrachos siempre dicen eso.

—Yo controlo.

—Ya, seguro.

Se acerca a mí con su mirada puesta en mis labios.

—Ander.

—Xenia.

Su voz ronca me sorprende. Es la primera vez que lo oigo con ese tono y, por lo visto, a mi cuerpo le resulta muy agradable porque siento un calor extraño en él.

Tengo que irme. No quiero caer en la tentación. Todavía soy capaz de perder la apuesta esa.

Doy un paso atrás y él hace lo mismo hacia delante. ¿Cómo puede ser tan rápido de reflejos con la que lleva?

—Olvida la apuesta —me dice con esa voz grave que me tiene un poco en shock.

—A ver, Ander, no entiendo qué...

Su mano está en mi barbilla y me alza el rostro con lentitud, dejando mi boca totalmente expuesta a la suya.

—Xenia, eres demasiado apetecible.

Madre mía... No puedo mover ni un solo músculo de mi cuerpo. Su roce y sus palabras han convertido mi cuerpo en piedra. Estoy clavada en el suelo como una roca.

¿Quiero que me bese?

De repente, Ander arruga el ceño y deja caer su mano como un muñeco de trapo. Cierra los ojos y junta los labios un segundo.

Quiero... besarlo... No, no...

Doy un par de pasos hacia atrás y tropiezo con el principio del puente. Estoy a punto de caerme, pero Ander me coge a tiempo. Nos miramos de nuevo, casi con rabia, y los dos nos lanzamos a buscar lo mismo: nuestros labios, que se enredan en un beso húmedo, largo e intenso. Siento el alcohol en el principio de su lengua, pero solo dura unos segundos porque el deseo me ofusca todos los sentidos, excepto el del tacto que se incrementa un dos cientos por cien.

Dios... Esto no es normal.

Su lengua recorre mi boca y la mía quiere explorar la suya con la misma pasión. Estamos casi sin aire. Pero nos da igual.

Siento que me arden los labios; la lengua, como si fuera suya. Mis dientes rozan los suyos y el resto del cuerpo, inmóvil, está concentrado en ese punto de unión.

No he besado jamás así. Jamás me han besado así. Estoy entre sorprendida, excitada y desesperada.

Es Ander, joder.

A la mierda, quiero más y voy a apurar los últimos segundos de aire que nos quedan.

Cinco.

Su lengua recorre mi paladar.

Cuatro.

Succiono su labio superior.

Tres.

Gemimos en nuestro aliento.

Dos.

Sus dientes se arrastran por mi labio inferior.

Uno.

Juntamos nuestros labios en un último beso apretado.

Y me voy corriendo a casa mientras en mi cabeza suena «Runaway» de Kanye West.

«Corre lejos de mí, bebé. Corre lejos...».

22

CUÍDATE

Martina abre Instagram para subir una foto de uno de sus dibujos. Es de los últimos que hizo antes de aparcar esa afición. Ve que tiene algunos mensajes y los lee sin prisa.

El último es de Nerea. Vaya... no había sabido nada más de ella. Lo abre con curiosidad.

Nerea

Hola, perdona por lo del otro día.
Me sentí como una idiota al nombrar a tu madre y por eso me fui de esa manera.
Lo siento mucho.

Martina

No pasa nada, tú no lo sabías, pero preferí no mentirte.

En ese momento, Nerea se conecta y Martina sale de su perfil para echar un vistazo a otras cuentas. ¿Le responderá?

Nerea

Gracias, a veces soy un poco torpe.
¿Qué tal esos dibujos?

Martina

Estoy inmersa en ello de nuevo,
así que genial.

Nerea

Me alegro, no debes privarnos
de tu arte.

Martina

La palabra arte me parece
muy grande.

Nerea

Pues es lo que haces, así que
vete acostumbrando.

Martina

Jajaja, gracias.
¿Y cuál es tu afición?

Nerea

La lectura y la música,
muy básico, lo sé.

Martina

Con ambas abres tu mente y
te dejas llevar por tu imaginación.
A mí no me resulta algo básico.

Nerea

Tienes razón, es más
bien complejo, jajaja. Y leo muchísimo.

Martina

Como mi hermana...

Nerea

¿Hermana mayor? Aquí solo estoy yo
y, a veces, echo de menos una hermana mayor.

Martina

Pues si quieres te presto una.
¡Tengo tres!

Nerea

¿Qué dices?

Martina y Nerea se pasan una hora entera hablando a través de mensajes de Instagram. Se han caído bien y se van explicando algunas cosas de sus vidas. A Nerea le fascina que tenga tres hermanas y a Martina, que tenga una habitación doble para ella sola con sofá incluido. Se despiden porque es hora de comer en casa de Martina y su padre la está llamando.

—¡Ya bajo!

Martina salta por las escaleras y, cuando llega al final, se baja las mangas de la camiseta. Tiene los cortes casi curados, pero aún pueden verse algunas cicatrices, no quiere preocupar a los suyos por algo que tiene casi superado. La idea de Harán de centrar toda su añoranza en la creación de ese álbum está surtiendo efecto. No ha cogido la cuchilla ni un día y no ha sentido necesidad de hacerlo. Se siente mejor, sí, mucho mejor.

—Ya estoy —dice mientras se sienta en la mesa.

Casualmente, están todos, algo que no siempre es así.

—¿Estabas dibujando? —le pregunta Xenia con interés mientras coge el bol de la ensalada.

—¿Eh? No, no, hablaba con una amiga. ¿Y tus diseños cómo van? —le dice Martina a Zoe para no hablar más de ella.

—Ah, muy bien. Estoy muy inspirada. Pásame la sal, porfi.

—Yo quiero verlos —le pide Laura sonriendo.

—Todos queremos verlos —dictamina Mateo con una gran sonrisa.

Las mira a las cuatro y piensa que no puede estar más orgulloso de ellas. Cada una, a su manera, persigue su propio sueño.

Laura quiere estudiar psicología desde casa y seguir trabajando en la cafetería. La verdad es que sería una pena que dejara de hacer esos pasteles tan deliciosos.

Xenia está encantada con su trabajo y su vida en el pueblo. Adora la casa, los paseos en el bosque, leer en su cama. Su concepto de la felicidad es esto.

Zoe va a empezar el grado de Biología y, además, está entusiasmada con el diseño. Mateo está seguro de que será buena en lo que se proponga.

Y Martina, su pequeña Martina, está buscando la manera de llenar ese hueco tan grande que dejó su madre en su corazón al marcharse de esa forma tan repentina.

—Cuando los tenga acabados, os los muestro —les dice Zoe muy segura de ella misma.

—Genial —dice Xenia.

Su padre la mira alzando una de las cejas.

—Xenia, ayer oí que se iba un coche acelerando y después te oí que subías. ¿No ibas en bicicleta?

Ella lo mira frunciendo el ceño: pensaba que no lo había oído nadie, pero no le extrañaba que Ander hubiera despertado a alguien porque aceleró como un idiota al irse de allí. Huyó como ella, con prisas y sin pensar.

—Fue el imbécil de Ander.

Xenia prefiere no mentir, al final todo se acaba sabiendo, sobre todo en un pueblo tan pequeño como el suyo.

Todos dejan de comer para mirarla y ella se remueve en la silla.

—¿Qué queréis que os diga? Vino y se fue.

—Vino y se fue —repite Martina divertida.

—¿Y a qué vino?

—¿Es que tengo que explicarlo todo? ¿Queréis que os pregunte una a una?

Evidentemente, no va a decirles que ni él mismo sabía por qué la había seguido. Y todavía menos que la había besado, o más bien, se habían besado.

Mira a cada una de sus hermanas y todas niegan con la cabeza mientras ríen.

—¿Algo que yo no sepa? —pregunta Mateo con ironía.

Lo sabe, sabe que no se lo cuentan todo, pero también sabe que es lo normal. Él hacía lo mismo con sus padres.

—No, qué va, nada, nada...

Responden todas al mismo tiempo y Mateo suelta una risilla que provoca la risa de las hermanas Luna.

La comida continúa igual de amena, entre risas y anécdotas varias. Laura no comenta que está preocupada porque su ex ha vuelto. Xenia no menciona más a Ander. Zoe calla que ha rechazado un par de invitaciones para tomar un café con Ibai. Y Martina guarda como oro en paño esa nueva amistad que ha hecho por Instagram.

Todas creen que una es dueña de lo que calla, como dijo Karl Marx.

En cuanto terminan, recogen la mesa y la cocina entre todos. Martina está pendiente de la puerta porque Harán está a punto de llegar.

—¿Lo esperamos fuera? —le pregunta Laura con cariño.

—Me parece bien.

Laura observa los ojos de su hermana. Parece que en los últimos días está más animada.

—Mira qué canción descubrí el otro día...

Suena «Cuídate» y Laura reconoce la voz de la cantante aunque no sabe bien quién es.

—¿Quién es?

—Amaia Montero de La Oreja de Van Gogh. Es la historia del reencuentro de una pareja después de mucho tiempo.

Laura alza las cejas sorprendida. ¿Le está queriendo decir algo? Duda que Martina sepa nada, sabe que Xenia no es de las que van hablando de las demás, así que duda mucho que le haya contado algo de la llamada de su ex.

—Él sigue sintiendo algo, pero ya es demasiado tarde. Me encanta la voz de la cantante... y ese riff de guitarra me pone el pelo de punta. Seguro que a mamá le encantaba en su época.

—Seguro que sí —dice Laura por inercia, está escuchando la letra de la canción.

Cierra la puerta,
ven y siéntate cerca,
que tus ojos me cuentan
que te han visto llorar...

Laura lloró mucho por él, demasiado. Pero aquello era el pasado y debía empezar a dejarlo atrás, lo sabía, pero hacerlo no era tan sencillo. Él había sido el amor de su vida, probablemente el único. A veces, recordaba sus manos en su cuerpo y, a veces, le daba la impresión de que lo envolvía su aroma. A pesar del dolor que le causó, había imágenes que no podía evitar revivir.

—¡Harán!

Laura levanta la vista y sonríe al amigo de su hermana. Le apetece mucho participar en esa increíble idea que han tenido los dos. Su madre estaría orgullosa de Martina, parece que ha encontrado la manera de canalizar su tristeza. Ojalá ella pudiera hacer algo parecido, aunque debe reconocer que desde que trabaja en la cafetería se siente mucho más animada. Se siente útil, se lo pasa bien y le encanta su jefe. ¿Qué más puede pedir?

23

SOBRE RUEDAS

—Vale, Laura, ¿estás preparada?

Ella sonríe a Harán y asiente con la cabeza, le hace gracia que sea tan profesional.

—Vamos allá —murmura Martina con los ojos brillantes.

Tiene ganas de saber qué va a explicarles su hermana mayor.

—Vamos a necesitar una foto en la que estéis solo las dos —le comenta Martina.

—Sí, la tengo preparada. Mira.

Laura les pasa una foto donde están las dos en medio del bosque, sentadas encima de un mantel de cuadros verdes. Las dos sonríen a la cámara y su madre tiene la manita de Laura entre las suyas.

—Aquí yo tenía siete años.

—¿Y los demás?

—Papá nos hizo la foto, vosotras estabais con los abuelos. Mamá quiso hacer un picnic los tres solos.

—Típico de mamá —comentó Martina sonriendo.

Siempre buscaba algún hueco para estar a solas con alguna de sus hijas. Le gustaba estar en familia, por supuesto, pero su madre opinaba que de vez en cuando era bueno dedicar un tiempo especial a cada una de sus hijas. Y aquel día le tocó a Laura.

—Genial, ¿y has pensado en la anécdota? —le pregunta entonces Harán.

—Sí, por supuesto.

Ambos la miran con interés.

—Fue en ese mismo picnic. Papá se fue un momento a buscar algo a casa y, como tardó demasiado, yo me preocupé...

—Mamá, ¿le habrá pasado algo a papá?

—No, cariño, estará a punto de llegar. Ya lo verás.

—¿Seguro? No quiero que le pase nada.

—¿Te preocupa algo, Laura?

—La gente se muere.

Su madre la miró, Laura era una niña muy sensible y todo le afectaba con intensidad. Luna creía que era muy bonito vivir con esa intensidad, pero sabía que también padecías mucho más. Su pequeña de solo siete años sufriría más que otras personas y era algo que le angustiaba. No podía cambiar a Laura, era como era, pero siempre intentaba ayudarla en ese sentido.

—Sí, cariño, todo el mundo se muere, pero antes está la vida. ¿Entiendes?

Su hija la miró abriendo mucho los ojos.

—Es cierto que al final todos nos vamos de este mundo, pero antes nos pasan cosas maravillosas, ¿no crees? Míranos aquí y ahora, las dos en este precioso paisaje, con estos bocadillos buenísimos que hemos preparado juntas y con este silencio que nos deja hablar de nuestras cosas.

Laura sonrió de nuevo.

—Sí, mamá. Y el otro día la profesora me dio un premio.

—¿Lo ves? Otra cosa maravillosa.

—Y papá nos explicó aquel chiste que nos hizo reír a todas mucho.

—Y Xenia te regaló su osito de peluche.

—Es verdad.

—Pues esto es la vida, cariño. No debes preocuparte por la muerte. ¿De qué nos serviría? De nada.

Luna y su hija se miraron a los ojos con intensidad y entonces ella abrazó a su madre con fuerza.

—No quiero que te mueras, mamá.

Luna acarició su pelo y la separó despacio para mirarla de nuevo a los ojos.

—¿Sabes una cosa, Laura? Aunque yo no esté en este mundo, seguiré aquí.

Colocó la mano en el corazón de su hija.

—Y estaré siempre contigo, aunque no esté presente. Porque tú me vas a querer siempre, como yo a ti.

—Sí, mami, siempre.

Laura tiene los ojos húmedos, Martina tiene un nudo en la garganta y Harán está escribiendo todo aquello en su libreta disimulando la emoción que siente en ese momento. Se ha imaginado a esa Laura pequeña hablando de la muerte con su madre y le han entrado ganas de llorar. A veces la vida es muy injusta.

—Mamá era única —dice Martina rompiendo el silencio.

—Siempre pienso que está presente —le dice Laura muy segura—. Así que mi frase es eso: «Mamá no ha dejado de estar entre nosotras, todas la llevamos en el corazón».

—Me encanta —suelta Harán con la voz tomada.

—Solo nos falta la palabra —le pide Martina tragando saliva.

Tiene muchas ganas de llorar, pero quiere disfrutar del proceso, no sufrir.

Laura mira la foto de nuevo y sonríe.

—Vida.

—Vida... —dicen Martina y Harán al unísono.

—Sí, ella era Vida. En mayúsculas.

Los tres se quedan unos segundos en silencio, sonriendo en su interior. Es tan bonito lo que están haciendo, ¿cómo no se les ha ocurrido antes?

Laura piensa que su madre tiene que estar muy orgullosa de Martina, aquel álbum le da un poquito más de vida.

Martina piensa que todos ellos tienen muchas historias con su madre que los demás desconocen. Durante unos segundos, le ha parecido que había vuelto.

Harán piensa que es muy afortunado por poder conocer a la madre de Martina de esa forma tan especial.

—Gracias, Laura. Ahora nos vamos a casa de Harán a escribir todo esto.

—Si necesitáis algo, ya sabéis —les dice ella muy en serio.

Laura los ve marcharse. Hoy su hermana se queda a dormir en casa de su amigo. Esta noche ella también tiene planes y está feliz solo de pensarlo.

Y así pasa la tarde en la cafetería, entre tartas y fogones, cantando flojito mientras se llena las manos de harina. Lo último que hace es preparar la masa de las magdalenas para hornearlas a primera hora de la mañana.

—¿Cómo lo tienes? —le pregunta Mikel entrando en la cocina.

—Ya casi estoy.

Está dejándolo todo bien limpio, Laura es muy organizada y no le gusta dejar enredos por allí.

—Vale, estamos a punto de cerrar. ¿Me esperas? —le pregunta él con una sonrisilla.

—Claro.

Han quedado para ir a la pista de patinaje, Mikel se ha empeñado en enseñarle a patinar bien. No es una cita, pero Laura está nerviosa porque hace mucho tiempo que no está a solas con un chico y menos a esas horas. Además, es su jefe.

Cuando salen de la cafetería, Mikel le señala la nariz y ella lo mira con gesto interrogante.

—Tienes harina...

—Ah, ya.

Laura se sonroja porque podría haber pasado por el espejo del baño para ver si estaba decente. La verdad es que se ha ido de allí como cualquier otro día, aunque en una bolsa lleva ropa más cómoda para patinar. Observa que Mikel también lleva su mochila. Espera que no lleve mallas, no le gustan nada.

—¿En qué piensas? —le pregunta él mientras se dirigen hacia la pista que está a solo cinco minutos a pie.

—En cuántas veces me voy a caer.

Mikel sonríe y chasquea la lengua.

—No dejaré que te caigas.

—Eso ha sonado muy a película.

Los dos se ríen y a partir de ahí todo fluye con más naturalidad. Mikel le explica que aprendió a patinar cuando tenía cinco años para poder perseguir a una vecina de la que estaba enamorado y Laura lo escucha divertida. Ella aprendió junto a su hermana Xenia, no tiene ninguna anécdota tan graciosa.

Cuando llegan, Mikel paga la entrada para los dos y Laura se queja. Él le explica que aquel plan es suyo y que le toca a él correr con los gastos. Laura lo mira negando con la cabeza, no está de acuerdo, pero accede porque sabe que su jefe es un poco cabezota.

Cada uno se va a su vestuario y, cuando Laura sale de allí, lo ve apoyado en la pared con los patines. Lleva un pantalón de chándal hasta la rodilla de color gris con unas rayas en los laterales y una camiseta blanca de tirantes. No puede evitar admirar su cuerpo, la tela se le pega a la piel y deja entrever que está fuerte.

Ella lleva un pantalón mucho más corto de color rosa y una camiseta de deporte de color gris. Se ha hecho un moño y se ha pellizcado las mejillas para dar un poco de color a su rostro.

Mikel levanta la vista y, durante unos segundos, la examina con una sonrisa.

—¿Vamos? —Le ofrece su mano y ella la coge con cierta timidez.

¿Y si se cae todo el rato? No quiere quedar como una tonta.

Entran en la pista y al principio van muy despacio. Mikel patina como si fuese lo más sencillo del mundo y Laura tiene que adaptarse a los movimientos hasta que su cuerpo recuerda perfectamente cómo hacerlo. A los dos minutos, se sueltan de la mano y empiezan a aumentar la velocidad. Mikel se vuelve hacia ella y empieza a patinar de espaldas animándola a seguir así.

—¡Lo haces genial!

Laura sonríe a medias, no quiere desconcentrarse.

Él se vuelve a colocar a su lado y le pasa la mano por la cintura. Están muy pegados y Laura traga saliva.

—Un poco más rápido. Confía en mí.

Mikel acelera y Laura suelta una exclamación aguda que provoca sus risas de nuevo.

—Confía en mí.

Laura asiente y se deja llevar. Sabe que puede confiar en él.

Cierra los ojos durante unos momentos y siente la libertad en su cuerpo. Es una sensación increíble, que vive pocas veces y que quiere vivir más a menudo. El aire fresco en el rostro, las imágenes veloces, el ruido que se difumina y sus cuerpos rodando por aquella pista como si estuvieran completamente solos. Mikel controla a la perfección y ella intenta imitarlo en todo. Cuando van desacelerando, Laura suelta el aire de su cuerpo y se ríe. Él la mira pensando que esa risa vale millones. Le gusta verla así, en la cafetería siempre está concentrada en hacer las cosas tan bien que se deja llevar muy pocas veces. Y lo entiende, él también es así en el trabajo.

Al final, se detienen y se apoyan en una de las vallas.

—¿Qué tal?

—Me ha encantado.

—¿Verdad? Pues el próximo viernes te apuntas con nosotros. Es exactamente lo mismo, aunque no vamos tan rápido.

—¿Y es seguro?

—Sí, no te preocupes por eso. Raúl es el que escoge las rutas y siempre procura ir por donde hay poco tráfico.

—¿Sois muchos?

—Depende del viernes. A veces somos una media docena y otras, más de quince personas.

—Vaya, quince son mucho.

—Sí, y es más divertido. Cuando terminamos, siempre picamos algo en el bar desde dónde salimos. Hacen las mejores croquetas de cocido de la ciudad.

Laura no lo ve claro. No sabe si se va a sentir bien con tanta gente nueva de golpe. Seguro que entre ellos se conocen mucho...

—Son muy majos, ya verás —le dice Mikel como si le estuviera leyendo el pensamiento.

Laura lo mira fijamente sin responder. Siempre tiene tiempo de buscarse una buena excusa si no le apetece. Es que ella no es así de atrevida... ¿y por qué? ¿Y por qué no dar un paso adelante? No es así, pero puede serlo. Le apetece estar con Mikel y que la incluya en ese plan, ¿entonces? Deja a un lado a esa Laura contenida y habla con energía.

—Cuenta conmigo.

La sonrisa de Mikel le agrada, mucho, pero lo que más le llena es que ha empezado a romper algunos moldes que están demasiado fijos en ella.

Y lo mejor de todo, es que todo depende de ella.

Ella decide.

24

SUERTE

Xenia

Estoy realmente agobiada, ¿sabéis esa sensación que se te queda pegada a la piel cuando te ha pasado algo que no esperabas? Algo que no entiendes, que no sabes si es bueno o malo y que no sabes describir. Sigo preguntándome qué cojones pasó ayer con Ander. He rebobinado el tiempo hacia atrás como una cinta de esas antiguas de música que tiene mi hermana pequeña.

Me veo llegando a casa con la bicicleta, como muchas otras veces. Oigo un coche, se me pone al lado y resulta que es Ander. Me sigue hasta casa y baja del coche, borracho (también como muchas otras veces, tiene un problema con el alcohol). Y entonces la escena se cubre de niebla porque mis sentidos se colapsan un poco. Se acerca, me separo de él, me coge porque he tropezado y entonces esa mirada extraña que lleva a besarnos al mismo tiempo. Como si alguien detrás de las cámaras hubiera gritado: «¡Ahora!». Repito ese momento varias veces en mi cabeza y no puedo imaginarlo de otra manera: «¡Ahora!». Ander y yo empezamos a besarnos con una intensidad cargada de deseo... ¿Y ese deseo? Es que no lo entiendo, por mucho que lo analizo no logro entenderlo. A mí no me gusta Ander, ni en ese sentido ni en ningún otro. Sí es cierto que me ha dejado de caer tan exageradamente mal, pero sigue siendo Ander, ese chico guapito de cara que se cree la estrella del equipo de fútbol americano y que anda rodeado de chicas con minifalda y pompones. Y yo no soy una de ellas.

Busco una explicación científica a lo que ha ocurrido. Tal vez mis neuronas han conectado el momento con alguna película que he visto y de ahí que me haya lanzado a su boca. Porque literal que ha sido así. No puedo decir que él me ha besado y que yo me he dejado. Nuestros labios han chocado casi con prisas.

Madre mía.

Dejo el libro a un lado. No puedo concentrarme así.

Miro por la ventana y me fijo en el puente de madera y en las calabazas que hay desperdigadas por él. Ayer mismo nos besamos allí.

¿Por qué me siguió? ¿O quizá iba a la ciudad? ¿Solo? Me da igual. No quiero buscar una explicación a algo que igual ni la tiene. Iba borracho y todos sabemos que el alcohol provoca ese tipo de comportamientos. Y también puede provocar que beses a alguien cuando no lo deseas. Vale, puede ser. Pero ¿y mi excusa? ¿Dónde está mi excusa? Ander me besó porque iba borracho, ¿y yo?

Cojo uno de mis mechones rizados y lo estiro entre mis dedos intentando buscar una respuesta. Si Ander no me gusta, si no soy de esas que se va besando con el primero que pasa por delante, si no soy una enamoradiza, si no tengo una carencia sexual, ¿qué coño me pasó?

Un error. Una cagada. Una metedura de pata. Mala suerte.

A veces eso pasa. Haces cosas que no quieres porque no lo has pensado bien o porque no has reaccionado de la mejor manera.

Eso es. Yo debería haberme ido pitando a mi casa y me quedé allí diciendo tontadas. Ya está.

Me tumbo de nuevo en la cama y cojo *Mujercitas*. Lo miro con una sonrisa, es tan bonito... Sigo sin saber quién me lo ha mandado a casa, pero me da igual. Sea quien sea, ha acertado de lleno. Lo abro y procuro concentrarme, no quiero que Ander siga en mis pensamientos.

Lo pensamientos de Zoe vuelan mientras escucha «Rock Lobster» de The B-52's. Esa canción siempre la ha animado y esta noche se siente con ganas de sexo. Ha quedado con un morenazo en Glops. Eli y los demás le han dicho que van a ir a una discoteca nueva que han abierto en la ciudad, pero a ella no le ha apetecido demasiado el plan, así que ha decidido irse sola en busca de alguna aventura que acabe llevándola a un buen orgasmo. Cuando ha abierto Tinder, ha pensado en Ibai durante unos segundos, pero lo ha descartado, es mejor no repetir porque entonces no es lo mismo. Y tampoco quiere que él piense que ella quiere algo más con él, porque no es así.

Aparca el coche en una de las calles paralelas y se adentra en el local con sigilo. No le gustaría que alguien la pillara entrando allí, pero tampoco lo hace a escondidas. Tiene dieciocho años y ya es mayor para decidir qué tipo de sexualidad quiere vivir. Además, no hace nada malo ni daña a nadie. Todo el mundo sabe que allí quedan muchos usuarios de la aplicación para tomar la primera copa antes de follar y que es algo tan lícito como buscar el amor.

Entra en el local y, cuando se acostumbra a la oscuridad, se acerca a la barra para pedir una cerveza. Hay varias parejas en algunos de los sofás y un par de chicos en la barra. Al primero que ve es a su morenazo. Él la mira y le sonríe. Se levanta del taburete para cederle el sitio y ella le devuelve la sonrisa. Es muy guapo y tiene unos labios muy bonitos. De reojo, Zoe ve el perfil del otro chico que está mirando su copa fijamente.

—Joder —murmura al ver quién es.

Es Ibai...

Justo entonces entra una chica alta con unos tacones kilométricos y abraza a Ibai de forma muy cariñosa.

—Zoe, ¿de dónde eres?

Ella lo mira sorprendida.

—Eh, prefiero no decirlo, si no te importa.

Está muy asombrada por haber coincidido con Ibai.

—Ah, no, sin problema.

—Bien... —le responde ella intentando no mirar a Ibai.

De reojo, ve que se están besando y que se dirigen hacia uno de los sofás.

—¿Estás bien? —le pregunta él al ver el poco interés de Zoe.

Allí todos saben a lo que van, no es necesario perder el tiempo. Además, por Tinder ha quedado claro que han quedado para follar.

Ella lo mira parpadeando un par de veces y le dedica su mejor sonrisa. El chico es mono y ella ha venido a lo que ha venido.

—Sí, sí, perdona. Estoy un poco espesa.

—Eso es el calor, que nos derrite las neuronas.

—Será eso...

Siguen charlando durante unos diez minutos y, cuando terminan la bebida, ambos deciden irse al coche de Zoe. En ese mismo momento, otra pareja decide salir también del local y su ligue les cede el paso.

—Vosotros primero —les dice con amabilidad.

La chica le sonríe y le da las gracias. El chico clava su mirada en Zoe.

Es Ibai.

—¿Se puede tener más mala suerte?

—Yo creo que no es cuestión de suerte, es cuestión de elegir bien.

—¿De verdad crees eso?

A Harán le encanta hablar con Martina, a veces le parece que está hablando con alguien de veinte años.

—Claro que sí. La suerte es para los perdedores.

—¿A qué te refieres?

Martina le sonríe mientras le pone la cola a la fotografía que les ha pasado Laura para colocarla en el álbum.

—No puedes esperar a que la vida te sonría, a que te lleguen las oportunidades sin hacer nada. Hay gente que espera que un gran empresario llegue a su casa, toque el timbre y le diga: «¿Quieres trabajar para mí y ganar tres mil euros al mes?». Esto no va así. La vida no va así. Tienes que currártelo, punto. Esperar que pasen cosas sin hacer nada para que ocurran es una soberana tontería.

—¿Así que la suerte no existe?

—Casi nunca. A ver, a Miguel el del estanco le tocó la lotería, pero es algo excepcional. ¿Cuántas veces le ha tocado a tu madre?

—Ninguna.

—Y así será, probablemente. Si te fijas en la vida de muchos cantantes, actores y demás artistas, la mayoría se lo han currado mucho y han trabajado en mil sitios antes de llegar al éxito. Y, después, cuando lo logran, no es cuestión de suerte. Es que son válidos.

—Sí, tienes razón.

—Claro que la tengo.

Ambos se ríen fuerte y Harán la mira pensando que Martina es única.

—¿Y por qué tendemos a decir que ha sido suerte?

Martina lo mira más seria. Le apasionan esas charlas con su mejor amigo, no las cambiaría por nada en el mundo. Tiene amigas, pero no suele hablar de temas tan interesantes o que le hagan pensar.

—¿Quizá porque no creemos lo que valemos?

—¿A qué te refieres?

—Vale, imagina a alguien que pinta unos cuadros magníficos. Lo llamaremos Adán. Decide irse a la ciudad e intenta exponerlos en algún estudio. Al final lo logra y llega alguien, Pedro, que decide que quiere vender su arte. A partir de ahí todo va rodado: se convierte en un artista reconocido. ¿Ha sido suerte? No, Adán es válido, es un artista y, como se lo ha currado, ha llegado a donde ha querido.

—Pero si no hubiera pasado por allí el tal Pedro...

—Hubiera pasado Perico de los Palotes y hubiera tenido el mismo final.

—¿Y la mala suerte?

—Opino lo mismo, son malas elecciones. No es mala suerte

que te hayas puesto en la cola del súper que tarda más, lo has elegido tú porque has hecho un mal análisis...

Harán suelta una carcajada y Martina se une a sus risas. Es algo que les suele ocurrir a menudo a los dos cuando compran algo en algún súper de la ciudad. ¿La cola más lenta? La suya. Da igual si en el último segundo cambian de opción, siempre terminan en la más lenta.

—Me gusta tu visión —afirma Harán.

—Deberíamos dejar de decir eso de «ha tenido mala suerte», porque no es así.

—Pero hay gente que sí parece que tenga mala suerte en la vida.

—¿Estás seguro? ¿O son malas elecciones? Es que es más fácil echarle la culpa a la mala suerte...

—Ya, como cuando decimos que tenemos mala suerte porque hemos suspendido un examen.

—O cuando decimos que tenemos mala suerte en nuestras relaciones. ¿En serio? La suerte depende del azar, de algo no controlable, y la mayoría de las cosas lo son, en mayor o menor medida.

—Bueno, si se te cruza un animal en medio de la carretera y tienes un accidente, es mala suerte.

—Sí, hay cosas que no se pueden controlar. Pero en general hay un vicio de culpar a la mala suerte de hechos que son culpa nuestra, ¿no crees?

—Sí, nos pasa eso. Además, ahora estoy pensando que, si lo dejas todo en manos del azar, parece que la vida no tenga sentido. ¿Para qué luchar?

—Exacto. Me resigno y paso de todo.

—Lo suyo es intentar lograr tus objetivos, sin olvidar que cuesta y que vas a tropezar mil veces.

—Mi madre siempre me decía que yo sería lo que quisiera y es algo que se me ha quedado dentro.

Martina y Harán se miran con los ojos brillantes. Ambos creen con fervor en esa idea.

Martina quiere ser una excelente dibujante, una buena persona y quiere ser feliz.

Harán quiere seguir al lado de Martina, es lo mejor que le ha pasado en la vida. Lo tiene clarísimo.

25

DISFRUTA DEL SILENCIO

Zoe vuelve a casa escuchando «Enjoy the Silence» de Depeche Mode. Suele cantarla porque se la sabe toda, pero sus labios están demasiado rígidos y es incapaz de pensar en otra cosa que en ese encuentro con Ibai.

¿Debería haberle dicho algo?

Sí, claro, algo del tipo: «Que te aproveche el polvo con tu amiga».

Qué raro todo. Nunca se había cruzado con Ibai por allí o quizá sí y no se había fijado en él.

No sabe cómo sentirse. Es la primera vez que se encuentra con un conocido en Glops. Aquella parcela de su vida es muy suya y no le gusta compartirla con nadie. No le gusta dar explicaciones, aunque en este caso Ibai hace lo mismo que ella.

Llega a la conclusión de que tampoco pasa nada. Ibai solo es el amigo del primo de su mejor amiga. Han compartido una empanada de atún y una mañana muy agradable, pero nada más. No son amigos ni lo van a ser.

Cuando llega a casa, aparca el coche y, justo cuando sale de él, le llega un mensaje de WhatsApp.

Es Ibai.

Aparta el móvil y mira el cielo lleno de estrellas. En ese momento, no hay ni una nube, pero Zoe nota la cabeza muy espesa, como si el cielo se le cayera encima por momentos. Sabe que lo mejor sería ignorar ese mensaje, pero la curiosidad puede con ella.

Ibai

Podríamos quedar un día en Glops.

Zoe sabe leer entre líneas, pero no le gusta nada esa forma tan directa de decir las cosas. Para ella está rozando lo vulgar.

Zoe

¿Para follar?

Ibai

No, para comernos una empanada.

Vale, parece que está enfadado aunque no tiene ninguna razón para estarlo. Y ahora ella también lo está. ¿De qué va? Ni que fuesen pareja o algo por el estilo. Han follado una vez, resulta que comparten amigos y han tomado un café juntos. Punto.

Zoe

Lo divertido de Tinder es eso: la variedad, ya sabes, hoy un rubio y mañana un moreno.

Tarda unos segundos en responder y Zoe piensa que igual se ha pasado.

Ibai

Lo sé perfectamente, no necesito tus explicaciones.

Zoe

Entonces, déjame en paz. Si yo fuera un tío, un colega tuyo que te has encontrado allí, me estarías dando palmaditas en la espalda. Háztelo mirar. Tú no estabas allí sirviendo copas.

Ibai no responde y Zoe se va a su habitación cabreada. No entiende de qué va ese tío. Tal vez se cree que viven en la prehistoria, cuando las mujeres se quedaban encerradas en casa esperando a que llegara el espíritu santo para tener un jodido orgasmo. Ella hace lo que le da la gana con su cuerpo. Mientras no le haga daño a nadie, puede hacer lo que le dé la real gana.

Ibai no responde porque sabe que ella tiene razón, aun así sigue en shock. Cuando ha visto a Zoe en Glops con un tío, ha estado a punto de decirle algo, pero ha logrado morderse la lengua a tiempo. ¿Qué le podía decir? «¿Qué haces con ese chico?». Él estaba haciendo lo mismo y, además, había quedado con Marta, una chica que había conocido un par de noches atrás y con la que había congeniado muy bien en la cama. Pero solo era sexo, nada más. Zoe sí le gusta de verdad y ahora se siente confuso. Muy confuso. ¿Por qué no había contactado con él? Bueno, él tampoco lo había hecho porque no quería que Zoe pensara que solo pensaba en sexo cuando pensaba en ella.

Zoe está molesta porque él está molesto, pero también porque al verlo con aquella chica ha tenido una sensación desagradable que no sabe ubicar. ¿Celos? No. ¿Enfado? No, tampoco. ¿Contrariedad? Tal vez. Sabe que Ibai tiene cierto interés en conocerla porque ya la ha invitado un par de veces para tomar un café. Ella se ha negado porque no quiere empezar nada con él, ni con él ni con nadie.

Ibai ha intentado salir con Zoe, pero le ha dado calabazas, no sabe muy bien por qué. Julen le ha dicho que Zoe no ha tenido nunca una pareja estable. Imagina que a través de Tinder consigue un sexo satisfactorio y poco problemático. Él sí ha salido con alguna chica, aunque tampoco es de esas personas que necesitan tener pareja siempre. Si surge, genial, y con Zoe ha llegado a pensar que podía haber algo. ¿Tal vez debería haber insistido más? ¿O tal vez debería haberle propuesto directamente otra sesión de sexo? La verdad es que estuvo muy bien... Pero no era su idea, le apetecía conocerla un poco más, ir más allá del sexo.

Zoe da vueltas en su cama. No deja de ver en la oscuridad los ojos de Ibai clavados en los suyos.

Ibai esconde la cabeza en la almohada. Hubiera preferido no encontrársela allí.

El domingo por la mañana, Mateo se levanta el primero y Taka y Atenas lo saludan con un lametazo en la mano. Él les da unos golpecitos cariñosos en la cabeza y se va a la cocina a preparar café.

Cuando el aroma se extiende por la casa, Xenia es la primera en aparecer.

—Buenos días, cariño.

—Buenos días, papá.

—¿Un poco de café?

—Sí, quiero dar un buen paseo a Taka y a Atenas.

—Si quieres, las saco yo.

—No, no te preocupes. Ayer me dormí pronto.

—Un sábado casero —murmura Mateo sonriendo.

—De vez en cuando es sano no salir y quedarte en casa como un buen ermitaño.

—Ya, ya.

Su padre la mira por encima de la taza de café. Sabe que a Xenia le ronda algo por la cabeza. La conoce bien. Antes de la muerte de Luna, apenas reparaba en los detalles que rodeaban a sus hijas, la verdad era que se ocupaba su mujer. Pero cuando ella faltó, se dio cuenta de que esas cuatro mujercitas necesitaban una atención real. Evidentemente, tenía que alimentarlas y cuidarlas, pero con eso no bastaba. Mateo se esforzó en conocer a cada una al dedillo y ahora con una simple mirada sabe si están preocupadas, tristes, molestas, alegres o ilusionadas. Y las observa, mucho, para dejar que ellas mismas resuelvan sus propios problemas. En cuanto ve que algo se enquista, entonces él entra en acción. Por ejemplo con Martina.

Ha intentado convencerla para que hable con algún profesional, pero ella se ha negado. Martina cree que puede con ello, pero Mateo sabe que la muerte de su madre la supera. Ahora el tema del álbum la está ayudando, la nota más alegre y menos decaída. Solo espera que, cuando termine de hacerlo, siga igual de bien. Le preocupa que no sea capaz de seguir adelante.

—¿Todo bien, papá?

—¿Eh? Sí, sí.

—Pues me voy con mis chicas —le dice Xenia justo antes de darle un sonoro beso en la mejilla.

—Hasta luego, cariño.

Xenia silba flojito y Taka y Atenas la siguen inmediatamente. Ella coge sus correas, aunque suele llevarlas sueltas. Cuando sale, el frescor de la mañana acaricia su rostro y Xenia sonríe. Es de sus momentos preferidos, cuando sale con ellas por el bosque bien temprano, sin calor y sin gente de por medio.

Laura está asomada a la ventana y se saludan. Ve que Xenia se adentra en el bosque con Taka y Atenas. Sonríe porque Xenia madruga para no cruzarse con nadie, algo que entiende perfectamente porque a esas horas el bosque es un bálsamo de paz. Es bonito poderlo disfrutar sola.

O en compañía.

Ella iba allí con su ex. Se sentaban, charlaban y acababan besándose mientras alguna mano atrevida acariciaba el interior de su camiseta. Parece todo tan lejano... Con el tiempo, algunas imágenes se han ido maquillando de una niebla blanca, pero otras siguen igual de nítidas. Recuerda a la perfección su primer beso, lo ha recreado en demasiadas ocasiones en su cabeza.

—Tus labios saben a miel...

—¿Cómo lo sabes? —le preguntó Laura divertida.

—Porque lo sé.

Acercó sus labios a los de ella. Ambos sabían qué iba a ocurrir, pero lo retrasaron cinco segundos más.

—Tú sabes mucho.

—No mucho, pero sí sé que me encantas...

La besó despacio, tal y como ella había imaginado muchas veces. La besó a conciencia, como si quisiera besar todo su interior. Fue un beso mágico, único, intenso. Jamás la habían besado así. A partir de ahí, Laura supo que estaba enamorada de él. Y él supo que quería seguir con ese beso eternamente.

Laura suspira y baja a la cocina. Huele genial y está segura de que su padre es el que ha preparado la cafetera. Se cruza con Zoe, que está al final de la escalera con la cabeza metida en el móvil.

—Buenos días, Zoe.

—Buenos días, Laura.

Laura pone los ojos en blanco porque su hermana no ha dejado de mover los dedos por la pantalla. No entiende por qué esos pequeños aparatos tienen a todo el mundo abducido. Mikel no se sorprendió tanto cuando le dijo que ella no tenía móvil, aunque reconoce que le iría bien para poder comunicarse con él...

Eli

¿Quedamos el viernes por la noche?

Zoe

Por mí bien.

Eli

¿Damos una vuelta por la ciudad?

Zoe

Perfecto.

Zoe esperaba encontrar algún mensaje de Ibai, pero no le ha dicho nada más. Es evidente que no tienen mucho más que decirse. No entiende por qué piensa tanto en ese encuentro. Se han encontrado en Glops y los dos saben que usan Tinder con el mismo propósito. ¿Entonces?

Martina

Buenos días, hermanita.
Eres la siguiente de nuestro fabuloso
proyecto de las nubes. Ve pensando en ello.

Zoe sonríe al leer a su hermana.

Zoe

¿Ya me toca? ¿Y Xenia?

Zoe sabe que ya han hablado con su hermana Laura y pensaba que iban a seguir con Xenia.

Martina

Xenia nos ha pedido
un poco de tiempo y se lo hemos concedido.

Zoe

Es que es complicado elegir
un solo recuerdo.

Martina

Lo sé. Por eso te aviso con tiempo.

Zoe

Me pongo a ello para estar lista cuanto antes.

Martina

Genial.

Ambas se envían una carita con un beso y sonríen al mismo tiempo sin saberlo.

Zoe escogió su recuerdo el primer día que Martina y Harán le hablaron de esa increíble idea de plasmar algunos retazos de la vida de su madre en un álbum. Su hermana es la más creativa de las cuatro y eso que aún es una pequeña adolescente que acaba de empezar a entender algunos conceptos complicados del mundo adulto. Cuando crezca, será una mujer maravillosa, Zoe no tiene ninguna duda. La verdad es que piensa que sus tres hermanas son únicas, muy distintas entre ellas, pero con una gran herencia de su madre.

Laura es reflexiva y pausada como lo era su madre, y es un rasgo que le encanta de ambas. A ella le gustaría tener ese temple cuando ocurre algo inesperado que, de repente, te pone el mundo del revés.

Xenia es simpática, extrovertida y muy curiosa, como también lo era su madre. Todo el pueblo la adoraba y ella, a veces, refunfuñaba porque se paraba a hablar con todo aquel que se cruzaba en su camino.

Y Martina tiene su imaginación y su creatividad, Luna le pasó las ganas de pintar el mundo, algo que se le da genial.

¿Y ella?

Ella también se parece a su madre. Quizá de las cuatro es la que más se parece físicamente. Su padre se lo ha repetido miles de veces con una sonrisa nostálgica. Y de lo que está segura es de que ha heredado su inteligencia. Esa capacidad de razonar, esa prodigiosa memoria que tiene y sus ganas de aprender.

Zoe piensa que su madre está en todas ellas y eso la hace feliz porque es como si continuara en esa casa. Cuando su padre, a los seis meses del accidente, empezó a recoger las pertenencias de Luna, las cuatro hermanas se quedaron mudas. Era como si les quitaran lo último que quedaba de ella.

—¿Papá?

—Cariño, no llores.

—Pero es que son sus cosas...

—Vamos a donar la ropa, creo que a ella le gustaría que lo hiciéramos.

—Pero ya no estará...

Mateo miró a Zoe con tristeza. Entendía qué quería decir. A él le había costado seis meses tomar la decisión.

—Zoe, ella siempre estará. Aquí y aquí.

Mateo señaló su corazón y el de Zoe.

—Da igual lo que pase, el tiempo que pase o lo que hagamos. Ella seguirá en nosotros. ¿Lo entiendes? Mientras la recordemos, seguirá aquí.

26

NO SOMOS AMIGOS

Xenia

—Dos avestruces, parecemos dos jodidas avestruces.

Gadea se ríe de mí y yo la mataría por ello.

—Dos avestruces no sé, pero dos tontos a las tres sí que lo parecéis.

—Gracias, gracias.

—De nada, pero es así. A ver, os besasteis el viernes por la noche. De eso hace una jodida semana y no habéis cruzado ni una palabra desde entonces. ¿Por qué?

—Porque... él no ha venido ni un día.

—Ni tú has ido a recoger tu pedido de libros.

Eso es verdad, pero es que no quiero verlo. Imagino que a él le ocurre lo mismo. Tenemos... ¿vergüenza? No sé, yo nunca he tenido de eso. Imagino que es vergüenza porque hicimos algo que no queríamos.

—Yo no quiero que piense que él me gusta e imagino que a él le ocurre algo similar.

—Pues entonces entra en la jodida librería y coge tus libros. Él quizá está desganado y por eso no entra a coger su fruta.

—Sí, claro. Menuda casualidad.

—¿Y qué vas a hacer? ¿Evitarlo para siempre jamás? Que no vives en una película, Xenia.

—Me revienta cuando tienes razón.

—Lo sé, pero por eso eres mi amiga, porque no voy a bailarte el agua. Si te estás comportando como una capulla, tengo que decírtelo.

—Vale, vale. Pero me acompañas.

—Eso no me lo pierdo yo por nada del mundo.

—Ni una risita, ¿eh? Que te conozco.

La miro abriendo mucho los ojos a modo de aviso y ella se sella los labios con los dedos, algo que no se cree ni ella, pero tendré que aguantarme. Prefiero tenerla a mi lado en un momento tan... extraño. Es que me he imaginado la situación unas quinientas veces y en cada una he reaccionado de una manera diferente. A veces le respondo con indiferencia, otras con ironía y otras con una simpatía fingida que se me nota a leguas. Acabo pensando que prefiero no verlo ni hablar con él, pero Gadea tiene razón: no puedo seguir con esta tontería toda la vida.

—Niña, ¿no hay manzanas de las rojas?

Gadea y yo nos volvemos asustadas hacia Ander.

—Hombre, Andy...

Evidentemente, esa es Gadea y él la mira con desprecio, pero en sus ojos hay algo triste...

—Si vuelves a llamarme así, puedes ir olvidándote de poner un pie en la librería.

Gadea nota el tono de Ander y le pide disculpas.

—Vale, vale, perdona.

Ander se da la vuelta y, de repente, un sentimiento extraño recorre mi cuerpo. Cojo una de las manzanas rojas que sé que le gustan y lo llamo.

—¡Ander!

Él se vuelve igual de serio y le lanzo la manzana. La coge al vuelo sin cambiar el gesto y, cuando veo que se mete la mano en el bolsillo para coger dinero, me doy la vuelta y le doy la espalda.

—Hoy invita la casa —le digo antes de seguir colocando bien algunas frutas.

Ander sale de la tienda sin decir nada y yo sigo a la mía a la espera de que Gadea diga algo.

—Se ha mosqueado de verdad, ¿eh?

—Eso parece —le respondo.

—Quizá debería preguntarle por qué.

—Quizá deberías estar calladita.

Como no dice nada, la miro. Me está observando como si fuese un cuadro indescifrable.

—Gadea, sabes que le molesta y creo que hay alguna razón...

—¿De esas potentes? —pregunta con aire inocente.

—Sí, de esas. Así que mejor no le dices nada porque, que yo sepa, no somos amigos ni nada parecido.

—Amigos no, pero «besamigos» sí.

Miro a Gadea sorprendida y ella suelta una carcajada. Pongo los ojos en blanco y sonrío por su tontería.

«Besamigos», menuda palabreja.

Al cabo de una hora, llega la señora Carmen y me indica que me puedo ir antes, que ya cerrará ella la tienda.

Gadea está fuera esperándome mientras está mirando un TikTok tras otro. Le encantan los de gatitos y los de chicos bailando. Su *crush* es un tío que baila bachata con un traje de Spiderman. No le ve la cara, por supuesto, pero le da igual. Dice que, si se mueve así, ya tiene suficiente. Yo me río cuando dice esas cosas, pero lo peor de todo es que lo dice en serio.

—¿Vamos a ver al ofendido?

—Gadea, no te pases.

Cruzamos la calle y ella suelta una risilla. La librería está llena, algo habitual porque la gente del pueblo lee bastante. Cuando entro busco a Ander con la mirada y lo veo atendiendo a Amelia, una señora mayor que devora cualquier thriller que sale a la venta.

—Le prometo que le va a encantar —oigo que le dice él entusiasmado.

—¿*Las otras niñas*? Está bien, Ander, confío en tu criterio.

—No se va a arrepentir.

Sonrío sin darme cuenta. A Ander le encanta trabajar allí, ya lo he comprobado en más de una ocasión, aunque solo sea un trabajo temporal. A la larga se irá a la ciudad a trabajar, como muchos otros.

Gadea me da un codazo.

—¿Qué?

—¿Y esa sonrisita de lela?

—¿Qué dices?

—Que te he visto...

—Anda, déjame un rato.

Ambas nos reímos y nos separamos en la librería. Ella se va directamente a la zona de fantasía y yo a la de juvenil. Ha salido *Mi pequeño universo* y me apetece mucho leerlo. Como no lo veo por allí, me voy al mostrador, donde también está el señor Ernesto atendiendo. Cuando me toca, se le adelanta Ander.

—Ernesto, Xenia tiene unos libros reservados.

—Ah, entonces él te atiende —me dice con amabilidad.

—Los tenemos por aquí. Sígueme.

Me extraña que me pida que lo siga, pero lo hago. No le tengo ningún miedo, así que voy tras sus pasos intentando no fijarme en su espalda ancha, perfecta y muy abrazable. ¿Abrazable?

Él se gira de repente, como si hubiera leído mis pensamientos.

—¿Qué miras?

—¿Qué voy a mirar?

—He notado tus ojos en mi culo.

—Sí, claro. Qué listo eres.

—Así que no lo niegas...

—A ver, Ander. ¿Podemos dejar de decir tonterías?

A Ander le encanta esa Xenia madura y responsable. No sabe por qué ha empezado a imaginársela en su cama. Y eso es algo malo. Muy malo. Pero no puede evitarlo. La besó. Se besaron. Y, desde entonces, no se la quita de la cabeza. Se ha masturbado pensado en esa boca, esos labios y esa lengua, hasta que se ha prohibido hacerlo más. No puede ser bueno pensar solo en ella. Y es que encima Xenia es una repelente de mucho cuidado. ¿Por qué siente todo eso cuando piensa en ella? No llega a comprenderlo.

Durante esta semana, ha hecho todo lo posible para no verla. No ha ido ni un día a buscar su fruta de la tarde, pero hoy ya no ha podido aguantarse más. Y lo jodido es que no sabe por qué. Justo esta mañana se había repetido que no iría a la tienda, ni hablar. Y al final sus piernas lo han llevado hasta allí. Sus piernas y su jodida cabeza. Quería verla, simplemente.

Pero allí estaba Gadea y le ha puesto de muy mal humor. Sabe que no soporta que lo llame Andy, ya se lo ha indicado en más de una ocasión, pero hoy se lo ha dicho de forma muy tajante. No quiere oír más ese nombre. Él es Ander.

Ahora está con Xenia en la parte más escondida de la librería, donde ha guardado los libros que ella encargó.

—Solo quería decirte algo...

Xenia lo mira expectante. ¿Qué querrá decirle?

—Tú dirás.

—Lo del otro día...

Xenia opta por no pronunciarse. A veces es mejor callar y dejar que hablen los demás. Además, es él quien ha querido sacar ese tema.

Ander se rasca la cabeza esperando que ella diga algo.

Xenia sigue callada.

Oyen a la gente hablando de libros y autores.

Xenia parpadea y él le mira los labios, casi inconscientemente. Parecen dos actores a punto de dar el gran paso, hasta que Xenia reacciona.

—Vale, olvidemos lo del otro día. Somos tú y yo, ¿de acuerdo? Así que vamos a seguir con nuestras vidas como si «eso» no hubiera pasado nunca. Un fallo lo tiene cualquiera.

—Un fallo lo tiene cualquiera, sí.

Ander repite sus palabras, pero sin saber muy bien si está de acuerdo. ¿Fue un fallo? A él no se lo pareció, joder. Se besaron de esa forma tan intensa y pasional que cada vez que lo piensa sus pantalones se convierten en una tienda de campaña tamaño familiar.

—Entonces... ¿me das los libros o qué?

—Sí, claro.

Ander coge los libros y se los entrega. Sin querer, roza sus dedos y busca los ojos de Xenia. ¡Ahí está! Ella también ha notado algo, está seguro.

—Pues genial. Y también quiero *Mi pequeño universo*, ¿lo tienes?

—Eh... Nos ha llegado hoy. Ahora lo saco...

Xenia lo ve desaparecer por la puerta que da acceso al almacén de la librería. Suelta todo el aire de golpe, resoplando con fuera.

—Madre mía...

Xenia

Ahora que ha quedado todo claro, espero que volvamos a la normalidad, o sea, espero que mi cabeza deje de darle vueltas a lo mismo. Ander también considera que el beso fue un error, así que no necesito pensar mucho más. En ese momento, nos dejamos llevar. Él iba borracho. Yo estaba tonta perdida. Punto.

—Aquí lo tienes.

Cojo el libro intentando no rozar sus dedos, pues quien evita la ocasión evita el peligro.

—Gracias.

Me doy la vuelta, pero su voz me hace mirarlo de nuevo.

—Oye, Xenia.

—¿Qué?

—¿Tú has pensado en... el beso?

Dejo de respirar durante unos segundos. ¿No había quedado todo claro? ¿Qué le pasa a este chico? ¿Es que le gusta liarla?

—Ander, yo siempre pienso. Soy un ser pensante. Mi cabeza piensa continuamente.

Le contesto con rapidez, como si tuviera esas palabras en la punta de la lengua, dispuestas allí para salir en cuanto él me dijera algo así.

—Ya, ¿y?

—¿Y qué?

Estoy consternada por su manera de actuar. ¿No se supone que ellos suelen pasar de averiguar el porqué de las cosas?

—¿Qué has pensado?

Me pilla muy desprevenida, lo reconozco. Si fuese mi mejor amigo, le explicaría que sigo sin entender por qué me gustó tanto besarlo y también acabaría confesándole que ha sido uno de los mejores besos de mi corta vida. Pero es Ander y no somos amigos.

—Ander, estás preguntando algo íntimo. ¿Lo sabes?

—Sí, claro. Es que besarse es algo íntimo.

—Ya, pero no somos amigos ni nada que se le parezca.

—Entonces, ¿qué somos?

«¿Es que nunca se cansa de preguntar?».

—Pues... tú eres Ander y yo, Xenia. Y hasta aquí puedo leer.

Me giro con la intención de dar por terminada la conversación, pero él es insistente.

—Pues yo sí he pensado y sigo diciendo lo mismo: te gusto. Te gusto mucho.

Trago saliva sin que me vea y cierro los ojos una milésima de segundo.

—Siempre me has parecido un iluso —le digo para que vea que eso es una gran mentira.

—Y tú una estirada.

—Pues ya está.

Doy un paso hacia delante y él vuelve a la carga.

—Una estirada que besa de puta madre, eso sí.

Me detengo y un calor insólito corretea por mi cuerpo. Joder. Sigo hacia el mostrador sin mirar atrás. O me alejo de él o no sé qué más puede pasar. Está claro que hay alguna especie de química sexual con él que no controlo y lo último que quiero es acabar en sus brazos. Solo de pensarlo me duele el estómago.

Gadea me está esperando apoyada en el mostrador y, cuando me ve, alza las cejas un par de veces.

—No preguntes —le ordeno mientras le paso los libros a Ernesto para que me cobre.

—Yo, calladita.

—Que estás más guapa.

—Guapa no, estás demasiado buena.

Ambas nos volvemos al oír esa voz masculina y grave. ¿Quién es?

27

MIRADAS QUE HABLAN POR SÍ MISMAS

Martina ha cogido la bicicleta para ir al pueblo, a veces le pide a alguna de sus hermanas que la acerque o incluso su padre se ofrece a llevarla. Pero hoy ha preferido ir pedaleando, necesita gastar energía. Ha estado toda la mañana sentada en el escritorio, dibujando sin parar, y siente que el cuerpo le pide un poco de movimiento.

Cuando llega al bar, se sienta en una de las esquinas y pide un refresco. Mira el reloj, ha llegado diez minutos antes de la hora, así que coge el móvil y les echa un ojo a sus redes. Durante esa semana, ha hablado básicamente con Nerea. Ha conectado de forma inusual con ella, parece una chica muy interesante, con las ideas muy claras y, sobre todo, le parece buena gente. Han quedado para conocerse en persona.

Nerea entra en el bar buscando a su nueva amiga, cuando la ve le sonríe y se sienta junto a ella.

—Estoy un poco nerviosa —le confiesa Nerea.

Martina asiente con la cabeza, ella también, aunque no sabe bien por qué. Es una chica que le cae muy bien, nada más.

—Creo que siempre tenemos ese miedo de que la realidad no cuadre con nuestras expectativas —dice Martina más tranquila.

—Sí, es verdad. Es muy fácil hablar en redes.

—Exacto, es mucho más sencillo y, a veces, nos sentimos protegidas por la pantalla.

—Lo que es una soberana tontería, ¿no crees? Yo sigo siendo la misma Nerea e imagino que tú igual.

—Sí, pero nos cuesta mostrarnos tal y cómo somos.

Ambas se miran un segundo con gravedad y se echan a reír porque acaban de pensar lo mismo: se acaban de conocer y están hablando en ese plan tan serio...

—Bueno, eres tal y como me imaginaba —le dice Nerea a Martina.

—¿Cómo?

Martina no tiene fotos en Instagram, así que le pica la curiosidad.

—Con una mirada clara y una sonrisa sincera.

Se sonríen, a Martina le ha gustado la respuesta.

Siguen charlando entusiasmadas durante un par de horas. Es cierto que Martina no estaba demasiado abierta a nuevas amistades, pero Nerea es diferente. Le gusta mucho su forma de ser, lo que piensa, lo que dice y cómo lo dice.

—¡Martina!

Ambas se vuelven al oír la voz de Harán.

—¡Eh! ¿No ibas la ciudad? —le pregunta Martina a su amigo.

Harán se acerca a ellas y mira con curiosidad a Nerea. Tiene los ojos azules y maquillados con *eyeliner*, el pelo moreno lo lleva corto y viste bastante informal, como ellos.

—Sí, pero mi padre quería tomarse primero un café en el bar.

—Te presento a Nerea. Nerea él es Harán, mi mejor amigo.

—Sí, he oído hablar de ti —le comenta ella con amabilidad.

Ella se levanta y se dan dos besos. La chica huele muy bien. Cuando se sienta, observa cómo mira a Martina. ¿Otra chica que va a por ella?

—¿Has venido en autobús? —le pregunta él.

—Sí, sí.

—Si quieres, te podemos llevar a la ciudad, ahora vamos para allá.

Nerea lo mira sorprendida y le sonríe.

—No, tranquilo. Muchas gracias. Prefiero quedarme un rato más.

—Sí, que tenemos que hablar de muchas cosas aún —le dice Martina sonriendo.

Harán las mira a ambas contrariado. Lo ha intentado, pero no puede hacer más. Tampoco pasa nada porque Martina jamás se ha fijado en una tía, no va a empezar a hacerlo ahora. Hasta duda de que se haya dado cuenta de cómo la mira Nerea. Él sí se da cuenta porque siempre está pendiente de todo, pero Martina va más a su rollo.

—¿Harán? ¿Vamos?

Su padre lo reclama y él se despide con rapidez de su amiga y aquella chica. Antes de salir del bar, se vuelve para mirarlas. Las ve hablando con entusiasmo y entonces se pregunta si Nerea sabe que ella es heterosexual.

Media hora después, Nerea se ofrece a pagar las bebidas y, mientras espera el cambio, se despiden.

—Pues cuando quieras nos vemos en la ciudad —le propone ella.

—Sí, ya quedaremos.

—Genial, podemos seguir charlando por Instagram.

—Vale, me parece bien.

Martina ha pasado un rato muy agradable, siempre le ha gustado conocer a gente interesante que tiene una buena conversación.

Salen del bar y se dan dos besos antes de decirse adiós. Nerea se va a la parada del bus y ella va en busca de su bicicleta mientras se coloca bien la mochila en la espalda.

—¡Martina!

—¡Xenia!

Su hermana Xenia se acerca con Gadea y dos chicos más. Todos la saludan con amabilidad.

—¿Te vas ya? —le pregunta Xenia.

—Sí, no quiero que se haga de noche —le responde mirando el cielo.

Xenia le da un beso en la mejilla y entra en el bar con sus amigos. Martina piensa que no tiene ni idea de quién son esos dos chicos, no los ha visto nunca. Deben de ser de la ciudad, últimamente hay mucha gente nueva por allí.

Xenia

Gadea y yo estamos gratamente asombradas con esta sorpresa. Mario y Carlos han aparecido de repente en la librería y nuestra alegría ha sido inmensa. Cuando los hemos visto, hemos saltado a sus brazos, hacía más de un año que no los veíamos.

Los conocimos en la sala de espera del psicólogo, en la ciudad, hace un par de años más o menos. Gadea pasó una mala racha porque se sentía baja de ánimos y con pocas ganas de hacer nada y la convencí para que viera a un especialista. Por supuesto, la acompañé y en esa pequeña sala nos cruzamos con ellos. Mario iba al psicólogo porque su padre había perdido la vida tras una corta estancia en el hospital. Tenía cáncer de esófago y no pudo con ello. Carlos acompañaba a su amigo, como yo.

Carlos era el más lanzado y, tras conocernos, nos invitó a tomar un café. «Estaremos en la cafetería que hay justo debajo, ¿os esperamos?», nos dijo.

Recuerdo que Gadea y yo nos miramos sonriendo. Esos chicos nos interesaban, pero no en el plano romántico, sino como amigos. Lo poco que habíamos hablado con ellos nos había gustado. A veces conectas sin más. Nos pasamos todo ese verano quedando los cuatro para hacer mil planes: ver películas o series, jugar a cartas, tomar un helado paseando por la ciudad o hacer alguna excursión por el bosque.

—¿Qué tal vuestro verano? —nos pregunta Carlos.

Nos ponemos al día entre cervezas y risas porque los cuatro hablamos al mismo tiempo.

Carlos y Mario han estado un año en Madrid haciendo unos cursos de mecánica. En este momento tienen veintiún años y comentan que ha llegado el momento de tomarse la vida más en serio. Quieren buscar trabajo y empezar a tener su propio dinero. Gadea y yo los escuchamos atentas, siempre nos han parecido dos personas muy centradas.

—Voy a por otra ronda —comenta Carlos sin dejarnos opinar.

—Buf, yo empiezo a notar un poco el alcohol en la cabeza —les digo a Gadea y Mario.

—Yo también, ¿eh? Es que bebemos poco —se justifica Gadea.

—Nosotros tampoco bebemos en exceso, pero hoy tenemos que celebrar que estamos aquí los cuatro.

—Sí, sí, eso es verdad —le confirma Gadea.

Carlos llega con cuatro botellines más y, cuando se sienta a mi lado, pasa su brazo por mi hombro y me acerca a él.

—¿Sigues siendo una ratita de biblioteca? —me pregunta señalando la bolsa llena de libros.

—Por supuesto, las dos seguimos leyendo mucho —le contesto con orgullo.

En ese instante, pasan por nuestro lado Ander y Gorka. No nos saludan y Gadea y yo nos miramos con gesto interrogante. Es raro que Gorka no nos diga absolutamente nada. Con Ander, como las cosas están raras, no puedo extrañarme tanto.

Se sientan a una mesa que está cerca, aunque solo puedo verlos yo: se han colocado los dos mirando hacia nosotros, algo también un poco peculiar. Me da por pensar que parecen una parejita de enamorados y que en cualquier momento se cogerán las manos con cariño. Suelto una risilla al imaginarlos y Carlos me despeina un poco con su otra mano.

—¿De qué te ríes, Xenia? —me pregunta.

Gadea y Mario me miran sonriendo.

—¿Yo? De nada.

Ander y Gorka están hablando en plan serio, pero de repente Ander fija su mirada en mí y yo desvío la vista hacia Carlos.

—A saber qué pasa por esa cabeza loca —dice Carlos mientras me acerca más a su cuerpo.

Siempre nos hemos abrazado y tocado sin problemas, somos como hermanos. Tenemos esa conexión especial y los dos sabemos que no hay ninguna connotación sexual en nuestros roces. Creo que es el único chico con el que me abrazo sin problema alguno y creo que es porque Carlos es la persona más transparente que me he cruzado en la vida.

Otra cosa es lo que piense alguien que no lo sepa.

Carlos me da un beso en la frente y yo me río hasta que me cruzo con la mirada de Ander. ¿Me está mirando mal? Pues sí, eso parece. Pensaba que ya se le había pasado el cabreo, pero por lo visto Ander es más complicado de lo que pensaba.

Pues tiene dos faenas.

Seguimos con nuestra charla y nos ponemos al día de todo.

—¿Y cómo vamos de novios? —nos pregunta Carlos mirándome a mí.

—No gastamos de eso —le digo riendo.

—Ya sabéis que preferimos leer —le replica Gadea provocando sus risas.

—¿Y qué pasa con esos dos? —me pregunta Carlos divertido.

Los miro con rapidez, están charlando más relajados, aunque veo que en su mesa hay varios botellines de cerveza. ¿Cómo pueden beber tanto? Fijo que Ander la pilla de nuevo.

—Eres muy cotilla —le digo dándole un codazo en las costillas.

—Yo solo pregunto porque no dejan de mirar hacia nuestra mesa. O les gusto yo o la espalda de Mario, o es por alguna de vosotras dos.

—Yo creo que es por mi espalda —suelta Mario provocando más risas.

—Yo también —dice Gadea alzando las cejas un par de veces.

—Vale, entonces es por Gadea... —comenta Carlos.

—No, no, es por Xenia —le replica ella.

—Es por Gadea, el de la izquierda está loco por ella —les indico en un murmullo.

—Y el otro quiere liarse con Xenia y no sabe cómo hacerlo...

—¡Cállate! —le dijo bajando el tono—. Te van a oír, loca.

Carlos y Mario se carcajean a nuestra costa y acabamos riendo con ellos.

—Bueno, ¿y vosotros? —les pregunta entonces Gadea.

Sabemos que hasta ese momento han tenido historias breves, como nosotras.

—Mario se ha enamorado —dictamina Carlos con seguridad.

—¿En serio? —le pregunto yo.

—Lo que oyes —me responde Mario con cara de mártir.

Nos reímos de nuevo.

—¿Y quién es la afortunada? —le dice Gadea.

—Afortunado —comenta él con rapidez.

Gadea y yo lo miramos sorprendidas. Primera noticia.

—Hemos coincidido en el curso y ha surgido sin más. Al principio pensaba que me molaba como amigo, pero cuando él dio el primer paso, me di cuenta de que a mí también me gustaba.

—¿Es de Madrid? —le pregunto.

—No, de Irún.

—Así estáis cerquita. ¿Cómo se llama?

—Ángel...

Le hacemos una pregunta seguida de otra, nos gusta saber que Mario está enamorado de ese chico. Cuando habla de él, se le iluminan los ojos. Gadea y yo no nos hemos enamorado así nunca, tampoco hemos encontrado a nadie tan especial, aunque sabemos que en cualquier momento nos podemos cruzar con esa persona que te induce a realizar una tontería tras otra.

—¿Última ronda para celebrarlo? —nos pregunta Mario mientras se levanta para ir hacia la barra.

Gadea y Carlos asienten y yo pongo los ojos en blanco.

—He venido en bicicleta —me quejo.

—Nosotros te llevamos y mañana recoges la bicicleta —me dice Carlos.

—Sí, yo mañana te paso a buscar si quieres —me dice Gadea.

—En tu coche no cabe la bici, Gadea.

—Te paso a buscar por casa y te acerco a la tienda.

—Ah, vale.

Carlos y ella se ríen y yo me levanto para ir al baño.

—Ya vengo...

Debería pasar por la mesa de Ander y Gorka para ir al baño, pero hago un giro para evitarlos. No tengo ganas de cruzarme con sus ojos, aunque pensándolo bien, es una tontería porque sería tan fácil como no mirarlo.

En fin.

Cuando salgo del baño, me encuentro a Ander de brazos cruzados apoyado en la pared. Lo miro desconcertada, ¿qué hace ahí plantado?

28

NO NOS GUSTAN LOS IMBÉCILES

Ander sabe que no hay que ir nunca detrás de una chica porque entonces empiezan los problemas, pero ha visto a Xenia pasar hacia el baño y le ha sido imposible quedarse quieto en la silla.

—Voy al baño —le dice a Gorka.

Su amigo también ha visto a Xenia, desde que han entrado en el bar ambos han estado pendientes de las dos amigas.

—No la líes, Ander.

—Que no.

Ander se queda quieto un segundo para que la cabeza deje de darle vueltas. Ha bebido demasiado en poco tiempo y se siente un poco mareado.

—No es nada que no pueda controlar —murmura para sí mismo.

Cuando entra en el baño, se apoya en la pared y cruza los brazos para aparentar que está muy tranquilo, cosa que no es verdad. Está nervioso y sabe que es por Xenia y su amigo. Lleva demasiado rato viendo cómo se ríe con ellos, cómo se toquetean y lo bien que se lleva con ese par de tíos. Con él no es así.

Xenia sale del baño y lo mira asombrada. Él fija sus ojos en ella e intenta decirle mil cosas, aunque no sabe por dónde empezar. No quiere complicarse la vida. Le gustaría enrollarse con ella, pero tiene un mal presentimiento, algo que no le ha pasado hasta ahora: ¿y si se pilla por ella? Es que Xenia es tan distinta que lo tiene acojonado de verdad. Va a intentar no decir alguna estupidez.

—¿Estás con ese tío?

Nada más decirlo, Ander se caga en toda su alma. No puede ser más gilipollas.

Xenia niega con la cabeza mirándolo con cierto desprecio, como ha hecho en muchas ocasiones con él. Va borracho, seguro. Cuando lo ve así, se olvida de todo lo interesante que tiene Ander. Solo ve a alguien que bebe demasiado.

—¿Estás borracho?

Ander se endereza y baja los brazos.

—Estoy bien, ¿es que no puedo preguntar?

El final de la palabra se le traba en la lengua y Xenia alza las cejas en un gesto de superioridad. A Ander le repatea que lo mire así.

—Oye, niña, ¿te crees mi madre o qué?

—Por mí como si te da un coma etílico —le responde Xenia de mala gana ante el tono de Ander.

—Entonces deja de mirarme como si fueses Dios.

Ander da un paso hacia ella y Xenia alza la mirada para clavar sus ojos en los de él. No le tiene ningún miedo.

—Te miro como me da la gana, pero si no quieres que te mire, no te pongas tan a tiro. ¿Es que me buscas acaso, Ander?

El tono de repipi se le clava en el cerebro: «¿Es que me buscas acaso?». Joder, es verdad que ha ido tras ella. No puede negarlo.

—Niña, miraaa...

Tiene que pensar una respuesta rápida, pero sus neuronas alcoholizadas no se ponen de acuerdo.

—Cuando estés más despejado, me hablas, listo.

Xenia da un paso al lado para irse de allí. No sabe qué quiere Ander, pero prefiere no saberlo, sus últimos encuentros han sido demasiado raros. Ander la coge del brazo e impide que se vaya.

—Suéltame —le exige ella.

—Antes me vas a escuchar, lista. Es verdad que te he seguido hasta aquí, pero también es verdad que soy bastante imbécil. Un imbécil que no quiere nada contigo porque no eres, para nada, el tipo de chica que me gusta.

A Xenia no le gustan sus palabras, pero aguanta el tipo.

—En lo de que eres imbécil estamos los dos muy de acuerdo. Un imbécil que me ha seguido al baño para preguntarme si estoy con ese tío. ¿Sabes qué creo? Creo que eres el típico imbécil que no soporta no ser el centro de atención de todas las chicas que hay a su alrededor. «¿Por qué no me mira esa chica? Si estoy más bueno que nadie» —Xenia dice esto último con una voz aguda y muy ridícula.

Ander la mira enfurecido. Ella no sabe nada de él, pero no encuentra una réplica adecuada en su cabeza por culpa del alcohol. Xenia sigue atacándolo.

—Pues entérate de que tu físico solo puede deslumbrarnos durante los primeros cinco segundos, después nos fijamos en esto —Xenia se señala la cabeza y continúa—, y no nos gustan los imbéciles.

Se deshace del brazo de Ander de un tirón y sale del baño bastante alterada. No le gusta discutir ni los malos rollos, pero con él parece algo inevitable. Cuando llega a la mesa, Carlos la mira con gesto interrogante y ella le sonríe indicándole que no pasa nada, aunque los tres han comentado que tardaba mucho en salir del baño. Gadea ya le preguntará más tarde, quizá Xenia no quiere hablar delante de ellos.

Se terminan las bebidas mientras siguen conversando y, cuando deciden irse, a los cuatro les da mucha pereza despedirse. Les gusta la compañía. Carlos y Mario acercan a sus amigas a sus casas, deciden dejar la bicicleta de Xenia allí. Ella sabe que nadie la cogerá, en el pueblo todo el mundo respeta las pertenencias de los demás. No suele haber robos de ese tipo.

Cuando Ander sale del bar, ve la bicicleta de Xenia. ¿Se ha ido con el tío ese?

¿Y a él que le importa?

Gorka le ha propuesto salir por la ciudad, pero él no está de humor. Prefiere irse a casa y meterse en la cama. Xenia lo ha puesto de mala leche. Lo considera un imbécil, se lo ha dicho directamente. Y le molesta que piense eso de él, que piense que solo es una cara bonita. Cuanto más se acerca a ella, peor le va, así que acaba decidiendo que va a alejarse de ella.

Xenia, se acabó.

Zoe acaba de recoger a su amiga Eli para ir a la ciudad. Esta noche tiene el coche y han decidido ir a un nuevo local que han inaugurado cerca de la discoteca Random. Han quedado con Julen, él ha insistido en verlas de nuevo y ellas han aceptado. El primo les cae muy bien y les ha dicho que las espera en ese nuevo pub, en Cristales.

Cuando entran en el bar la canción «Sigue» de Beny Jr las recibe. Zoe da un vistazo rápido: la mayoría de gente está con la copa en la mano, charlando y moviendo un poco el cuerpo. Es pronto, todavía no hay nadie bailando con ganas. O quizá es uno de esos locales donde nadie se atreve a moverse demasiado.

Abre mucho los ojos cuando ve a Ibai en la barra. Está mirando hacia una de las pantallas donde sale el vídeo de la canción, con una cerveza en la mano mientras parece que canta: «El que la sigue siempre la consigue...».

De repente, le parece que tiene unos labios muy sexis.

—Mira, allí está Julen.

Sigue su mano y ve que se dirige hacia Ibai. Imagina que han venido juntos y que su amiga no lo sabía.

—¡Anda! Y también está Ibai.

—Sí, eso parece —le dice maldiciendo su mala suerte.

¿Qué coño hace aquí? No le apetece tener un encontronazo con él. Es capaz de decir algo y no quiere dar explicaciones, a nadie.

Eli es la primera en saludarlos y Zoe se queda en segundo plano, pero al final tiene que mirar a Ibai, no puede hacer ver que no está allí.

—Cuánto tiempo —le dice Ibai con cierta ironía.

—¿Sí? No lo tengo controlado, la verdad.

—Yo es que tengo mucha memoria.

—Qué bien. ¿Pedimos algo, Eli?

—Yo os invito, ¿qué os apetece? —les pregunta Julen.

—¿Un mojito sin alcohol? —le pregunta Eli a su amiga.

—Sí, me apetece.

—Pues que sean dos, sin alcohol, ¿eh? —le pide Eli a su primo.

Ninguna de las dos quiere beber esta noche. Zoe porque lleva el coche y Eli porque está tomando un medicamento para un eczema de la piel.

—Oye, Julen, ¿sabes a quién vi el otro día?

—¿Qué dices? No te oigo...

Eli se acerca más a su primo para hablar con él, la música complica la conversación.

Zoe e Ibai se han quedado un poco apartados y ahora lo normal sería que charlaran sin problema, pero el encuentro del otro día ha torcido las cosas entre ellos.

Zoe se vuelve hacia la gente que hay en la pista e Ibai la mira unos segundos. No sabe por qué se mosqueó de ese modo el otro día. en realidad, se conocieron a través de Tinder para tener sexo. Lo lógico es que ambos sigan con sus vidas, pero le jode saber que Zoe vive la sexualidad como él, sin ataduras, sin problemas. Sabe que lo que piensa es absurdo y chasquea con la lengua. Zoe lo oye, pero no le hace caso.

Quizá lo que realmente le molesta es que Zoe se folle a otros, punto. Pero eso significaría reconocer que a él le gusta mucho esa chica y cree que no es así, o no es para tanto. Zoe le gusta, obvio, pero no hasta ese punto. No entiende entonces por qué se siente tan molesto cuando se la imagina entrando en Glops y saliendo del brazo de cualquiera. ¡Él también lo hace!

Tampoco sabe si hablar más del tema con ella. Con su primo y Eli delante no lo hará, eso por supuesto. Hay una norma no escrita sobre este tema: nunca delatarás a nadie que viva el sexo de este modo, da igual que sea chico o chica. Es algo sagrado. A nadie le tiene que importar cómo vivas tu sexualidad, pero ante la posibilidad de que te tachen de algo, es mejor callar.

Ibai piensa que ahora es un buen momento para decirle algo, porque Julen y su prima están hablando con mucho entusiasmo.

—Zoe.

Ella finge que no lo oye, aunque tiene puestos los cinco sentidos en él.

—¡Zoe!

No puede ignorar ese grito porque entonces tendría que decir que está sorda. Se vuelve con el ceño fruncido. Sus ojos se enredan unos segundos de más hasta que ella reacciona.

—¿Qué?

Su tono es neutro, no quiere demostrarle que sigue muy cabreada con él.

—Tenemos que hablar.

Zoe parpadea un par de veces. ¿Ahora tienen que hablar?

—A mí me quedó muy clara tu posición al respecto, señor machista.

Ibai tuerce un poco el labio, es una media sonrisa que no le llega a los ojos. Sabe que ella tiene toda la razón del mundo.

—Me pillaste desprevenido.

—La próxima vez te mando un burofax.

Ibai estira su sonrisa, pero Zoe sigue igual de seria. No siente ninguna necesidad de reconciliarse con él. Se comportó como un auténtico prehistórico con ella. No necesita gente así a su alrededor.

—Vale, veo que eres testaruda, pero yo también lo soy. Quiero hablar contigo.

—Pues yo no quiero.

—Vale, joder, me equivoqué.

—Mucho.

—Mucho, vale. Me equivoqué mucho, ¿vale?

Zoe se acerca un poco más a él y lo mira de hito en hito.

—No, no me vale. Como tampoco me vale que un tío le dé una paliza a una mujer y después le pida perdón. No me vale que un imbécil asesine a alguien y después llore por un perdón. No me vale que hagas *bullying* a un niño en la escuela y a los cinco minutos quieras redimirte. No me vale.

Ibai la mira muy asombrado. No esperaba esa reacción.

—Tú te has hecho una idea de mí que no entiendo, ¿qué esperabas? —sigue ella—. Sabías que uso Tinder para lo que lo uso. Como tú. Así que yo también me he hecho otra idea de ti por todo lo que me dijiste. Esto es lo que hay, Ibai. Da igual que te disculpes porque los dos seguiremos pensando lo mismo.

—Joder, eso no es así. La gente mete la pata y a partir de ahí intentan ser mejores personas. ¿Es que no crees en el perdón? ¿En las segundas oportunidades? ¿No crees en lo que te digo?

—Creo en los hechos, Ibai. Los hechos son los que me demuestran tu manera de ser. ¿Las palabras? Las palabras no sirven para nada. Puedo decirte ahora mismo a la cara que me pareces alguien increíble y, en cuanto te des la vuelta, puedo decir a los cuatro vientos que eres un imbécil. A mí ese perdón no me sirve de nada.

Ibai la mira fascinado. No sabe si mandarla a la mierda o seguir con aquella conversación. Zoe es muy distinta de las demás chicas, ¿demasiado? ¿Demasiado para él?

—¡Los mojitos!

Eli interrumpe aquella charla y Zoe suspira cuando coge la copa de las manos de su amiga. No entiende que Ibai crea que con un simple perdón ya se solucione todo. La trató casi de puta y se cabreó con ella sin razón alguna por algo que él mismo hace, casi nada.

Por suerte, Julen está muy animado y acaba siendo el protagonista de todas las conversaciones. Zoe e Ibai se ignoran mutuamente, algo que los demás no perciben. Por eso mismo, en otro momento de la noche, vuelven a quedarse solos. Julen ha ido a saludar a una amiga y Eli está coqueteando con un chico que le acaba de presentar su primo.

Ambos están con la copa en la mano y mirando hacia la gente que baila animada. De repente, una chica se acerca a Ibai moviendo con gracia sus caderas y le indica con el dedo que se acerque a ella. Él le sonríe y niega con la cabeza. No le apetece en absoluto rozarse con esa tía con Zoe allí presente. No debería importarle, pero le importa.

—Vamos, guapetón —le dice aquella chica con descaro.

—No, gracias. Estoy con ella—se excusa él con su mejor sonrisa.

La chica acepta el no con deportividad y se da la vuelta para seguir bailando entre la gente.

Zoe cambia el peso de su cuerpo a su otro pie y sigue mirando al frente. No quiere discutir más, pero no le gusta que la usen como excusa.

—Estoy con ella aunque no me habla.

Ibai empieza a hablar solo, aunque sabe que Zoe lo está escuchando.

—No me habla porque metí la pata y, a pesar de que me he disculpado, no acepta el error. Imagino que ella no se equivoca nunca.

Zoe salta al segundo.

—Ella se equivoca mucho, pero hay errores y errores. Los tíos os pensáis que con un simple perdón se soluciona todo.

—¿Es que quieres un ramo de flores?

Zoe siente que algo hierve en su interior. La está provocando, lo sabe.

—Sí, claro. Y un anillo de pedida, no te jode. ¿Seguro que no vienes del siglo XII? Tal vez te ha pasado como a la protagonista de *Outlander*.

—¿*Outlander* es esa serie tan lenta y aburrida? Uno de los peores pecados en los que puede caer una serie.

—¿Perdona? Es una de las mejores series del momento. Los personajes, la química entre los protagonistas, la magia y la fantasía...

A Zoe se le iluminan los ojos cuando habla de este tema e Ibai la mira con deleite. Le gusta ver ese cambio en su rostro.

—No pasé del capítulo cuatro... Me dormí.

Zoe lo mira indignada y él suelta una risilla que hace reír a Zoe.

—Qué tonto eres.

—Yo soy más de *Juego de tronos* o de *Vikingos*.

—Yo también las he visto, una cosa no quita la otra.

Sin darse cuenta, se han acercado el uno al otro y ya hablan mirándose a los ojos.

—Sí, vale, pero no pude con esa serie.

Zoe lo entiende, a ella también le pasa con algunas películas, series o incluso libros. Hay éxitos que todo el mundo adora y ella, a veces, se queda igual.

—¡Chicos! ¿Nos vamos a otro sitio?

Julen los interrumpe y deciden irse a otro local donde la música está mucho más alta y apenas se puede hablar. Allí la mayoría de la gente está bailando o besándose o dándose algún que otro arrumaco.

Los cuatro bailan a su rollo y Zoe e Ibai cruzan alguna que otra mirada, pero no hablan mucho más. Ella sigue enfadada con él, a pesar de esa pequeña charla, e Ibai no entiende por qué es tan cabezona. Ha reconocido su error, no le va a pedir perdón de rodillas.

Entonces suena «Funkytown» de Lipps Inc. y Zoe da un saltito. Le encanta esa canción. Se pone a bailar con Eli, pero un chico abraza a su amiga y se la lleva de su lado. Zoe se encuentra de cara con Ibai y él empieza a ir hacia ella mientras baila con ese ritmo tan peculiar. Zoe ríe al ver lo bien que baila y él exagera los movimientos para provocar más risas. Cuando están frente a frente, él mueve los hombros con rapidez y Zoe se ríe más. Entonces ella pasa sus manos por delante de su cara, como en *Pulp Fiction* y ambos se carcajean al mismo tiempo. Parecen dos frikis de los años ochenta y les encanta dejarse llevar así.

Cuando termina la canción, se separan y Zoe recuerda que sigue enfadada con él. Ibai decide aprovechar el momento.

—Zoe, tienes razón. He sido un capullo, aunque me cueste aceptarlo.

Ella lo mira con curiosidad y deja que siga hablando.

—No sé por qué te escribí aquello ni por qué me enfadé como un niñato. Al verte allí, me quedé en shock y después quería hablar contigo, pero lo hice todo al revés.

—No me gustó nada lo que me dijiste.

—Lo sé, yo mismo pensé que estaba haciendo el imbécil.

Zoe asiente con la cabeza, entiende que a veces decimos cosas sin pensar demasiado. Ella no es así, pero puede comprender a Ibai y decide perdonarlo.

—Vale, chicooos —una voz grave suena por todo el local—, vamos a recodar viejos tiempos. En los años noventa, se bailaban canciones lentas en las discotecas, así que esto va por esos maravillosos años.

Suenan los primeros acordes de «Don't Dream It's Over» de Crowded House y Zoe abre los ojos muy sorprendida. Ella es fan de este tipo de música y le extraña muchísimo oírla en un pub como aquel. Mira a su alrededor y ve que todo el mundo se empareja para bailar esa canción. Sonríe porque por un momento siente que está en 1990, en una pequeña discoteca rodeada de jóvenes que bailan al son de esos bonitos acordes.

Ibai la saca de ese sueño cuando le ofrece su mano. Ella acepta sin pensar y rodea su cuello con delicadeza. Él la coge por la cintura, sin acercarse en exceso. Se miran a los ojos, con gravedad, y ambos piensan lo mismo: están muy cerca y notan el calorcito de sus cuerpos.

Bailan con lentitud mientras sus miradas siguen enredadas. Es un momento mágico y ninguno de los dos quiere que termine. Es como si estuvieran en una burbuja, sin nadie más a su alrededor, nada importa...

Zoe piensa que le encanta estar entre los brazos de Ibai.

Ibai piensa que se muere por besarla.

Sus ojos hablan por ellos hasta que ambos bajan la vista hacia el suelo al terminar la canción.

Se oye un aplauso general y ellos se unen al resto. Les ha encantado volver a atrás en el tiempo y el DJ les promete otra canción lenta más adelante.

—Bailas bien —le dice Ibai en un susurro.

Ella suelta una risilla.

—Tú tampoco lo haces nada mal.

—Creo que nuestros cuerpos se acuerdan de algo...

Zoe lo mira coqueta.

—Creo que sí.

A Zoe se le ha pasado el enfado, esa música y ese baile la ha transportado a una época donde le hubiera gustado nacer. Una época con ese estilo de música, sin móviles, con más libertad, con menos pertenencias y menos preocupaciones...

A Ibai se le ocurre una idea genial en ese momento, quiere sorprender a Zoe y quiere demostrarle que no es tan capullo como ella cree.

Cuando se despiden al final de la noche, lo hacen con más cariño.

29

RISAS Y SONRISAS

Laura ha puesto a buen recaudo su corazón, no quiere sufrir más. Sabe lo que es llorar por amor y duele tanto... Cuando recuerda lo mal que lo pasó, se le encoge el corazón y teme volver a vivir algo similar. ¿El amor siempre viene acompañado del desamor? Dicen que nada dura para siempre.

Cuando sale de la cafetería con Mikel, lo vuelve a ver. Está en la esquina, esperando a alguien, y Laura siente la necesidad de darle un buen repaso.

Sigue igual. Con esas piernas largas, ese cuerpo proporcionado y ese rostro aniñado, pero atractivo.

¿Vivirá cerca de la cafetería? Ya es casualidad que vuelva a encontrarse con él. Tal vez trabaja por la zona o tal vez su pareja tiene un piso por allí. Al pensar eso, siente una espina que se le clava en un lado del estómago. Su pareja. Evidentemente, tendrá pareja o rollos o algo similar.

—¿Nos vamos? —le pregunta Mikel con simpatía.

—¿Eh? Sí, claro.

Es viernes por la noche y han quedado para salir a patinar con el grupo de amigos de Mikel. Ella no lo tiene claro, no quiere ser una intrusa y tampoco quiere quedar en ridículo cuando toda aquella gente empiece a coger velocidad. Pero Mikel ha insistido en que se lo van a pasar genial y no ha sabido decirle que no.

Cogen el autobús y, cuando está a punto de subir, siente el peso de una mirada. Se vuelve sabiendo que se lo está imaginando, pero sus ojos se cruzan con los de él. ¡Dios! Entra con rapidez y Mikel se ríe porque tropieza con él.

—¡Ay! Perdona.

—No pasa nada.

Mikel clava su mirada azul en ella y se sonríen. Laura no ha visto un azul tan intenso en toda su vida, adora ese color.

Cuando se sientan, el autobús arranca y no le da tiempo a mirar hacia atrás. Mejor. No debería ni haberlo mirado, el corazón le va a mil por hora.

Bajan en la cuarta parada y Mikel la guía hacia un pequeño parque donde un grupo de unas diez personas está colocándose los patines.

—¡Eh, Mikel! ¿Qué tal?

Todos lo saludan y él les presenta a Laura. La gente es muy simpática y la animan a que se unan a ellos más días. A Laura le gusta ese recibimiento, parece gente muy abierta.

—¿Preparada? —le pregunta Mikel.

Ella asiente con la cabeza y él le coge la mano con naturalidad. ¿Van a patinar así? ¿En plan pareja? Laura siente un hormigueo en la punta de los dedos. Quizá para él sea lo normal, pero ella no suele tener ese tipo de contactos tan a la ligera.

—¿Te molesto? —le pregunta Mikel señalando sus manos—. Es que prefiero tenerte a mi lado.

—¿Un hombre protector? —le pregunta ella con coquetería.

—Para nada, sé que te vales sola, pero no quiero que el primer día te sientas incómoda.

¿Habrá más días? Interesante.

—Gracias, yo también prefiero que no me pierdas de vista.

Siguen a los demás y Laura disfruta como una niña. La sensación de velocidad, el aire en su rostro, la sonrisa permanente. Se siente feliz y le gusta, hace demasiado tiempo que no vive esas emociones. Es bonito.

Sin darse cuenta, mira unos segundos hacia el cielo: su madre estará también feliz al verla así.

—¿Bien? —le grita Mikel con una gran sonrisa.

—Sí, genial.

Van por las calles de una urbanización en la que apenas hay tráfico y todos van respetando tanto a vehículos como a peatones. Por la zona los deben de conocer, porque algunos abuelos sentados en unos bancos levantan el brazo a modo de saludo. Mikel también los saluda y Laura sonríe satisfecha. En ese momento piensa que le encantaría participar en todas las salidas que hagan, quiere seguir experimentando esa sensación de libertad indescriptible.

Al cabo de casi una hora, llegan al punto de salida y todos comentan lo bien que ha ido el paseo. Un par de chicas se colocan al lado de Laura y charlan con ella. Mikel las mira de reojo con una sonrisa, sabía que se acoplaría al grupo sin problema.

Alguien propone ir a tomar algo y se dirigen hacia la terraza del bar de siempre. Se sientan sin ningún orden por donde pueden y Mikel y Laura se sientan uno al lado de otro.

—¿Te lo has pasado bien? —le pregunta él tomando el vaso del refresco.

—Sí, me ha encantado. A ratos me parecía que volaba.

—Joder, sí, esa sensación...

Sus miradas se enredan durante unos segundos hasta que alguien del grupo le pregunta algo a ella. Mikel la mira sonriendo, Laura tiene algo especial.

—¿Tú eres la que haces esa tarta de manzana en la cafetería de Mikel? —le pregunta una de las chicas.

—Sí... —le responde Laura con una risilla.

—Yo no he probado tarta como esa, madre mía —exclama la chica.

Mikel le da la razón, Laura tiene unas manos increíbles para la repostería. Hace un par de días le preguntó qué intenciones tenía en invierno. ¿Seguiría estudiando? ¿Seguiría trabajando? Él no quiere que se vaya de la cafetería, pero entiende que está en edad de seguir con los estudios. Laura le comentó que estaba pensando en estudiar Psicología online, con lo cual tendría algunas horas para seguir trabajando en la cafetería. Él no suele coger gente a media jornada, pero tiene claro que Laura lo vale, así que le dejó claro que la quería con él por las mañanas.

Poco a poco, la gente se va despidiendo y al final casi no queda nadie en la terraza del bar. Laura y Mikel se han quedado solos en la mesa. Laura mira el reloj, no quiere perder el próximo autobús, si no, tendrá que esperar hasta muy tarde.

—¿Tienes prisa? —le pregunta Mikel al observar su gesto.

—No quiero perder el bus, en quince minutos sale uno.

—¿Quieres que te acerque en coche?

—No...

—A mí no me cuesta nada, en serio. Y yo me quedo más tranquilo.

—¿Seguro que no eres protector?

Los dos sueltan una risotada.

—Mira, quizá un poco sensible sí que soy, ¿qué quieres? Tengo tres hermanas pequeñas, ya lo sabes.

—Me imagino que vas de culo —le suelta Laura divertida.

—Pues justo la próxima semana me mudo, creo que va a ser bueno para mi salud mental.

Mikel adora a sus tres hermanas de diecisiete, diecinueve y veintidós años, pero a veces pueden con él.

Laura se ríe de nuevo. Sus tres hermanas son muy simpáticas y divertidas, las ha conocido por separado en la cafetería, pero son muy nerviosas, no se parecen en nada a Mikel. Hablan alto y rápido, siempre van con prisas y, según Mikel, no tienen habitaciones, tienen leoneras. A Laura no le sorprende que sean tan distintas, ella tampoco se parece a sus hermanas.

—¿Necesitas ayuda con la mudanza?

Laura lo dice casi sin pensarlo, como si fuese lo más normal del mundo.

Él la mira alzando ambas cejas y sonríe.

—¿Quieres ayudarme?

—Bueno, no sé, siempre dicen que es muy pesado eso de la mudanza...

—Pues entonces estás fichada —le dice con rapidez antes de que ella se arrepienta.

Le gusta la idea de tenerla a su lado fuera de la cafetería.

—Y ahora vamos a por el coche y te llevo.

Mikel coge de nuevo la mano de Laura y la guía andando hacia la parada del autobús, el coche lo ha dejado cerca de la cafetería. Ella siente que vuela de nuevo, aunque no lleve patines en los pies. No quiere ilusionarse, pero le encanta estar con su jefe, algo que no debería ser. Lo sabe.

En cuanto bajan del autobús, suben a un Seat negro algo viejo, pero que huele genial y se encaminan hacia el pueblo. Durante el trayecto, la charla continúa ágil entre ellos hasta que Laura le indica dónde debe parar.

—¿Vives aquí? —pregunta asombrado al ver una casita de madera entre los árboles.

—Sí, siempre hemos vivido aquí.

—Vaya...

Le parece lo más. Quiere bajar del coche y verla de cerca, pero no quiere parecer un descarado.

—Es una pasada.

Laura ve admiración en los ojos de Mikel y le gusta mucho esa reacción.

—Ven, baja. Cuando veas el puente que hay, te va a encantar.

—¿Un puente?

—Sí, es como un puente que marca el camino hacia la casa.

Mikel baja del coche con la mirada puesta en los pasos de Laura. ¿Un puente? Efectivamente, tras aquellos inmensos árboles, hay una especie de puente de madera vallado y decorado con... calabazas. ¿Es que Laura vive en una casa de cuento? Lo parece. Esto no se parece en nada a su piso gris y oscuro de la ciudad. Está maravillado.

Sin decir nada, observa la construcción, la fuerza que irradia ese hogar y lo bucólico que le parece todo. Se vuelve hacia

Laura, ella lo está observando con curiosidad. Teme que se burle o algo parecido, la gente de ciudad no suele vivir en casas como aquella.

—Esto es...

—¿Es?

—Increíble.

Laura suspira más relajada. Para ella su hogar es su refugio, son sus recuerdos con su madre, es donde se siente mejor.

—Lo es. Y otro día te invito a entrar, pero hoy es muy tarde y quizá estén durmiendo...

—Sí, sí, tranquila.

Mikel se acerca a Laura con un brillo especial en los ojos.

—Dime que no eres la duendecilla de los pasteles o algo así.

Laura se ríe con ganas y él se contagia. Ambos se callan al mismo tiempo y solo escuchan el soplo del viento que mece las hojas de los árboles. Él la mira pensando qué decir y ella vuelve a sentir ese extraño hormigueo, ahora en su cabeza.

—Eh, nos vemos mañana.

—Sí, en la cafetería.

Él da un paso atrás y ella le señala el suelo.

—Cuidado, la calabaza...

Mikel da un traspiés, pero mantiene el equilibrio.

—Casi —le dice con una risilla.

—Sí...

Se sonríen y Mikel se da la vuelta para ir hacia el coche. En esos pocos segundos, piensa que es un poco idiota, que ese «nos vemos mañana» ha sonado muy impersonal. Seguro que Laura piensa que no le gusta ni pizca y no es así.

Laura le gusta.

Ella lo ve marcharse y se despide con la mano. Suelta el aire retenido en su pecho y se va con una gran sonrisa hacia la puerta de su casa.

Mikel le gusta, mucho.

30

AMOR INCONDICIONAL

—¿Preparada?

Martina y Harán miran a Zoe con entusiasmo. Han quedado ese sábado al mediodía para hablar con ella sobre su madre. Los tres están nerviosos. Martina ve que aquella idea va cogiendo forma; Zoe viene con los deberes hechos, pero tiene el corazón en un puño, y Harán se siente muy afortunado por poder compartir aquel tesoro con su mejor amiga.

—Esta es la foto...

Les enseña una foto algo arrugada donde ella muestra uno de sus dibujos mientras su madre la mira con todo el amor del mundo.

Esas miradas... todas las recuerdan perfectamente y a Martina se le eriza el vello.

—Es mi foto preferida, por su forma de mirarme, pero creo que el álbum lo vale.

Martina le sonríe tragando saliva. Su hermana es un cielo, esa foto es oro para ella.

—De acuerdo, y ahora nuestra anécdota. Eso sí que me ha costado, porque tengo muchos recuerdos bonitos con ella...

—Mamá, ¿nos quieres menos?

—¿Y eso? ¿Por qué?

Zoe señaló la cuna donde dormía el bebé de la casa. Su madre la miró con cariño, pero pensó que Zoe crecía demasiado rápido. Ese pensamiento era de una niña de uno o dos años más...

—¿Lo dices por nuestra Martina?

—Sí... Lo estaba pensando ahora...

Zoe solo tenía cuatro años y estaba segura de que el amor de su madre se tenía que repartir entre cuatro cuando un año atrás solo eran tres. No sabía explicarlo tal cual, pero lo intuía así.

—No, claro que no.

Luna sonrió a su hija y la abrazó demostrándole todo el cariño del mundo.

—Mira, cuando una mamá tiene un bebé, lo quiere igual que al resto...

—¿Igual?

—Claro, Zoe. Nada más saber que Martina estaba en mi tripita, ya la quise como a vosotras. Os quiero a todas así de grande. —Su madre separó sus brazos de su cuerpo para demostrarle cuánto y Zoe soltó una risilla—. Así a Laura, a Xenia, a ti y a Martina, ¿sabes por qué? Porque el amor no tiene límites, no tiene fin, ¿lo entiendes, cariño?

—No se termina como las galletas.

—Exacto, no se termina nunca. Incluso cuando no esté, nos vamos a seguir queriendo.

—Claro, mamá, cuando vas a comprar y no estás yo te sigo queriendo.

Su madre la miró soltando una risilla. Zoe no había entendido el concepto, pero prefirió no explicarle a su hija que, a veces, las ma-

dres se marchan para siempre. Solo tenía cuatro años, no era necesario.

—Y yo a ti, Zoe. Siempre te querré.

Su madre la sentó en su regazo y se abrazaron de nuevo.

Aquel recuerdo era uno de los primeros en que hablaba con ella con esa seriedad. Su madre y ella tenían largas charlas sobre mil cosas. Zoe siempre había sido una niña muy curiosa y su madre siempre estaba dispuesta a conversar con ella.

Cuando Harán escribe la última palabra, suelta un gran suspiro y Zoe y Martina sueltan una risilla.

—Qué bonito —le dice Martina a su hermana.

—Sí, mamá era especial.

Los tres se quedan en silencio durante unos segundos con sus propios pensamientos.

—Ahora necesitamos la frase, Zoe —le pide su hermana pequeña.

—A ver qué os parece... «Nuestro amor siempre perdurará».

—¡Me encanta! —exclama Martina mientras aplaude entusiasmada.

—Es precioso —dice su amigo mientras escribe en la libreta.

—Y mi palabra es «especial».

—Precioso —dice de nuevo Harán.

—A mamá le encantaría —le dice Martina a su hermana cogiéndola de las manos.

Ambas se miran con cariño, con los ojos húmedos y sintiendo esa conexión especial de hermanas.

Cuando terminan, los tres bajan al salón donde están sus dos hermanas tomando el café después de comer el estupendo pollo asado que hoy ha preparado Laura. Su padre ha salido a comer con

Eneka. Harán se sienta al lado de Xenia como uno más y ella lo mira con simpatía.

—¿Ya habéis terminado? —le pregunta Xenia.

—Sí y está quedando genial —le dice Harán.

—La próxima eres tú —le indica Martina con un guiño.

Xenia asiente con una gran sonrisa, ya tiene varias fotos, la frase y la palabra especial. Solo le falta escoger una anécdota bonita con su madre, tiene tantas en la cabeza que no sabe cuál escoger. Cuando llegue el momento, se dejará llevar.

—¿Alguien necesita el coche esta tarde? —pregunta Zoe cuando se sienta al lado de Laura y coge una tacita de café.

—No, yo voy a salir por el pueblo —responde Laura casi sin pensarlo.

Sus hermanas la miran alzando las cejas. ¿Y eso?

—Eh... He quedado con Mikel, quiere conocer el pueblo.

—Interesante —comenta Xenia con una risilla.

—Es mi jefe, chicas.

—¿Y qué? Eso no significa nada —le suelta Martina.

—Significa que no quiero problemas —dictamina Laura muy segura.

—Es comprensible —le dice Zoe—, aunque, a veces, hay cosas que son complicadas de controlar.

—¿Lo dices por ti? —le replica Laura sonriendo—. ¿Algo que contar?

—Nada nuevo —dice Zoe justo antes de tomar un sorbo.

No les va a explicar toda la historia que se lleva con Ibai, tendría que dar demasiadas explicaciones y no le apetece nada mostrar su vida sexual. Son sus hermanas, sí. Confía en ellas, mucho. Pero no tienen por qué saberlo todo. Todas tienen sus propios secretos.

—Entonces, ¿me llevo el coche? —le pregunta directamente a Xenia.

—Sí, yo no lo necesito. He quedado con Gadea, pero iremos en su coche.

—Genial —le dice Zoe.

Ella ha quedado con Eli para el estreno de una película en el cine.

—¿Y vosotros qué planes tenéis? —le pregunta Laura a Martina y Harán.

Ellos se miran y alzan los hombros. ¿Estar juntos? Como siempre.

—¡Por cierto, Martina! ¿Has visto que en San Sebastián celebran el Salón Internacional del Dibujo? Creo que hacen un concurso o algo así. Me lo comentó ayer una colega —le dice Harán entusiasmado.

—No, no sabía nada.

—Pues deberías echarle un ojo, creo que el premio es potente.

Harán saca su teléfono y busca información sobre dicho concurso. Cuando lo encuentra, silba con fuerza y les dice la cantidad que puede ganar. Todas las hermanas la incitan a que se presente, saben que sus dibujos tienen posibilidades.

—Sabéis que no me gusta exponerme de esa manera...

—Vamos, Martina. Tu trabajo es bueno —le dice Zoe convencida.

Martina la mira pensativa. Su hermana Zoe tiene buen criterio, pero quizá solo lo dice porque la quiere.

—No, no, que paso.

—Martina, tú dame el dibujo y lo presento yo en tu nombre. No tendrás que hacer nada.

Martina se vuelve hacia Xenia cuando le dice aquello.

—Hermanita, todo el mundo tendría que ver tu arte.

Aquello lo ha dicho Laura y ella se las queda mirando, una a una. La quieren, lo sabe, pero también ve en ellas una admiración real. Quizá podría probar...

—Me lo pienso —concluye al final.

—¡Genial! —exclama Harán provocando la risa de todas ellas.

—¿Vamos a ver si tengo algún dibujo decente? —le pregunta Martina a su mejor amigo.

Él asiente satisfecho, le gusta que ella confíe en él más que en nadie. Sus hermanas los ven subir hacia la buhardilla.

—¿Acabarán juntos? —pregunta Xenia con un suspiro.

—¿Qué dices? Son muy amigos —responde con rapidez Laura.

—¿Y qué? Muchas parejas empiezan así, siendo simples amigos —dice Xenia muy segura.

—Pero ellos no son simples amigos, son muy muy amigos —insiste Laura.

—¿Tú qué dices? —le pregunta Xenia a Zoe.

Esta las mira a ambas con una sonrisa.

—Que sois un par de cotillas.

Las tres se ríen con ganas y Martina las oye desde arriba. Adora a sus hermanas, siempre están de buen rollo.

—Nos hemos perdido algún chiste —le dice Harán mientras ella abre la carpeta de los dibujos.

—Eso parece.

Los extiende por el suelo y, durante la siguiente media hora, los observan y los comentan.

—Demasiado infantil...

—Demasiado colorido...

—Le falta fuerza...

—Le sobra intensidad...

—¿Has visto el dibujo del rostro de una chica de color? No lo encuentro —le comenta Martina extrañada.

—No he visto ningún dibujo así.

Es uno de sus mejores dibujos, de los últimos, por eso mismo se acuerda perfectamente de él. Trazó el rostro perfecto de una chica de color, con el pelo a lo afro, unos ojos verdes esmeralda y una boca de labios gruesos que parecía casi real. Está muy orgullosa de ese dibujo, sobre todo porque todo había salido de su cabeza.

—Ya lo buscaré...

A veces es un poco despistada con las láminas, tiene varias carpetas, así que lo más probable es que estén en otro lugar.

—Este también me gusta mucho —le dice Harán.

Martina sonríe asintiendo.

Es su hermana Xenia apoyada en la puerta del súper, con una mirada divertida. Justo enfrente está la librería, con Ander apoyado al lado de la puerta. Es un dibujo muy realista y no le falta ni un detalle. También puede ser una buena opción.

31

NO ES SOLO UNA APUESTA

Xenia

A través del cristal, veo a Ander apoyado al lado de la puerta de la librería, con el móvil en la mano. Parece que está muy concentrado y aprovecho para mirarlo sin reparo alguno.

Es un tipo curioso, no acabo de entenderlo al cien por cien. Hace un mes pensaba que era un imbécil de mucho cuidado, pero al hablar con él me he dado cuenta de que estaba equivocada: solo es imbécil a ratos o se hace el imbécil, aún no lo sé con exactitud.

Bebe demasiado, eso sí lo tengo claro, y quizá eso es lo que le embota el cerebro. Ayer me siguió al baño y no le importó parecer un idiota, eso es por culpa del alcohol. Cuando no bebe, sus neuronas funcionan mucho mejor. ¿Nadie le ha dicho que no es necesario beber tanto alcohol? ¿Ninguno de sus amigos? Tal vez no se atreven o tal vez ya lo han hecho y Ander los ha mandado a la mierda. Es muy probable, el tío tiene carácter.

—Xenia, ¿me cobras?

—Sí, Manuela, ahora mismo.

Mientras estoy devolviendo el cambio, me suena el teléfono y, en cuanto me despido de mi clienta, le echo un vistazo.

Ander

Deja de mirarme, voy a terminar pensando que te gusto de verdad.

Yo

Cuando te persiga por el bar, hablamos de que me gustas.

Ander

El alcohol y esas cosas.

Yo

Tengo una nueva apuesta.

Ander

Soy todo oídos.

Yo

Si no bebes en un mes, podrás cenar conmigo.

Ander

¿Tú y yo? ¿Los dos solos?

Yo

Exacto y yo invito.

Ander

Acepto, evidentemente.

Yo

Si no lo cumples, ya sabes lo que quiero.

Ander

Libros.

Yo

Uno gratis durante los próximos seis meses.

Me relamo los labios porque sé que voy a ganar.

Ander

Vas a perder una cena.

Yo

Ya lo veremos. No beber significa no beber, ni una cerveza, amigo.

Miro a través del cristal y veo a Ander levantar la cabeza para mirarme.

Ander

Es un precio alto, pero me van los retos.

—No vas a durar ni dos días —murmuro para mí misma.

Yo

Pues nos vemos esta noche
en la fiesta de Gorka.

Ander niega con la cabeza y sonríe.

Ander

Sin problema.

Los padres de Gorka se han ido el fin de semana y esta noche hace una fiesta en su casa, que está hacia las afueras, pero en el lado contrario que la mía. Hay que ir en coche, pero como no está demasiado lejos, vamos a ir con el de la madre de Gadea.

Va a ser una noche divertida, estoy segura de que antes de que termine la fiesta, Ander habrá bebido algún trago y yo ganaré un libro gratis los próximos meses. No creo que aguante más de media hora sin beber, sobre todo en una fiesta como esa donde el alcohol corre por doquier.

Suena «Despechá» de Rosalía y Gadea y yo entramos en la casa de Gorka moviendo las caderas al ritmo de la música. Nada más cruzar la puerta del salón, alguien nos da una cerveza a cada una y nosotras brindamos con los botellines. Mientras le doy un trago, observo el ambiente: la música alta, las luces de colores, la gente bailando y bebiendo. Hemos estado en alguna de esas fiestas, aunque solemos irnos más bien pronto.

—¡Ey! ¡Mis chicas preferidas!

Gorka se coloca delante de Gadea y le da un par de besos muy cerca de sus labios. Ella se deja querer y parpadea con coquetería. Enseguida me besa a mí, aunque con más recato.

—Me gustan esas luces —le dice Gadea señalando unos focos con forma de estrella.

—¿Verdad? Ven, que te enseño las que hemos puesto en la piscina.

Gorka rodea la cintura de mi amiga y se van hacia fuera. Los miro sonriendo. No sé por qué Gadea se resiste tanto a Gorka si se ve a un kilómetro lo mucho que le gusta.

Sigo mirando por el salón y en una esquina veo a Ander con Raúl, Miguel y Soraya. Estos dos últimos están abrazados y besándose. Ander y Raúl charlan entre ellos. Busco la bebida en su mano porque espero encontrar un vaso lleno de alcohol, pero no está bebiendo nada. Me cuesta creerlo y lo observo con disimulo durante unos minutos. Sus amigos están bebiendo cerveza y él nada. Estoy casi segura de que ha bebido antes o incluso de que lo ha hecho a escondidas, es muy capaz.

Voy hacia él sin dudarlo. Me coloco frente a él y lo miro fijamente. Él me mira del mismo modo. Lo cojo del cuello y lo acerco a mi rostro.

—Has bebido —lo acuso con seriedad.

—Ni una gota.

Cuando habla, me concentro en aspirar su aliento. Nada, joder, nada.

Me separo de él sorprendida y un poco desinflada, estaba segura de que iba a oler a alcohol al segundo. Todos sabemos cómo es Ander.

—Pero si quieres podemos enrollarnos un rato —me dice haciendo el mismo gesto que he hecho yo hace unos segundos: me coge del cuello y me acerca a él.

Miro sus labios y él mira los míos. Me gustó besarlo, no voy a negarlo, pero paso de ser una más de su larga lista. No me apetece nada que me nombre cuando presuma delante de sus amigos.

—Pues yo no quiero, fíjate tú.

—¿Estás segura? Porque tus ojos dicen otra cosa.

—Imagina lo que quieras, Ander.

Me aparto de él y siento la mirada de sus amigos encima de mí, sobre todo la de Soraya. Habrán pensado que he ido directa hacia él para estampar mis labios contra los suyos. Es lo que ha parecido, claro.

—Estaba comprobando si cumplía nuestra apuesta —les digo sin importarme si lo saben o no.

—¿Qué apuesta? —me pregunta Soraya.

—Que te lo explique tu amigo —le digo mientras me voy de allí.

Cuando llego al otro lado, siento una mano en mi brazo que me hace dar media vuelta.

—Niña, no puedes hacer eso e irte sin más —me dice Ander muy serio.

—Poder puedo.

—Si vuelves a acercarte así para comprobar si he bebido, no te irás de rositas, te aviso.

—¿Es que me vas a besar aunque yo no quiera?

—No, te besaré porque tú también lo querrás.

Nos miramos en silencio y siento que mi corazón palpita demasiado rápido. Por suerte, él no puede notarlo e intento mostrar indiferencia.

—Eres demasiado creído.

—Y tú eres demasiado interesante.

Abro los ojos ante su respuesta. ¿Eso ha sido un piropo? Lo ha dicho en un tono despectivo y no sé cómo tomármelo.

—Y esta noche te voy a molestar más de lo normal. Ya sabes, como no puedo beber, necesito alguna distracción.

Pongo los ojos en blanco y me voy de su lado. Odio cuando se pone en ese plan vacilón, me gusta más ese Ander tranquilo que habla de cosas normales y que se comporta como uno más. Ese chico inteligente e interesante, ese que tiene pensamientos profundos, pero por lo visto esta noche no está.

Ander suelta una risilla cuando Xenia se va de su lado. Todavía le queman los dedos, tocarla se está volviendo algo peligroso. Tiene que ser fuerte mentalmente para no sentir como su polla responde ante ella. La desea, lo tiene clarísimo, pero aparte de ese deseo... ¿hay algo más?

Xenia le parece interesante, se lo ha dicho de mala gana porque no quiere que sepa la verdad. Le parece una tía diferente, curiosa y con un mundo interior intenso. Y todo eso a él le interesa. Está aburrido de esas chicas que hablan siempre de lo mismo o de esas otras que solo dicen lo que él quiere oír. Es muy aburrido. En cambio, Xenia es todo lo contrario. Le da igual lo que piense Ander, le da igual si le parece bien o no. Tiene personalidad, eso es.

—Ander, pasa de esa apuesta —le dice de repente Soraya, que aparece a su lado con una cerveza en la mano para él.

—No puedo, me gusta ganar.

—Es una soberana tontería, solo lo hace para joderte.

—Puede ser.

Ander sabe que a veces se le va la mano con la bebida, pero no cree que sea un problema. No le parece mal estar un tiempo sin beber, hace tanto tiempo que no lo experimenta que incluso tiene ganas de saber qué se siente.

—No me gusta la gente que quiere cambiarte —le insiste ella—. Si le molas, que te acepte cómo eres, ¿no?

Ander mira a Soraya, le está preguntando indirectamente si entre Xenia y él hay algo. No es tonto.

—Solo es una apuesta, Soraya.

—¿Solo?

—Solo.

Soraya observa que Ander se va de su lado mientras piensa que su amigo le miente descaradamente. No es solo una apuesta. Esa tía lo ronda demasiado y él se siente atraído por ella, ve cómo la mira. Hubo un tiempo en que a ella también la miró así. Por suerte, le durará cuatro días, como todas.

32

UNA CAJA DE SORPRESAS

Xenia

No entiendo a la mayoría de la gente, eso es cierto. Debido a mi trastorno, me cuesta comprender algunas actitudes, pero Ander es como un enigma de esos que no sabes ni por dónde empezar. Por ejemplo, no verlo bebiendo en esta fiesta me deja bastante asombrada. ¿Prefiere ganar una apuesta que divertirse como siempre? Sabe que la otra apuesta la tiene perdida, solo quedan tres semanas para que se acabe el tiempo y está claro que entre nosotros dos no va a ocurrir nada. Ni ahora ni nunca. El otro día nos besamos y me gustó demasiado, pero de ahí a liarnos de verdad hay un camino muy largo. Y de ahí a que yo termine comiendo de su mano, el infinito.

—Xenia, ¿te apetece jugar? —me pregunta Gorka al pasar por mi lado.

Gadea me indica que la siga con el dedo y me reúno con ellos dos y varios amigos más. Observo de reojo que Ander y sus amigos están en otro lado, así que miro atenta el juego en cuestión.

—Tienes que meter la moneda en el vaso. Si no la metes, te toca beber un chupito.

—¿De qué? —le pregunto.

—De tequila.

Sonrío porque es de los pocos licores que no me desagradan y porque tengo muy buena puntería, inusualmente buena.

—Perfecto, ¿contra quién me toca jugar?

—Chica valiente, ¿contra mí te parece bien?

—Vamos allá.

Empezamos a jugar y ninguno de los dos falla en ninguna de las tiradas. Al principio, solo nos miran algunos amigos, pero a medida que vamos avanzando en el juego, se va sumando más gente para animarnos y jalearnos. De repente, Gorka falla una tirada y todos gritan para que beba, yo incluida. Gorka bebe entre risas y me señala.

—Vas a morir, pequeña.

Me entra la risa y, al tirar, fallo yo también. Gorka me acerca el chupito dando saltos y todo el mundo se ríe. Me lo bebo de golpe y todos aplauden. Entonces, siento alguien a mi espalda.

—Mira la rarita.

Es una voz masculina, no sé de quién, pero me transporta a mi niñez. La rarita.

Gorka lanza la moneda y acierta, pero yo vuelvo a fallar.

«La rarita».

Bebo otro chupito casi sin respirar y mis ojos se cruzan con los de Ander. Le muestro el vaso vacío y le sonrío. No hace ningún gesto, me sigue mirando impasible, como si yo lo estuviera decepcionando.

—Gilipollas —murmuro para mí.

Gorka falla la siguiente y yo acierto. Pero las otras tiradas las fallo todas: cuatro tiradas más, cuatro chupitos de tequila más.

Me apoyo en la mesa y niego con la cabeza. No puedo, siento que el alcohol se me sube a la cabeza y me estoy mareando.

—Me rindo —le digo a Gorka.

—¡Guau! Has sido mi mejor contrincante con diferencia. ¡Un grito por Xenia!

La gente que nos rodea grita y yo me voy directa al baño. ¿Voy a vomitar? No lo sé, tengo una sensación extraña en el cuerpo que no sé reconocer, no suelo beber ni tanto ni tan seguido.

Me refresco la cara y el cuello y me miro en el espejo. Joder, casi no me reconozco porque veo borroso. ¿En qué momento se me ha ocurrido jugar a beber? Salgo de allí dispuesta a irme a casa, aunque al salir del baño, la gente me empuja y me encuentro entre varias personas que bailan alocadamente. Me uno a ellas, por supuesto y me paso la siguiente media hora saltando, brincando y riendo. El pedo que llevo aumenta y termino apoyada en una de las paredes, con el pelo sudado y la respiración agitada. Creo que debería irme. ¿Andando? No quiero fastidiar el plan de Gadea, está todo el rato al lado de Gorka.

Pues andando.

Me escabullo entre la gente para buscar la puerta y, cuando la encuentro, salgo. Un golpe de aire fresco acompaña mis primeros pasos e inspiro con fuerza. Miro la carretera, me queda un buen trecho hasta mi casa, es de noche y estoy sola, pero no tengo miedo. El pueblo es muy tranquilo y no suele haber asesinos psicópatas esperando a una chica solitaria.

Empiezo a andar sintiendo que el suelo se mueve un poco. Es desagradable, pero nadie me ha obligado a beber, así que tengo que apechugar.

—¡Eh! ¿Adónde vas?

Es Ander, no me giro y sigo mi camino.

—¡A mi casa! —le respondo señalando con la mano hacia delante—. Ese es mi destino.

Suelto una risilla y continúo andando. Oigo los pasos de Ander detrás de mí.

—Xenia.

—¿Mmm?

—¿Cómo te vas a ir sola hasta tu casa?

—Con estos —le digo señalando mis pies y soltando otra risilla tonta.

Es verdad que el alcohol te desinhibe.

Ander me frena el paso colocándose delante de mí.

—Ni hablar.

—A ver, niño, ya tengo un padre, no sé si lo sabes.

—Perfectamente, pero tú no te vas sola a casa y menos a estas horas.

Miro el reloj, pero no veo la hora. Da igual, tengo ganas de meterme en mi cama y cerrar los ojos.

—Ander, quiero mi cama —le digo intentando que entienda que me quiero ir a casa.

—Vale, yo te llevo.

Frunzo el ceño y lo miro achicando los ojos.

—¿No te lo estás pasando bien en la fiesta?

—Me da igual la fiesta.

Lo miro extrañada. Estaba segura de que Ander era el típico chulito de las fiestas, ese que está rodeado de tías, amigos y alcohol.

—Eres complicado, Ander.

Él me mira abriendo los ojos y sonríe de medio lado.

«Y guapo, es jodidamente guapo, pero mejor me callo».

—Vamos —me ordena cogiéndome la mano para dar media vuelta e ir hacia su coche.

Miro su ancha espalda y dejo volar mi imaginación, porque con el alcohol en mis venas está mucho más suelta. Imagino que lo abrazo por detrás, que rodeo su cintura y que apoyo mi cabeza en su piel morena. Él se da media vuelta y me aprieta contra su cuerpo para cogerme la barbilla y alzarla hacia sus labios. Y entonces...

—¿Xenia?

—¿Qué?

—¿Lo llevas todo? ¿Las llaves y eso?

Miro mi pequeño bolso y asiento con la cabeza. Me pongo el cinturón, pero estoy algo torpe y no consigo colocarlo en su sitio.

—¿Te ayudo? —me pregunta mientras se acerca a mí para coger el cinturón.

Dejo que lo haga él y me obligo a no respirar. ¿Siempre ha olido así de bien? Joder.

Cuando se separa de mí, me mira a los ojos y sonríe de nuevo.

—Tú borracha y yo sereno, el mundo se va a la mierda.

Suelto una carcajada y Ander arranca el coche riendo también.

Cierro los ojos durante todo el trayecto, necesito tener el control de la situación, pero ahora mismo no siento que tenga el control de nada.

—No voy a beber nunca más —digo en voz alta cuando ya llegamos.

—Cuidado, que así se empieza.

Ander aparca justo enfrente de la entrada de mi casa.

—¿Lo dices por ti? ¿Por qué bebes si sienta tan mal?

Ander me mira un segundo.

—Es complicado.

—¿Qué es complicado?

Es evidente que la bebida me tira de la lengua, en otro momento no hubiera preguntado tanto.

—Para mí es una forma de evadirme.

—¿Evadirte de la realidad?

Ander endurece la mirada y se vuelve hacia delante. Veo que sus manos aprietan el volante. Voy borracha, pero me percato de que le pasa algo.

—Algo así.

—¿Quieres hablarlo?

Me mira como si hubiera aparecido a su lado de repente.

—No, gracias.

Lo dice de modo automático, así que pienso que es una respuesta que tiene muy aprendida. No voy a insistir, sé cuándo alguien quiere explicarte algo y a Ander no le apetece nada.

—Vale, gracias por el viaje.

Abro la puerta y, mientras salgo, Ander hace lo mismo con rapidez para ofrecerme su mano.

—Puedo yo sola.

—Es por si te mareas, no estás acostumbrada a beber.

Lo dice en un tono tan cariñoso que me llega al corazón y me obligo a no mirarlo a los ojos. No quiero hacer ninguna tontería de la que me pueda arrepentir.

Ander me sigue hasta la puerta, como si temiera que me pudiera pasar algo. Busco las llaves y, cuando abro la puerta, la cierro de nuevo para volverme hacia él. Sus ojos buscan los míos, sin decir nada. Nos miramos en silencio, con la misma gravedad. Puedo perderme en él, en sus largas pestañas y en la intensidad de su mirada.

Ese no es el Ander vacilón, el que está cada noche con una chica distinta, el superficial, el imbécil... Es el Ander que estoy descubriendo rascando un poco y me gusta cómo es. Me da la impresión de que, solo con los ojos, es capaz de decirme mil cosas más que con las palabras. Como si hubiera dos personas en él: el del posado y el real. ¿No tenemos todos diferentes formas de actuar según con quién estemos?

Solo espero que no sea un engaño.

Me acerco a su rostro y le doy un beso en la mejilla. Parece poca cosa, pero para mí es mucho, no me gusta regalar mis besos. Ander parpadea un par de veces y me sigue mirando del mismo modo.

—Buenas noches, Ander.

—Buenas noches, Xenia.

Ander ve desaparecer a Xenia y sigue plantado unos segundos más delante de la puerta.

¿Y ese beso?

Se toca la mejilla con cuidado y sonríe.

Lo ha besado ella, con delicadeza, con cuidado, sin prisas, sin deseo de por medio. Ha sido algo fascinante. Nunca le han dado un beso de ese tipo. Tan casto, tan limpio. Está sorprendido.

Entonces frunce el ceño porque le viene a la mente Eider, su hermana. Ella también le daba besos de ese tipo.

Le cambia el humor al momento. Quiere que su hermana regrese, pero parece que es algo muy complicado.

Ander entra en el coche y suspira. No quiere volver a casa porque no va a poder dormir, pero tampoco quiere volver a la fiesta. Para en la gasolinera, entra directo hacia la nevera y coge un par de latas de cerveza.

«Xenia».

—Joder —murmura dejando las latas en su sitio.

Coge un refresco y lo paga de mal humor. No quiere perder la jodida apuesta, pero le molesta no poder beber ni una cerveza. Podría hacerlo sin que ella supiera nada, pero no es su estilo. No le gusta mentir.

Le hace una foto a la lata roja y se la envía a Xenia.

Xenia

Jajaja, no me lo puedo creer.

Ander

Pues créetelo, listilla.

Xenia

Niño, eres una caja de sorpresas.

A Ander le cambia automáticamente el humor y lee aquellas palabras con una sonrisa en los labios.

33

PASITO A PASITO

El teléfono de Zoe suena insistentemente y ella lo coge medio adormilada. Es domingo a mediodía y se ha quedado grogui después de dedicarse toda la mañana a crear unos bocetos nuevos. El lunes debe enviar los dibujos para participar en el Primer Concurso de Moda Voilà Mode. Tiene muchas ganas de que llegue el momento, pero al mismo tiempo tiene miedo de no estar a la altura. Le ha mostrado la mayoría de los diseños a sus hermanas y a su padre y les han gustado a todos, pero no tiene suficiente con eso. A ella le gustan, evidentemente, y sabe que son buenos, pero ¿podrá competir con el resto de las concursantes o será eliminada enseguida?

—¿Sí?

—Te espero en la puerta de tu casa a las siete de la tarde.

Zoe abre los ojos asombrada. Es Ibai, ¿verdad?

—¿Ibai?

—El mismo. A las siete.

—Pero...

—No hace falta que vayas de sábado noche, ropa informal. Hasta luego.

Ibai cuelga y ella se queda mirando el móvil muy sorprendida. Está soñolienta, pero lo ha entendido perfectamente. A las siete la esperará en la puerta de su casa... ¿para qué? Si es que no le ha dejado preguntar nada.

Solo espera que no se le ocurra ir a Glops o algún lugar parecido, porque entonces será la última vez que la vea.

Zoe lee el mensaje que le llega tras ese pensamiento.

Ibai

Es una sorpresa.

Zoe

Me gustan las sorpresas.

Ibai

Genial.

Evidentemente, a las siete en punto Zoe está preparada, no ha dejado de preguntarse a dónde van a ir y está un poco nerviosa. Ibai le atrae, pero al mismo tiempo le da mucha pereza que su vida se complique con él. Ella es feliz así, sin compromisos serios, sin dar explicaciones y, sobre todo, sin peleas ni malos rollos. Esto último consume mucha energía a la gente y ella necesita la suya para centrarse en la moda y, en un futuro breve, en Biología.

Ibai llega puntual, ni un minuto más ni uno menos. Ella sube al coche y se dan dos besos. Mateo los ve desde una esquina del jardín, es la segunda vez que su hija queda con ese chico y eso es algo muy insólito. No le preocupa, pero le resulta curioso. Quizá tendría que invitarlo a comer algún día, puede ser una buena idea.

Le apetece conocerlo y saber qué tiene de especial. Zoe es muy exquisita.

—Me tienes en ascuas.

—Me gusta, me gusta —le dice Ibai mientras arranca el coche.

—¿Vamos al cine?

—No.

—¿A una cafetería nueva?

—Frío, frío.

—Dame una pista.

—Te gustará.

Zoe ve que Ibai se desvía por otra carretera y que no van hacia la ciudad.

—¿No es en la ciudad?

—No, no es en la ciudad.

Zoe sonríe porque es verdad que está muy intrigada. Lo normal es que le dijera a dónde y qué van a hacer. Ibai es especial, lo sabe hace días.

—El otro día empecé aquella serie que me recomendaste...

—Ah, ¿sí? ¿Y qué tal?

Durante los siguientes veinte minutos, charlan de series y de películas. No tienen el mismo gusto, pero coinciden bastante. Ambos se encuentran muy cómodos charlando, como si fuesen viejos amigos.

Ibai pone el intermitente y giran hacia la izquierda para incorporarse a una carretera que los lleva directamente hacia un pueblo más bien pequeño.

—¿Turismo rural? —insiste de nuevo Zoe.

—Tampoco —responde él soltando una risilla.

Zoe lo mira de reojo, le gusta cómo se transforma su rostro cuando sonríe.

—¿Y cómo sabes que me va a gustar? Apenas nos conocemos.

—Soy muy observador —le dice Ibai orgulloso.

Aparcan al lado de una calle estrecha y empiezan a andar hacia el lado contrario de la calle principal, hasta que Ibai se detiene frente a un local con la puerta totalmente negra. Zoe lee el cartel con rapidez: Division. ¿Qué es esto? Tensa su cuerpo porque vuelve a tener la horrible idea de que es un bar de citas. Se vuelve hacia Ibai para decirle cuatro cosas, pero él da un paso hacia delante y abre la puerta muy seguro. La música le llega de forma suave y entonces abre mucho los ojos. Suena «Love Will Tear Us Apart» de Joy Division. ¿De ahí el nombre del local?

Ibai sabe que le va a encantar solo por la música que ponen allí. Descubrió ese pequeño bar con un amigo suyo y sabe que siempre ponen ese estilo de música, el que adora su nueva amiga. La mira sonriendo y le hace un ademán con la mano para que entre primero. Va a flipar con la decoración.

Zoe entra despacio, como si temiera que en cualquier momento le fuese a saltar alguien encima, pero cuando se fija en las paredes y las ve llenas de cuadros y pósters de sus grupos favoritos, el temor pasa a una alegría entusiasta.

—¡Oooh!

Las paredes del bar son de ladrillo viejo y están decoradas con muchos cuadros y pósters de cantantes y grupos de música new wave de los ochenta y los noventa: New Order, Depeche Mode, The Cure, R.E.M., The B-52´s, ABC, Billy Idol y muchos más.

Hay también mesas y sillas y, ahora mismo, muy poca gente está sentada en ellas. La barra es pequeña y solo hay dos taburetes.

—¿Qué quieres tomar? —le pregunta Ibai observando la cara de ilusión de Zoe.

—¿Una cerveza?

—Perfecto, dos cervezas. Siéntate donde quieras.

Zoe ve una mesa al lado de un póster enorme de The Cure y se va directamente hacia allí. Robert Smith siempre le ha parecido guapísimo. Vuelve a mirar todas aquellas imágenes, deteniéndose en los detalles. No se esperaba para nada este tipo de sorpresa y no puede dejar de sonreír. El bar es pequeño y muy acogedor, y la música no puede ser mejor. Ahora mismo suena «Tainted Love» de Soft Cell y Zoe balancea su cuerpo casi sin darse cuenta.

En cuanto Ibai se sienta frente a ella con los dos botellines, le pregunta de qué conoce ese lugar.

—Tengo a un amigo que le encanta esta música y hemos venido en alguna ocasión. Ahora puedes tomar algo con tranquilidad, pero por la noche no cabe ni un alfiler.

—Vaya.

—Viene mucha gente de otros pueblos y de la ciudad también.

—No había oído hablar nunca de este sitio.

—No hacen publicidad, aquí les funciona el boca a boca y tienen clientela de sobra.

—Me encanta tu sorpresa...

Ibai y Zoe se sonríen. Parece que Zoe ha olvidado el episodio en Glops y que de nuevo vuelve a haber esa buena sintonía entre ellos. Se pasan la siguiente hora y media charlando sin parar, van saltando de un tema a otro: el concurso de moda de Zoe, el nuevo curso que está a la vuelta de la esquina, la música que escuchan, los maravillosos pasteles que últimamente sirven en la cafetería preferida de Ibai... En ningún momento hablan de Glops, aunque ambos recuerdan perfectamente cómo fue su último encuentro allí.

Ibai se ha preguntado de vez en cuando si Zoe usa exclusivamente Tinder para tener sexo o si en realidad busca algo más. Zoe se ha preguntado si a Ibai no le gustan las ataduras como a ella. Es una manera sencilla de conseguir sexo sin complicaciones.

Pero ninguno de los dos saca ese tema tabú, no tienen la confianza suficiente como para hablar de ello con normalidad.

El teléfono de Ibai suena y él lo coge con rapidez cuando ve que es su madre.

—¿Mamá?

—Ibai, no me encuentro bien...

Su madre jadea y llora al mismo tiempo. Sabe perfectamente qué significa eso.

—Ahora mismo voy, no te muevas. No salgas del baño.

Zoe lo mira con el ceño fruncido y él se levanta como un resorte.

—Tengo que ir a casa. Es mi madre...

—¿Está bien?

Zoe se levanta y lo sigue a paso rápido.

—No se encuentra bien, nada bien.

—¿Está enferma?

Ibai la mira con gravedad y tarda demasiado en responder.

—Algo así.

Zoe parpadea, ¿qué tipo de respuesta es esa? Está claro que Ibai no quiere explicárselo.

Ibai conduce rápido aunque seguro. Durante todo el trayecto no dice nada y Zoe nota el ambiente tenso, prefiere no decir palabra porque nota que Ibai está nervioso. Como no sabe qué le ocurre a su madre, opta por ser prudente y piensa que ya se lo contará si quiere. No son íntimos, lo entiende perfectamente. Ella no habla con casi nadie de la muerte de su madre, es algo muy suyo.

Cuando llegan, se despiden igual de rápido y Zoe ve desaparecer el coche entre las sombras de los árboles. Llega a la conclusión de que Ibai es un tipo curioso, no es el típico tío guapo aburrido y con pocas neuronas.

¿Le apetece conocerlo más?

—¿Cómo puede ser que alguien tan joven tenga tantas cajas?

Mikel se ríe al oír a Laura, pero ella tiene razón. Han contado veinte cajas y de las grandes. Están subiendo ya las últimas, pero les ha llevado toda la mañana trasladarlas de un piso al otro.

—¡Por fin!

Laura se sienta en el suelo y Mikel hace lo mismo a su lado. Se miran y se ríen. Llevan toda la mañana bromeando y riendo, trabajar así es mucho más ameno y resulta que los dos comparten un humor parecido.

—¿Me darás un vaso de agua? —le pregunta Laura suspirando.

—Si me das un minuto para recuperarme, preparo algo y nos lo tomamos sentados en el balcón.

Laura ya ha visto el piso nuevo de Mikel y es más bien pequeño, pero para él solo está genial. El salón y la cocina están unidos por un arco, después está la habitación doble y un baño que se puede considerar bastante grande. Lo mejor de todo es el enorme balcón que tiene el salón con unas vistas muy chulas a uno de los parques de la ciudad.

—Te ayudo —le dice Laura en cuanto él se levanta.

—No, no, ya me has ayudado bastante. Espérame en el balcón.

—Está bien.

Laura sale y respira hondo. Le llega el olor de romero que tiene plantado la vecina de Mikel. A su madre le encantaba ese aroma tan fuerte. En realidad, le gustaban todas las plantas aromáticas y siempre iba colocando pequeños ramos por toda la casa. Le duele que en casa nadie haya seguido con esa costumbre, pero ella no se ha visto nunca con fuerzas de hacer lo mismo. Tal vez ahora podría empezar a hacerlo, se siente mucho más animada.

Se vuelve cuando escucha los pasos de Mikel. En las manos lleva una bandeja grande con dos copas, una botella de vino, pan tostado, foie y queso brie.

—¡Qué buena pinta! —comenta Laura un poco hambrienta.

—Tenemos que coger fuerzas, nos quedan veinte cajas por abrir.

Laura lo mira sorprendida y Mikel suelta una risotada mientras le sirve un poco de vino blanco fresco.

—Es broma, hoy no se toca ni una caja más. Tengo una bolsa con lo necesario, así que ya las iré abriendo poco a poco.

—Ya me habías asustado, no quiero cotillear en las cosas de mi jefe.

Mikel la mira con una sonrisa pícara.

—Preferiría que no me consideraras solo tu jefe.

Se miran unos segundos en silencio. Laura no sabe si lo ha entendido bien y Mikel no quiere meter la pata con ella. Le gusta, pero sabe que Laura es un alma un poco atormentada. No lo sabe seguro, pero cree que alguien le rompió el corazón en mil pedazos.

Los ojos azules recorren el rostro de ella y casi al mismo tiempo se vuelven hacia delante para observar el cielo.

—¿Qué ves? —le pregunta Mikel mirando hacia arriba.

—Un cielo lleno de nubes

Él suelta una risilla y señala con el dedo hacia un lado.

—Mira, allí veo un dinosaurio —comenta Mikel.

Laura sonríe porque es verdad que esa nube tiene cierto parecido.

—Te toca —le anima él.

—Allí hay un elefante.

—¿Un elefante?

—Mira, eso serían las orejas, eso la trompa...

—Mmm, es verdad.

Laura clava sus ojos en él mientras observa la nube. Es condenadamente guapo y sus labios son gruesos y parecen esponjosos. Se pregunta cómo será besarlos...

—Pues allí hay un par de gatos, ¿los ves?

Laura busca las nubes, pero no ve nada y él se acerca a ella para señalar el cielo en un punto concreto.

—Las orejas, el cuerpo y la cola. ¿Ahora sí?

Ella siente el calor de su cuerpo y procura disimular lo que siente al tenerlo tan cerca.

—Sí, sí, ahora sí.

Juegan a aquello durante cinco minutos más hasta que Mikel va a por la botella de vino.

—Que esta tarde me toca trabajar —se queja Laura cogiendo la copa.

—Seguro que tu jefe no nota que vas pedo.

Se ríen al mismo tiempo antes de dar otro sorbo.

—¿Te quedas a comer? —le pregunta él de repente.

—Eh... había pensado tomar cualquier cosa cerca de la cafetería.

—Ni hablar, te quedas —le dice él con rotundidad—. Así descansas un poco aquí y luego nos vamos juntos a la cafetería. Puedes ponerte cómoda, voy a preparar algo rápido. Y no, no necesito ayuda.

Laura le sonríe mientras lo ve desaparecer hacia el salón. Ella cierra los ojos y deja que el sol de la ciudad le acaricie la piel. Allí se está genial. Apenas se oye el ruido de los coches y, en cambio, se escucha el canto de muchos pájaros, como en su casa.

Se levanta y se asoma al balcón. Le gustaría hacer una foto de lo que ve y enviársela a sus hermanas. Es la primera vez que tiene esa sensación y se siente rara, ¿quizá ha sido demasiado drástica con el tema del teléfono? Ahora podría compartir ese momento con ellas... y también podría hablar con Mikel fuera del trabajo. Y charlar con alguna de sus amigas.

Cierra los ojos unos segundos y piensa en su madre. ¿La está traicionando?

Abre los ojos y mira el cielo. Eso es una soberana tontería. Su madre le hubiera dicho que esa llamada era una cosa más de las muchas que habían pasado aquel día. Podría no haber ido a la ciudad, podría haber tardado más en la cola de la farmacia, podría no haberle enviado un WhatsApp a su marido para decirle que había visto un nuevo restaurante que le iba a encantar, podría, podría... Y tal vez el final hubiera sido el mismo. ¿Está todo escrito?

Laura suspira. Ha tenido esa conversación en su cabeza tantas veces que está algo cansada de no encontrar una respuesta que la convenza del todo.

—¿Te gustan los raviolis a la arrabiata? Espero que sí, son mi especialidad.

Laura se vuelve mientras Mikel deja los platos en la mesa. Huele de maravilla.

—¿Los tenías hechos?

—A medias.

—Tienen muy buena pinta.

Se sientan a la mesa y comen entre vino y risas. Laura se siente feliz, muy feliz. Y a Mikel le encanta esa chica de sonrisa tímida y ojos tristes. Quiere pedirle una cita más formal, pero teme que lo rechace, así que decide esperar para dar el paso.

34

ME GUSTA O NO ME GUSTA

Martina y Nerea han continuado con sus largas charlas a través de Instagram. No ha habido ni un solo día en que no se hayan dicho algo. Se sienten muy cómodas la una con la otra y ambas coinciden en que quieren volver a verse.

Esta vez deciden quedar en un bar de la ciudad, Martina prefiere la ciudad que el pueblo, le parece un lugar más neutro y así no se va a cruzar constantemente con conocidos. Nerea no tiene preferencias, así que ya le está bien, aunque lo que sí siente son nervios. Tiene muchas ganas de encontrarse con Martina de nuevo. Le parece una chica de lo más interesante, pero no tiene claro si el sentimiento es recíproco.

Martina entra en el bar y ve a Nerea en una mesa. Está con la mirada puesta en el móvil, pero justo en ese momento levanta la vista y sus ojos se cruzan. Ambas sonríen hasta que Martina llega a la mesa y se dan dos besos cordiales.

—Qué ilusión verte otra vez —dice Nerea con entusiasmo.

—Sí, nuestro Instagram agradecerá que le demos un descanso.

Sueltan una carcajada al unísono y parece que las dos se relajan un poco.

—¿Qué tal va el dibujo?

Nerea siempre se interesa por sus dibujos y le pregunta mil cosas sobre el tema. A Martina le encanta explicarle cómo lo hace.

—¿Pues sabes que voy a participar en el concurso del Salón Internacional del Dibujo de San Sebastián?

—El otro día lo vi anunciado y pensé en ti. Me parece una idea genial. ¿Te imaginas que ganas?

—No lo creo, lo que sí imagino es que habrá mucha gente buenísima.

—Pues como tú.

Se vuelven a reír juntas y siguen charlando de otros temas como hacen a través del móvil. Hablan de las hermanas de Martina, de los viajes constantes del padre de Nerea, del próximo curso, de sus mejores amigos y del futuro que aún ven muy muy lejos.

—Y a todo esto... ¿sales con alguien?

Martina sonríe y niega con la cabeza.

—Qué va. ¿Y tú?

—Tampoco.

Nerea se acerca hacia delante y Martina la imita pensando que le va a decir algo en plan secreto, pero lo que hace Nerea es coger su mano y acariciarla con el pulgar.

—Pero tú me gustas —le suelta Nerea con una sonrisa de oreja a oreja.

Quizá mete la pata, pero nunca ha dejado de ser una valiente.

Martina la mira confundida. No se esperaba esto para nada.

—¿Hablas de...?

—De lo que surja, Martina.

Le gusta su sinceridad, pero ahora mismo no sabe qué responder. En ningún momento había pensado que Nerea estaba por ella y a ella no le gustan las chicas... o eso cree, porque es verdad que Nerea le encanta.

—¡Eh! Que tampoco es necesario que digas nada. Podemos ir quedando y vamos viendo, ¿no?

—Nerea, es que yo nunca he estado con una chica...

Nerea la mira asombrada.

—¿Nunca?

—Nunca.

—Vale, no pasa nada. Podemos seguir siendo amigas sin problema. No voy a besarte sin tu permiso.

Las dos sueltan una buena carcajada y Nerea suelta la mano de Martina para seguir charlando de mil cosas más.

Martina, al principio, piensa en lo que le ha dicho Nerea, pero al cabo de unos minutos ya ni lo recuerda. Está a gusto con esa chica, le encanta charlar con ella y lo demás no tiene importancia.

Nerea piensa que Martina es todavía más interesante de lo que creía en un principio y espera que se deje llevar si en algún momento siente algo por ella.

Ambas se miran pensando la una en la otra y Martina se pregunta cómo sería salir con una chica como Nerea, seguro que se lo pasarían bien. Tiene que hablar de todo esto con Harán, jamás se ha planteado su sexualidad. Siempre ha pensado que solo le gustaban los chicos, pero quizá no es así. No lo tiene nada claro.

Xenia

Estoy observando a Ander desde la tienda sin que se dé cuenta. Es fácil porque la librería tiene unos grandes ventanales y él siempre está pululando por allí. Parece que hoy está muy ocupado y que tampoco pasará a coger una pieza de fruta. No sé nada de él desde el sábado y tampoco es algo fuera de lo normal, pero extraño su presencia. Parece una tontería, pero para mí no lo es. ¿Por qué lo extraño? Es algo que no acabo de comprender y, por muchas vueltas que le dé, no saco ninguna conclusión coherente. No me gusta, no quiero nada con él, no quiero un rollo con él y ser una más de su eterna lista. ¿Entonces?

—¡Bah!

Me vuelvo para ir hacia la caja y dejarlo todo bien ordenado, en nada voy a cerrar y me gusta dejarlo todo bien colocado. Justo en ese momento me suena el móvil y veo un número que no tengo guardado. Estoy a punto de pasar de la llamada, pero al final acabo cogiéndolo. Seguro que es alguna empresa de telefonía, son tan pesados...

—¡Xenia!

Abro los ojos sorprendida.

—¿Laura?

—Sí, soy yo.

—¿Ocurre algo?

Frunzo el ceño preocupada por esa llamada. ¿Un accidente? ¿Un robo? ¿Una agresión por la ciudad?

—No, no, solo te llamaba para decirte que este es mi nuevo número de teléfono.

Saco todo el aire retenido en los pulmones.

—Joder, me has asustado.

—¿Por qué?

—¿Porque llevas cinco años sin teléfono y de repente me llamas?

—Mmm, es verdad. Perdona. Pero es que me hacía ilusión llamarte...

Sonrío porque entiendo a mi hermana y ahora ya se me ha pasado el susto.

—¿Puedes meterme en el grupo de hermanas? Así les doy una sorpresilla.

—Claro, para mí el infarto y para ellas la sorpresa.

Oigo a Laura reír con una buena carcajada y suelto una risilla de felicidad, me encanta verla así. A veces le cuesta dejarse llevar y ser esa hermana que siempre estaba con una sonrisa en el rostro. Al morir nuestra madre, una parte de Laura desapareció y, ahora, poco a poco parece que va regresando.

—Te meto en el grupo, venga.

—Gracias, hermanita.

En cuanto lo hago, Zoe escribe en el grupo.

HERMANAS LUNA

Zoe

¿Y este número? Creo que te has equivocado, Xenia.

Yo

Yo creo que no.

Martina

¿Has metido a Ander?

Zoe

Jajaja, me meo.

Yo

Muy graciosas.

Laura

Chicas, soy yo, la mejor
cocinera del mundo, la que hace
esos pasteles tan suculentos y la
que os riñe por dejar pelos en el baño.

Martina

¡Lauraaa!

Zoe

¿Laura? ¿En serio? ¿No
eres Ander haciendo el tonto?

Yo

Y dale con Ander, joder.

Laura

Soy yo, alguien me ha
regalado un teléfono.

Martina

El jefe buenorro de ojos azules.

Zoe

¡No jodas! ¿Mikel?

Yo

¿Y eso?

Laura

Un proveedor le ha regalado dos móviles y me ha dado uno a mí.

Yo

Porque no sabía a quién regalárselo, claro.

Laura

No le busques los tres pies al gato.

Yo

Todos tienen tres pies, no entiendo esa frase.

Martina

Jajajaja.

Zoe

Me alegra poder charlar
contigo por aquí, hermanita. ¡Bienvenida!

—Perdona, ¿no me vas a cobrar?

Levanto la vista del móvil y veo a Ander con una manzana en la mano.

—Es un poco tarde para merendar —le digo casi sin pensar, no me lo esperaba a esas horas.

—Perdona si meriendo tarde, ¿eh? Tenía trabajo.

—Perdonado —le digo cogiendo la moneda.

Nuestros dedos se rozan y nos miramos a los ojos unos segundos. Para no gustarme, tiene unos ojos increíbles.

—¿Has bebido? —le pregunto para cortar esa tensión.

Ander cambia el peso de su cuerpo al otro pie y muerde la manzana.

—Ni gota, mamá.

—No me llames así.

—Vale, niña.

—Así tampoco.

—Qué quisquillosa.

—A ti no te gusta que te llamen de otro modo, ¿no?

Ander me mira más serio y vuelve a morder la manzana con fuerza.

—No es que no me guste el diminutivo, no quiero que nadie me llame así.

—¿Y no es lo mismo? —le pregunto con tiento.

A veces no comprendo el significado real de las palabras.

—No, me gusta mi nombre de cualquier forma.

—Vaya, pues nadie lo diría.

—Pero no quiero que nadie más me llame así.

«Nadie más... ¿Por qué?».

Ander se da la vuelta y se va hacia la puerta como si su explicación fuese tan lógica.

—Pues no lo entiendo —le replico.

—Algún día te lo explicaré.

Abre la puerta y lo veo irse hacia la librería.

«¿Qué tendrá que explicarme?».

O Ander es un tío raro de cojones o sabe cómo tener en vilo a una chica. No sé por qué opción decantarme.

35

MEJOR JUNTOS

Zoe mira el calendario como si de ese modo pudiera entender por qué no sabe nada de Ibai. Le escribió un mensaje al día siguiente preguntándole cómo estaba y no ha recibido respuesta. De eso hace justamente una semana. Una semana eterna en la que cada día ha hecho una conjetura distinta.

Lunes: Quizá su madre está muy enferma y no puede responder al móvil.

Martes: ¿Y si es grave lo de su madre? ¿Debería llamarlo?

Miércoles: No le costaría nada coger cinco segundos de su tiempo y responder.

Jueves: Está claro que el interés no es mutuo. Punto.

Viernes: No quiero darle más vueltas, pero quizá debería haberlo llamado. Los amigos hacen eso. Pero ¿somos amigos? No, joder, no lo somos.

Sábado: Odio esta sensación de no saber qué hacer.

Domingo: Voy a olvidarlo todo. Una semana, ha pasado una semana entera y no me ha dicho nada.

En ese momento, le llega un correo al portátil y lo abre un poco despistada. Es del concurso de moda en Voilà Mode. Lo abre con prisas pensando que será otra mala noticia, porque envió los dibujos la semana pasada y cree que es muy pronto para que le digan algo positivo.

> Querida Zoe:
>
> Tras una primera selección entre todos los concursantes, te informamos que has pasado a la siguiente y última fase donde elegiremos al ganador de Voilà Mode. Nuestra más sincera enhorabuena.
>
> Saludos.

—¿En seriooo?

Zoe se levanta de la silla de un salto, da una vuelta sobre sí misma y suelta un pequeño grito antes de volverse a sentar para leer de nuevo el correo. No se lo cree del todo. Pero sí, ha sido seleccionada y la próxima semana sabrá quién ganará. No cree que sea ella, entiende que hay mucha gente que lo hará mejor, pero está encantada de la vida al saber que ha pasado la primera criba.

Sale de la buhardilla y se va hacia la cocina donde sabe que están su padre y Eneka preparando la comida. Sin querer, los escucha hablar.

—No sé, Mateo, yo creo que es muy pronto.

—¿A qué tenemos que esperar?

—¿Y tus hijas?

—Ya son mayores, lo entenderán.

—En serio, Mateo, yo no lo veo.

—¿Es que no te apetece vivir conmigo?

Zoe abre los ojos muy asombrada. Apenas llevan un año juntos..., pero, por otra parte, lo entiende, ya no son unos críos.

¿Eneka viviendo allí? No sabe qué pensar. Siempre le ha caído bien, no como a Xenia, que al principio no le gustaba. Pero de ahí a vivir bajo el mismo techo... es complicado. Ahora están muy bien en casa, viven todos en armonía y no le apetece que todo se acabe desvirtuando. ¿Y si la convivencia no funciona con ella? Una cosa es que pulule por aquí, otra que empiece a tomar el mando de su hogar.

Ninguna de las cuatro está preparada para eso.

—Claro que me apetece, mucho. Pero creo que es pronto.

—No lo entiendo, Eneka. La verdad.

Por el tono de voz, Zoe sabe que su padre se está enfadando, esto es importante para él.

—Estamos bien, estamos muy bien. Y lo lógico es que queramos estar juntos, dormir juntos, desayunar juntos, que no tenga que acompañarte a casa, que vivamos como una pareja normal.

Zoe nota la tensión en ese silencio e imagina que Eneka no quiere acabar discutiendo con él. Luego le habla en un tono muy dulce.

—Lo sé, si a mí me encanta estar contigo, lo sabes perfectamente. Si de los dos la que más enamorada está soy yo —le dice bromeando.

—Eso no te lo crees ni tú —le replica él suavizando el tono.

—Vamos a hacer una cosa...

—Dime.

—¿Lo hablamos con ellas primero? Y si alguna se niega, no lo hablamos más. Yo... yo os veo muy felices a todos juntos y no quiero que eso desaparezca.

—Y no va a desaparecer. Ellas lo van a entender, ya son mayores.

Eneka no lo tiene tan claro. Esa es su casa, con sus cosas y con su manera de hacer. Si ella llega, se va a sentir como una intrusa y lo ve todo muy complicado. Son buenas chicas, por supuesto, y se lleva bien con todas ellas, pero vivir juntas es otra historia. Y teme que al final su relación con Mateo salga perjudicada, sobre todo si ellas no lo tienen claro. Entiende el deseo de Mateo, ella misma prefiere despertarse a su lado por las mañanas, pero no quiere romper toda aquella armonía.

Zoe sube las escaleras de nuevo pensando en todo lo que ha oído. ¿Es justo que ellas se interpongan en la vida de su padre? No, no lo es.

HERMANAS LUNA

Zoe

Tenemos que vernos las cuatro fuera de casa para hablar.

Xenia

¿Te refieres en el jardín?

Zoe

Me refiero a lejos de casa, en el bar, por ejemplo.

Xenia

Vale, lo capto.

Martina

Cuando digáis.

Laura

¿Pasa algo?

Zoe

Nada grave, pero tenemos que hablar.

Se ponen de acuerdo con rapidez y quedan esa misma noche en el bar. Zoe las avisa de que no digan nada delante de su padre, así que todas entienden que es algo referente a él.

Laura piensa que quizá Zoe quiere hacerle otro regalo más personal. A Xenia no se le ocurre de qué puede querer hablar y Martina intuye que está relacionado con Eneka, no sabe por qué, pero es lo primero que ha pensado.

Zoe vuelve a bajar las escaleras haciendo algo de ruido para que su padre y Eneka la oigan. Cuando llega a la cocina, los observa con curiosidad, no parecen enfadados. Aprovecha el momento para darles la buena noticia del concurso y los dos la felicitan con entusiasmo. Al cabo de poco, llegan Laura y Xenia, Martina se queda a comer en casa de su mejor amigo. Zoe les informa del correo que le ha llegado y ellas la miran con admiración.

—¡Estarás feliz! —le dice Laura sonriendo.

—Mucho.

—Como ganes, nos da algo —comenta Xenia ayudando a Eneka a colocar los cubiertos en la mesa.

—A mí no me extrañaría nada —les dice Eneka con una gran sonrisa—. Es más, yo me pondría muchos de esos vestidos.

—¿Verdad? —le dice Xenia excitada—. Yo igual.

—Bueno, no creo que gane nada, pero estoy contenta.

Durante la comida, como casi siempre, no dejan de hablar entre ellos. Zoe aprovecha para observar a sus hermanas, parece que están muy a gusto con Eneka. Realmente es como si viviera allí y no cree que Eneka entre en su casa para imponer su voluntad, siempre se acopla a sus costumbres. Esta noche, cuando hable con sus hermanas, expondrá las razones para que Eneka entre en casa como una más. Su padre también se lo merece, merece ser feliz.

—¿No puedes adelantarme algo? —le pregunta Laura a Zoe cuando están colocando los platos en el lavavajillas.

—Sí, para que lo vayas pensando.

—Dime.

—Papá quiere que Eneka viva en casa y ella no lo ve. Por nosotras, claro. No quiere entrometerse en nuestro hogar.

Laura parpadea un par de veces, muy asombrada al principio. Después va entendiendo que su padre tenga aquel deseo, es normal. Pero ¿qué piensa ella? Eneka le gusta, se llevan genial y nunca ha tenido problema alguno con ella. Han cocinado muchas veces juntas en esa cocina y Eneka jamás ha exigido hacer las cosas de otro modo. Laura cree que tiene mucha empatía y que siempre ha sabido entenderlas.

—¿Y esa cara? Ya le has dicho algo de lo de esta noche —le acusa Xenia a Zoe.

Zoe mira hacia atrás para ver si su padre anda cerca, pero sigue en la mesa con Eneka tomando el café y hablando de una estafa de venta de pellets y leña que corre por internet debido al aumento de precio de los últimos meses.

—Xenia, papá quiere que Eneka viva con él.

—Aquí en casa, claro.

—Exacto.

—¿Y qué pasa? Caben bien en su cama.

Laura suelta una risilla y Zoe la mira con todo el cariño del mundo. Pensaba que Xenia saltaría a la primera de cambio.

—Lo hablamos esta noche, pero ella no lo tiene claro por nosotras.

—¿En serio?

—Claro, Xenia, no quiere suplantar a nadie y esas cosas.

—Cree que no querremos.

—Es lo que hablaremos esta noche.

—¿Caben un par de tazas más? —pregunta Eneka entrando en la cocina.

Ellas tres la miran un segundo en silencio. ¿Las habrá oído? No creen...

Eneka solo ha oído la última frase de Zoe, pero no le ha dado importancia. Sabe que las hermanas se llevan fenomenal y que suelen tener pequeñas reuniones para ver alguna serie juntas, para jugar a las cartas o para charlar desperdigadas por los sofás.

—Gracias —le dice a Xenia cuando coge las tazas de café.

—Oye, Eneka, ¿has visto esa película que te dijimos? —le pregunta Xenia apoyándose en el quicio de la puerta.

—*¿Corazones malheridos?* Me encantó.

—Sabía que te gustaría —le replica Xenia sonriendo.

—Eso de pasar de enemigos a enamorados me tiene el corazón robado —añade Eneka.

—Mira, como Xenia y Ander —suelta Zoe de repente.

Todas miran a Zoe sorprendidas, hasta que Xenia se ríe con ganas.

—Creo que lo del concurso te ha dejado las neuronas un poco sueltas —le dice Xenia entre risas—. A mí Ander no me gusta nada.

—Nada de nada —repite Zoe con ironía.

—Eneka, ni caso a mi hermana —le comenta Xenia con un gesto de manos.

Eneka se ríe y ellas también. Durante unos segundos, se le pasa por la mente la idea de Mateo. ¿Vivir con él? ¿Junto a ellas? ¿Podría ser?

Se van todas hacia el salón, donde su padre está viendo las noticias. Se sientan junto a él y la presentadora habla de la separación de Risto y Laura.

—Todo el mundo se pregunta por qué, pero eso solo lo saben ellos —dice Xenia con los ojos puestos en la tele.

—A la gente le encanta hablar, ya sabes —dictamina Zoe.

—Son personajes públicos, cierto, pero una ruptura no deja de doler por eso —suelta Laura con cierto enfado.

—¿Todo bien, Laura? —le pregunta su padre.

—¿Eh? Sí, sí.

No ha explicado en casa que ha visto a su ex, solo lo sabe Xenia, pero cuando una pareja rompe, no puede evitar sentirse triste. Ella lo pasó fatal y no desea que los demás vivan esa situación. Sí, sabe que eso ocurre cada día, pero no es algo que ella se tome a la ligera.

—Él ya dijo que nada es eterno —comenta Zoe convencida de la misma idea.

—Pues a mí eso no me gusta —le contesta Xenia con ímpetu—. Hay muchas parejas que siguen juntas, que no rompen y que siguen queriéndose.

—Eso es muy bonito, Xenia, pero no sé yo si es así —le replica Zoe—. ¿Se quieren o es más cómodo seguir juntos? ¿Por los hijos? ¿Por lo que tienen en común? ¿Por vete a saber qué?

—¡No me fastidies, Zoe! —exclama Xenia indignada.

Eneka y Laura la miran sonriendo. Zoe tiene razón: algunas parejas siguen juntas por inercia, pero esperan que Xenia también tenga razón y que el amor no siempre tenga fecha de caducidad. Es triste pensar siempre que todo va a terminar.

—Yo solo digo lo que veo. Divorcios, separaciones y parejas rotas, el pan de cada día —añade Zoe en un tono neutro.

A ella tampoco le gusta esta visión, pero es la que la realidad le demuestra día tras día. Tal vez por eso no quiere meterse en una relación formal, porque sabe el final antes de comenzar.

—Pues yo en la tienda veo muchos matrimonios que siguen bien y no voy a cambiar de idea —se defiende Xenia.

—Di que sí, Xenia. Lo más bonito del mundo es estar enamorado —le dice su padre con rotundidad.

Las cuatro lo miran con cariño y él se recuesta en el sofá, orgulloso de sus palabras. Mira a Eneka directamente a los ojos, espera que ella le diga cuándo cree que es el mejor momento para hablar con sus hijas. Está convencido de que no habrá problema alguno, las ha criado él y las conoce bien. Sus niñas quieren lo mejor para él, lo sabe de largo. Él también quiere lo mejor para ellas y que Eneka viva con ellos solo puede traer más alegría y felicidad a esa casa.

36

NADIE COMO ELLA

—El álbum está quedando increíble, Harán, eres el mejor. Esa idea vale millones, ¿lo sabes? En mi casa ya me lo han dicho mil veces.

Harán se sonroja un poco y se echa a reír. Esos piropos le calientan un poquito el corazón.

—Gracias, gracias. Ya sabes que me gusta hacerte feliz.

Él busca sus ojos para decirle algo más, pero Martina está con la vista puesta en la pantalla del móvil.

—Oye, tengo que explicarte algo... —empieza a decirle ella.

Martina ahora sí que lo mira fijamente y Harán se mueve un poco nervioso.

—Le estoy dando vueltas a algo que me dijo Nerea.

Él frunce el ceño. No sabe de qué va aquello. Sabe que Martina y Nerea quedaron en la ciudad de nuevo, algo muy normal porque se han hecho amigas a través de Instagram. Esa chica parece simpática y a Martina le ha caído muy bien.

—¿Qué te dijo?

—Que yo le gustaba...

—Que le gustabas...

—Sí, en plan... ya sabes.

—¿En plan que le molas?

Harán lo dice casi sorprendido. No esperaba esa respuesta.

—Sí, en ese plan.

—Entiendo. ¿Y cómo le dijiste que a ti no te gusta?

Martina lo mira fijamente unos segundos y él empieza a temer su contestación.

—No le dije que no me gusta, solo le comenté que no había estado nunca con una chica.

Harán traga una bola imaginaria de algodón que tiene en la garganta. No sabe si quiere saber más. De repente, siente unos sudores fríos por la espalda.

—¿Y sabes que me dijo? Que me dejara llevar. La verdad es que me encantó. Presión cero.

—Presión cero.

—Ya sabes que no me gusta que me digan qué debo o no hacer y Nerea acertó de lleno con ese comportamiento. No sé, creo que me gusta.

—¿En plan te mola?

Harán está tan asombrado que parece que el que habla no es él, sino alguien que está en la habitación con ellos. Su cabeza va a mil revoluciones y le está costando entender lo que le está diciendo Martina: ¿Le gusta Nerea? ¿Le gustan las chicas? ¿Desde cuándo? ¿No se supone que él es su mejor amigo? ¿Por qué no sabe nada de eso?

—No sé decirte... Hasta ahora es algo que no me había planteado, la verdad. Tampoco había conocido a nadie como ella.

Eso es un golpe bajo y Harán se abraza el estómago. Duele. «Nadie como ella».

Alguna vez ha pensado que Martina podía enamorarse de un chico, sabía que existía ese riesgo, pero de una chica...

—Estoy descolocado —le dice con sinceridad.

—Ya, ya, yo también. Por una parte, pienso que podemos ir quedando y que ya iremos viendo, pero por otra parte, no estoy segura.

—¿Por qué?

—No tengo claro que me guste en ese sentido, ¿sabes?

—Debería parecerse a cuando te gusta un chico...

—Sí, lo sé. Ella me gusta como es, me apetece conocerla y quedar en más ocasiones, pero no sé si me veo besándome con ella.

Harán cierra los ojos un segundo. Él sabe perfectamente qué decirle: eso es una soberana tontería, no tiene que verse haciendo nada, tiene que dejar que fluya. Pero decir todo aquello va en su propia contra...

—No debes pensar eso, Martina. Nunca te has liado con una tía, es normal que lo encuentres raro.

—¿Tú crees?

Harán se riñe a sí mismo por no defender lo suyo, pero Martina está por encima de él, está claro.

—Pues claro.

—¿Qué me aconsejas?

Martina y Harán se miran a los ojos fijamente. Alguien que no los conociera pensaría que están a punto de besarse, que entre esos dos hay algo muy fuerte.

—Tienes que hacer lo que sientas en cada momento. Si quieres... si quieres quedar con ella, hazlo y después ya se verá. Siempre estás a tiempo de decir que no.

Harán respira hondo tras aquellas palabras. ¿Por qué no le dice que es mala idea?

Porque no lo es. Lo sabe. Esa chica parece maja y Martina es muy libre de hacer lo que le plazca. Ellos dos son solo amigos, a pesar de lo que él siente por ella. Ya ni sabe desde cuándo tiene esos sentimientos. Hace mucho tiempo que van juntos por el mundo y un día, sin más, se dio cuenta de que quería algo más con ella, aunque nunca se atrevió a decirle nada. ¿Y si la perdía?

—Tienes razón, Harán. Siempre puedo decir que no.

Martina lo abraza de repente y él cierra los ojos de nuevo mientras le devuelve el abrazo. ¿Por qué siente ese dolor punzante debajo del pecho?

—No sé qué haría sin ti. Eres el mejor, ¿lo sabes?

Él asiente con la cabeza y ella suelta una risilla.

Harán nota que se le ha instalado un peso enorme en el corazón y ella se siente más ligera, pues su mejor amigo ha disipado todas sus dudas.

Martina sabe que es muy afortunada, que su vida sin Harán no sería lo mismo. No se ve viviendo sin él y, a veces, sufre por esa idea. ¿Y si su mejor amigo se enamora de alguna chica y entonces dejan de verse tan a menudo? Lógicamente, su relación cambiaría. No podría ir a su casa con la misma tranquilidad, pues ella nunca haría nada que pudiera perjudicar a Harán.

¿Y si ella acaba saliendo con Nerea? Da igual, su relación con él no va a cambiar, lo tiene clarísimo. De momento, es lo primero en su vida y no quiere que nada cambie. Si su futura pareja no acepta esa idea, ya sabe dónde tiene la puerta. No va a ser de esas amigas que dejan de lado a sus amistades porque se enamoran y mucho menos va a dejar de lado a Harán. Para ella es algo más que un amigo. ¿Un hermano? No, tampoco, porque en alguna ocasión se ha fijado en su fuerte espalda o en cómo se le marcan los músculos del brazo y ha pensado que Harán está bueno y fuerte, algo que no pensaría de un hermano.

Harán es algo más. No sabe ponerle nombre, pero así lo siente.

Xenia

Esta noche hemos quedado las cuatro en el bar, así que me ha tocado sacar a pasear a Taka y Atenas un poco antes. Ellas están encantadas de la vida, porque adoran salir a pasear por el bosque. Hoy he buscado un camino distinto y eso las excita sobremanera, están todo el rato oliendo de aquí para allá mientras yo las voy siguiendo.

De repente, oigo el lamento de un perro y, cuando escucho con atención, me doy cuenta de que proviene de nuestra izquierda. Mis chicas ya han ido hacia allí en busca del dueño de esos quejidos y yo las sigo corriendo. Salto matorrales, me araño las piernas constantemente con varias plantas, pero al final llego hasta donde Taka y Atenas están dando vueltas alrededor de algo.

—¡Joder, Zeus!

Es el perro de Ander. Está tumbado en el suelo y tiene sangre en la parte del morro.

—¡Ey, pequeño! ¿Qué te ha pasado?

Lo cojo en brazos con cuidado y él se queja de nuevo. Lo observo bien sin tocarlo, sé que algo le duele mucho. Tiene un mordisco de algún tipo de roedor en el morro y sangra bastante.

Zeus se acomoda en mis brazos y tiembla.

—No te preocupes, pequeño. Ahora mismo vamos al veterinario.

—¡¡¡Zeeeus!!! ¡¡¡Zeeeus!!!

Es Ander.

—¡¡¡Andeeer!!! Aquííí... ¡Lo tengo yo!

—¿Xeeenia?

Lo oigo más cerca y me dirijo hacia su voz.

—¡Sí, tengo a Zeus!

Nos encontramos de repente entre los árboles y me mira incrédulo.

—¿Qué le pasa?

—Algún animal le ha mordido. Deberíamos ir al veterinario corriendo. ¿Tienes el coche cerca?

Ander se acerca y coge a Zeus con todo el cuidado del mundo. Zeus se queja y yo trago saliva, ese ruidito me supera y se me humedecen los ojos. No soy de llorar por nada, pero el sufrimiento de Zeus me afecta de verdad.

—Lo tengo al otro lado de tu casa —dice mirando a su perro con el ceño fruncido.

Está preocupado, claro.

—Pues vamos corriendo, las dejo a ellas y ya llevo yo tu coche.

—Vale, vale.

Ander y yo echamos a correr hasta llegar a mi casa. Dejo a Taka y Atenas y me voy sin decir mucho más hacia el coche. Me coloco el cinturón y arranco echándole un ojo a Zeus. Está muy quieto, aunque suelta algún lamento de vez en cuando. La herida ha dejado de sangrar, pero es evidente que necesita una cura inmediata.

Cuando llegamos a la clínica veterinaria, cogen a Zeus con mucho cuidado mientras les explicamos qué ha ocurrido y se lo llevan hacia el interior. Nos invitan a sentarnos en la sala de espera y Ander y yo les hacemos caso dando un suspiro.

Lo miro de reojo, está muy serio y muy callado. Hago el ejercicio de ponerme en su lugar y entiendo que debe de estar bastante asustado.

—Lo curarán y en unos días estará como siempre. Ya verás.

—Me he despistado con el móvil y se me ha escapado. No lo encontraba.

Su tono de apuro me indica que también se siente culpable.

—Bueno, los perros hacen eso a menudo. No te fustigues.

—¿Y si no lo llegas a encontrar? ¿Si no lo llego a encontrar?

Coloco mi mano encima de su brazo y lo acaricio con cariño.

—Eh, Ander, lo hemos encontrado y lo están curando. Ya está.

Ander me mira fijamente y asiente con la cabeza.

—En dos días estará ladrándoles a mis chicas y dando por saco, ya lo verás.

Ander sonríe a medias.

—Gracias, Xenia. Por todo. No lo olvidaré en la vida.

Lo miro sorprendida porque solo he hecho lo que hubiera hecho cualquier persona.

—No es nada.

Su mano se posa encima de la mía y miro nuestras manos como si fuese un objeto externo a nosotros.

Su pulgar acaricia mi piel y entonces siento un cosquilleo extraño en la cabeza.

Mi móvil rompe aquel momento y respondo con rapidez al ver que es Laura.

—¿Xenia?

—Laura, estoy en el veterinario con Ander. Luego os lo explico. Nos vemos en el bar.

—Pero ¿está todo bien?

—Sí, bueno, algún animal del bosque ha mordido a Zeus, pero ahora lo están curando. En cuanto salga, voy para el bar. No os preocupéis.

—Vale, vale, tranquila. Nosotras salimos de casa en unos treinta minutos.

—Vale, nos vemos allí.

Nos despedimos con un beso y cuelgo.

—Si tienes que irte...

—¿Eh? No, no, quiero ver a Zeus.

Ander me mira de nuevo con intensidad y yo le devuelvo la mirada. Sus ojos oscuros con sus cejas perfectas, la nariz recta y la boca pequeña de labios gruesos... Me está pareciendo el rostro más perfecto que he visto en mi vida y, al mismo tiempo, ese pensamiento me parece muy preocupante.

Se acerca a mí despacio, sin dejar de mirarme, y yo me quedo muy quieta porque me veo incapaz de reaccionar. Noto sus labios en mi mejilla y se separa despacio del mismo modo.

—Gracias, mi niña.

Siento un golpe de calor en el centro de mi estómago y creo que todas las neuronas de mi cerebro se han puesto a bailar algo muy movido porque no soy capaz de pensar con coherencia.

¿«Mi niña»?

37

EN EL BAR

Laura, Zoe y Martina ya están en el bar. Le han dicho a su padre y a Eneka que se iban juntas al pueblo, aunque cada una iba a ir por su lado. Han preferido no tener que darle explicaciones a su padre. Quieren estar solas para poder hablar sobre Eneka.

Están esperando a Xenia y mientras van hablando de otros temas como el concurso de Zoe, el de Martina o el nuevo teléfono de Laura. Cuando están admirando las fotografías que puede hacer ese móvil nuevo, aparece Xenia.

—Ya estoy aquí, perdón por el retraso, pero no podía dejar a Ander solo.

—Tranquila, ¿qué tal su perro? —le pregunta Zoe.

—Está algo anestesiado, pero el veterinario ha dicho que en unos días estará recuperado. Le ha puesto un collar isabelino...

—¿Un qué? —le corta Martina.

—Sí, mujer, un collar de recuperación, de esos que parecen un embudo. ¿Sabes?

—Sí, sí, vale.

—Pobre, me ha dado una pena. Y Ander también.

Todas la miran con interés.

—¿Estabas con él por el bosque? —le pregunta Laura.

—Qué va, las chicas y yo hemos oído a un perro quejándose y ellas me han llevado hacia Zeus. Estaba solo, en el suelo y lleno de sangre. Ander lo ha perdido y lo estaba buscando, aunque nos hemos encontrado enseguida.

—Menos mal que estabas por allí… —le dice Martina.

—Ander también lo hubiera encontrado, porque el pobre Zeus se hacía oír, pero así los he podido llevar en coche al veterinario mientras él lo tenía en brazos.

—Pobrecillo —comenta Zoe.

—Bueno, ahora ya está. En unos días, como nuevo. Le quedará una pequeña cicatriz y quizá un miedo atroz a saber qué animal del bosque, pero Zeus se recuperará sin problema.

—¿Hablamos de papá y Eneka?

A Martina le han comentado de qué va aquella charla, pero Zoe empieza desde el principio intentando reproducir lo mejor posible la charla que escuchó sin querer entre su padre y su pareja.

—Entonces, ¿van a hablarlo con nosotras? —pregunta Xenia.

—Eso parece, Eneka quiere saber nuestra opinión —le responde Zoe.

Las cuatro se miran unos segundos en silencio hasta que Laura se decide a hablar.

—Es un tema delicado, muy delicado. Llevamos cinco años sin mamá, pero creo que hablo por todas cuando digo que la tenemos muy presente en casa. Hemos respetado la decoración de mamá, no poner cortinas a pesar de que estamos expuestas a alguna mirada curiosa…

—Laura, por allí no pasa casi nadie —le interrumpe Xenia muy segura.

—Casi nadie, tú lo has dicho —le replica Laura sonriendo—. Pero lo que quiero decir es que, durante estos años, hemos hecho muy pocos cambios, tenemos incluso el mismo mantel...

Sus hermanas la miran muy serias. Laura tiene toda la razón del mundo. Aquella casa no ha sufrido ningún cambio demasiado significativo desde que su madre se fue.

—Es como si tuviéramos un trocito de ella allí —comenta Martina en un tono más bajo.

—Exacto —le dice su hermana mayor—. Como tu precioso álbum.

Todas sonríen y Laura continúa.

—A mí me parece normal que papá quiera vivir con ella, pero ¿qué va a implicar eso?

Todas piensan un momento la respuesta y Xenia es la primera que se lanza a hablar.

—Es algo que podemos hablar con ella. Podemos decirle que nos gustaría que no hiciera cambios...

—Pero eso es complicado... Un día querrá colgar un cuadro distinto y otro querrá cambiar el mueble de la tele, que por cierto da un poco de pena —comenta Laura con seguridad.

Las tres hermanas asienten, Laura también tiene razón.

—Yo primero quiero saber si todas estamos de acuerdo en que es una buena idea que vivan juntos —les indica Zoe apoyando los codos en la mesa para acercarse más a sus hermanas.

—Yo creo que sí...

—Sí, claro...

—Papá se lo merece...

—Bien, entonces creo que es cuestión de hablar con Eneka y de exponerle nuestros miedos y al mismo tiempo decirle que nosotras intentaremos no dramatizar demasiado.

—¿Dramatizar? No te entiendo —dice Xenia.

—Pues que si quiere poner un jarrón nuevo en el salón con flores frescas, que lo pueda poner sin que ninguna de nosotras sienta que está invadiendo nuestro espacio.

—Vale, estoy de acuerdo —le replica Xenia sin dudarlo.

—Sí, me parece lógico. Ya no tenemos diez años —les dice Martina con la misma seguridad.

Sus hermanas la miran con una gran sonrisa, en menos de un año y medio Martina se ha convertido en una mujer.

—Pues genial, cuando hablen con nosotras, tenemos claro que les diremos que sí e intentaremos que entiendan nuestra postura —concluye Laura.

—Joder, joder, joder —suelta Xenia de repente tapándose la cara con las manos.

—¿Qué pasa? —le pregunta Zoe.

—¿Por qué te escondes? —le dice Laura.

Martina levanta la vista hacia el frente y entonces también lo ve.

—La puta... —murmura abriendo mucho los ojos.

—Pero ¿qué...? —empieza a decir Laura.

Laura se vuelve para ver qué han visto sus hermanas y, cuando lo ve, no puede creérselo.

Es él.

Jon.

Si tuviera un pasamontañas, se lo pasaría a Laura en ese momento, pero tampoco serviría de mucho porque Jon nos conoce a todas.

Ha venido con un colega del pueblo y se han sentado en la barra del bar. No sé si nos ha visto, no lo tengo claro. Es lunes y el bar no está lleno, pero como es pronto, hay varias mesas ocupadas. Cuando yo entro en el bar, tampoco voy mirando mesa por mesa, así que puede ser que no haya visto a mi hermana mayor.

—Hay que buscar una manera de salir sin que te vea —le digo a Laura.

Ella me mira asombrada.

—¿O quieres saludarlo? —le pregunto pensando que quizá ha cambiado de opinión.

El otro día él la llamó y no quiso saber nada, pero tal vez hoy le apetece decirle algo.

—No, no —me responde negando con la cabeza al mismo tiempo.

—Pues a ver cómo lo hacemos, porque si nos quedamos, acabará viéndonos —insisto.

—Pero ¿desde cuándo está Jon aquí? —pregunta Zoe en un tono muy bajo.

—No lo sé, lo he visto por la ciudad un par de veces —le responde Laura.

—Y el otro día la llamó a casa, pero Laura no quiso hablar con él —suelta Xenia con naturalidad.

—¿Y por qué no nos has dicho nada? —le riñe Zoe.

—Yo qué sé, no quería darle importancia —se queja Laura nerviosa—. La cuestión ahora es que no quiero cruzarme con él.

—Si vas hacia el baño, después puedes salir por la puerta de emergencia —le indica Martina.

—¡Es verdad! —digo yo al ver que es una buena idea.

—¿En serio, Laura? ¿Vas a salir como un vulgar ladrón? —le pregunta Zoe muy seria.

—¿Y qué quieres que haga? —le increpa Laura agobiada.

—Nos levantamos y salimos por la puerta. Punto —le dice Zoe con rotundidad—. Y, si te ve y te quiere saludar, siempre puedes girarle la cara. O puedes saludarlo en plan «ya no significas nada para mí».

—Zoe tiene razón —le digo yo—. Porque imagina que nos ha visto y se ha hecho el disimulado. E imagina que salimos por la puerta de emergencia y se da cuenta. ¿Qué pensará? Que somos idiotas.

—Sí, es verdad. Muy idiotas —asiente Martina.

—Vale, vale. Tenéis razón, pero yo me quiero ir ahora —nos pide Laura.

—Pues nos vamos ahora —dice Zoe mientras se levanta con toda la tranquilidad del mundo.

—Yo voy a pagar —les digo yendo hacia la barra—. Esperadme fuera.

A mí Jon me da igual. Quiero decir, entiendo que Laura no quiera verlo y pienso que se comportó como un capullo, pero es su historia, no la mía.

—Antonio, ¿me cobras?

Jon está a mi izquierda y siento su mirada puesta en mí. Soy la mejor disimulando, así que me vuelvo hacia atrás y veo como mis hermanas ya salen por la puerta.

—¡Ey, Xenia!

Podría hacerme la sorda, pero Antonio es un lento buscando cambio, así que no me serviría de nada.

Miro a Jon haciéndome la sorprendida. Igual debería haberme dedicado al mundo del espectáculo, estoy pensando que tengo buenas dotes de actriz.

—Hombre, Jon. ¿Qué tal?

—He venido a ver a Íker, ¿y tú?

—Pues he venido con mis hermanas a tomar algo, pero ya nos vamos.

La sonrisa de su rostro va desapareciendo y entonces se vuelve para buscar a alguien. ¿A mi hermana? Imagino que sí. Eso quiere decir que, cuando ha entrado, no nos ha visto, tal como yo había previsto.

—Me esperan fuera —le digo con naturalidad.

Dudo que salga corriendo a buscar a Laura.

—¿Está Laura?

—Sí, claro.

Se levanta del taburete y sale corriendo hacia la puerta. Íker lo mira sonriendo y yo estoy clavada en el sitio.

¡La madre que me parió!

38

NUNCA DIGAS NUNCA

Laura y sus hermanas están esperando a Xenia mientras comentan esa aparición inesperada de Jon en el pueblo. Ni Zoe ni Martina sabían que Laura lo había visto por la ciudad y entonces las pone al día.

Están distraídas hablando y no miran hacia al bar, por lo tanto, cuando Jon aparece por la puerta, Laura lo mira incrédula.

«¿Por qué ha salido Jon y no Xenia?».

—Hola, Laura.

Él se acerca a ella, ignorando un poco a sus dos hermanas, pero no puede evitarlo, hace mucho tiempo que no la ve. Bueno, la vio el otro día un segundo en el autobús, pero no es lo mismo.

Clava sus ojos en los de ella y recuerda perfectamente cada momento que se perdió en ellos.

Laura ve que la mira y de repente le parece que no ha pasado el tiempo, que ellos dos siguen enamorados y que no ha habido ningún malentendido entre los dos.

Pero no, la realidad no es esa y Laura lo saluda con frialdad.

—Hola, Jon. ¿Cómo estás?

«Ahora que te veo, estoy mucho mejor», eso era lo que siempre le decía entonces...

—Bien, bien, ¿y tú?

—Bien también.

Laura no quiere hablar más de la cuenta ni quiere parecer enfadada. La verdad es que no sabe ni qué cara poner, nunca ha sabido actuar y se le nota enseguida lo que siente.

—Me alegra verte —le dice él acercándose más a ella.

Zoe y Martina dan un paso atrás para dejarles espacio y Laura está a punto de coger a sus hermanas para que no se muevan de su lado, pero no lo hace. Se supone que Jon es historia...

—¿Estás de paso? —le pregunta ella obviando su última frase.

—¿Eh? No, no, he vuelto a la ciudad. Hace unos seis meses que regresé, estoy viviendo solo en un piso de alquiler. Y hoy había quedado con Íker.

Su amigo del pueblo, sabe perfectamente quién es. Jon se quedaba algunos días a dormir en su casa para poder estar más rato con ella.

—¿Qué ha pasado con Madrid?

No quería preguntar tanto, pero la curiosidad puede con ella. Ahora solo espera que no le hable de un amor que ha salido mal, de una huida por amor...

—Estaba bien allí, pero necesitaba volver. Ya sabes, las raíces y eso...

—Claro, claro.

—¡Estoy aquí!

Xenia aparece exclamando y todos la miran sorprendidos.

—Madre mía, lo que puede tardar Antonio en dar el cambio. ¿Nos vamos? Tengo que sacar a Taka y a Atenas un poco más y es muy tarde.

Xenia pasa por delante de Laura y Jon y se va hacia el coche esperando que todas la sigan.

—Vamos —le indica Zoe a Martina.

Laura y Jon se quedan solos.

—Tengo que irme —le dice ella señalando el coche.

—Ya veo...

—Hasta otra.

—¿Puedo llamarte?

Laura frunce el ceño mientras va andando hacia atrás.

—No creo que sea buena idea, Jon.

—Entiendo.

—Cuídate.

Laura se vuelve y se va casi corriendo hacia el coche. Si él insiste, no sabe si será capaz de volver a decir que no, pero Jon se queda quieto, observando a Laura meterse en el coche y desaparecer hacia la carretera.

Él metió la pata hasta el fondo, lo sabe, pero también sabe que no ha dejado de pensar en ella. Ni la distancia ni el no saber nada de ella han logrado que la olvide. Lo suyo fue demasiado intenso, a pesar de que terminó mal por su culpa. Fue un error y lo pagó caro, muy caro.

Xenia está al volante y Laura a su lado. Durante los primeros segundos, están todas calladas en el coche, hasta que la hermana mayor suspira ruidosamente.

—¿Estás bien? —le pregunta Xenia con la mirada al frente.

—Estoy en shock, no esperaba encontrármelo por aquí.

—Pues, si se ha instalado en la ciudad, no será la última vez que lo veamos por aquí —comenta Martina.

—Lo sé, tendré que hacerme a la idea.

—¿Sientes algo por él? —La pregunta directa proviene de Zoe.

—¿Eh? No... Bueno, es Jon, ya sabéis que estuvimos muy enamorados.

—¿Y ahora? —insiste Zoe.

—Bueno, no os voy a negar que no me es indiferente.

—No es como un ex cualquiera —dice Xenia.

—Exacto, no lo es, pero eso no significa nada. Cada uno tiene su vida y sus historias, la nuestra la dejamos atrás.

—Y no queremos repetir errores —dice Martina.

Sus hermanas la miran y se echan a reír. La pequeña de la casa tiene toda la razón del mundo, pero la teoría es mucho más sencilla que la práctica. Es muy fácil decir «yo no haré nunca esto», pero, en ocasiones, la vida te pone a prueba y te demuestra que ese nunca se deshace como un cubito de hielo bajo los rayos del sol: con mucha rapidez.

Xenia

Nunca habría pensado que acabaría preocupándome de esta forma por Ander y por su perro. Dos meses atrás, me hubiera reído si alguien me hubiera dicho que un día lo llamaría por la noche para saber cómo estaban. Nunca digas nunca...

—¿Ander?

—Hola, Xenia.

Su tono de voz tan apagado me pone el vello de punta. ¿Dónde está ese Ander creído y contestón? Hay tantas personas en él que acabo pensando que quiero conocerlas todas.

—¿Cómo está Zeus?

—Está aquí en mi cama, durmiendo. Parece que bien, aunque sigue anestesiado.

—Me alegra que pueda dormir, pobrecillo. ¿Y tú?

—Demasiado nervioso para dormir. Quiero que sea mañana y quiero ver que está bien de verdad.

—El veterinario nos ha dicho que se pondrá bien, confía en él. Sabes que Jaime es muy bueno en lo suyo.

—Lo sé, lo sé, pero no puedo evitar estar así.

—Ya, te entiendo. Yo cuando no puedo dormir, miro el cielo.

—¿El cielo?

—Sí, tengo la cama pegada a la ventana y busco estrellas. Y entonces...

—Sigue —me pide en un tono suave.

—Entonces relaciono a mi familia y a mis amigos con ellas. Esta es papá, esta es Laura... y así con todos.

Estoy esperando que suelte alguna risilla de burla porque sé que es algo un poco infantil, pero a mí me gusta hacerlo.

—¿Yo he sido alguna de esas estrellas?

Es la última pregunta que espero que me haga y abro la boca para responder un no rotundo, pero no me sale.

—¿Xenia?

—Eh... Sí, alguna vez.

—¿Y cómo era?

Trago saliva porque siento demasiada intensidad en esa conversación.

—Brillante, muy brillante. Porque tú eres... así.

—Soy brillante.

—Eres fuerte, listo y destacas.

—Son unos piropos magníficos.

—Lo son.

—Así que piensas eso de mí...

—Entre otras muchas cosas que ya sabes.

—Que soy un poco imbécil.

—También.

Nos quedamos en silencio y pienso que he hablado demasiado, pero es que a mí me cuesta mucho estar calladita.

—Intentaré usar tu método. Yo también duermo al lado de la ventana y veo perfectamente el cielo.

—Que duermas bien, Ander. Y dale un arrumaco de mi parte a Zeus.

—Gracias por todo, Xenia. Buenas noches.

Cuelgo el teléfono y miro hacia el cielo. Pienso que Ander está haciendo lo mismo y sonrío. Cada vez es menos imbécil, eso sin duda. Pero ¿es solo así conmigo? Cuando va con sus amigos, cuando está en el bar bebiendo o por el instituto, parece otra persona. La verdad es que Martina siempre me ha dicho que Ander es un amor, tal vez soy yo la que lo he etiquetado y me he equivocado. Nunca me ha caído bien y, si busco la razón, no la sé. Era algo general de él lo que no me gustaba. Y ahora, poco a poco, he ido descubriendo a otra persona.

Sé que a veces prejuzgamos sin saber y que podemos equivocarnos mucho, pero siempre he pensado que con Ander no me equivocaba. Para mí era evidente que representaba al guapito del pueblo que siempre está rodeado de chicas, que es un creído y un prepotente. Y ahora, cuanto más lo conozco, más se aleja de mí esa idea sobre él. Es más, ahora creo que es una persona interesante, que no le cuesta mostrar sus sentimientos, que tiene personalidad, genio, que sabe lo que quiere y que también tiene sus propios miedos y sus propios secretos. No dejo de preguntarme qué tendrá que explicarme en relación con su nombre.

Ander imagina que Xenia está tumbada en su cama, al lado de la ventana de su increíble casa de madera, mirando las estrellas. Igual que él. Pero ¿qué estará pensando ella? Es complicada, Xenia es una persona complicada, pero a él le fascina que sea así. Cualquier persona no puede entrar en su mundo y parece que él, poco a poco, ha logrado encontrar un hueco por donde colarse. Nota cómo lo mira, ya no lo hace con aquel desprecio de meses atrás. Él también la miraba mal porque no entendía esa animadversión que tenía ella hacia su persona. Nunca habían hablado ni habían ido con el mismo grupo de gente, ¿por qué le caía mal a esa tía?

Entonces, solo era una tía más, ahora no. Xenia en poco tiempo se ha convertido en alguien importante sin pretenderlo. Todo empezó con aquella apuesta que él propuso con la intención de molestarla un poco más, pero sin darse cuenta se han acercado el uno al otro de una forma mucho más intensa. Ya no quiere solo besarla, quiere conocerla más. Quiere saber sus manías, sus gustos, sus pensamientos... Lo que le ha explicado de las estrellas le ha parecido intenso, se ha abierto a él y eso le ha llenado de orgullo. Xenia empieza a confiar en él y eso le gusta.

Se siente bien con ella, cree que incluso podría hablar de su hermana. En alguna ocasión, ya le ha comentado que se lo explicará y la verdad es que tiene ganas de contárselo, de explicarle lo que siente y de que ella le guarde el secreto, pero debe encontrar el momento y el lugar adecuados. No es fácil para él hablar de su hermana.

En realidad, para Ander no es fácil hablar de él mismo. No le gusta hablar demasiado, se siente expuesto y vulnerable. Con sus amigos habla de cosas triviales, lo más importante solo lo habla con Gorka. Es en quien más confía, aunque tampoco se lo explica todo. Lo de su hermana sí lo sabe, aunque Gorka le pregunta poco porque entiende que es un tema que le perturba. Cuando necesita algún favor, como pasear a su perro porque se va a la ciudad a ver a Eider, acude a Gorka y él lo hace con mucho gusto, para eso están los amigos. Lo que no le gusta a Gorka es cuando regresa de allí. Siempre vuelve taciturno, serio y triste, lo ve en sus ojos. Gorka le pregunta en cada visita qué tal ha ido y él no le dice nada mientras se encoge de hombros. Es su manera de decirle que no quiere hablar. Ander es muy suyo cuando quiere y esa parcela de su vida la tiene muy bien incomunicada, no necesita que nadie hable sobre Eider, sobre su querida hermana.

Recuerda cuando eran pequeños. Ella se le subía a la espalda y corrían juntos por el jardín. Él era más pequeño, pero ya era un niño fuerte. Un día, su madre les riñó por miedo a que se hicieran daño y Eider le replicó diciéndole que eran «los hermanos invencibles». Sonríe cuando piensa en ese mote porque a partir de entonces lo usaron los dos en muchas ocasiones.

Ahora, cuando la ve allí sentada, con su rostro inexpresivo, drogada hasta arriba de medicamentos, ya no se siente tan invencible. Al contrario. Siente que la puta vida ha podido con ellos y que la maldita anorexia quiere llevársela de su lado.

Él no se rinde, por supuesto, pero cuando la mira, siente que no es ella, que está lejos, en otro mundo.

Mira el cielo de nuevo, con ese peso en el pecho. Aquella estrella podría ser su hermana. Ojalá vuelva a brillar de nuevo.

39

LA CULPA NO ES BUENA COMPAÑERA

Zoe está en la parte trasera de la casa, limpiando algunas malas hierbas que han ido saliendo con las últimas lluvias. Está pensando en Eneka y en su padre y en lo orgullosa que está de sus hermanas. Todas tienen el mismo miedo con respecto a Eneka, pero ninguna se ha negado y eso dice mucho de ellas. Sabe que, a veces, los hijos complican las relaciones de los padres por egoísmo y no va a ser el caso de ellas. Las cuatro creen que su padre merece ser feliz y ellas van a hacer todo lo posible para que sea así.

—Hola.

Zoe se vuelve asustada y pega un grito cuando ve a Ibai allí plantado.

—¿Quieres matarme de un ataque al corazón?

—Lo siento, pensaba que me habías oído llegar.

Zoe estaba demasiado ensimismada en sus pensamientos y no ha oído absolutamente nada.

—¿Qué haces aquí?

Zoe se agacha una vez más para arrancar una hierba que sale al lado de la casa.

—Quería hablar contigo.

—Tal vez deberías haberme preguntado si yo quiero hablar contigo.

—No quería arriesgarme a que me dijeras que no.

Zoe lo mira de reojo y sonríe en su cabeza. Chico listo.

—Tengo que terminar esto.

—Te ayudo.

Zoe observa a un Ibai muy concentrado que empieza a quitar las malas hierbas. Está a punto de decirle que lo puede dejar para otro rato, pero al final se lo piensa mejor y sigue con su labor. Ya hablarán después.

Cuando terminan, Zoe deja el cubo en la entrada y entra en casa para lavarse las manos.

—Entra —le indica a Ibai.

No hay nadie a esas horas y se va directamente hacia la cocina.

—¿Un café? —A ella le apetece muchísimo.

—Eh, sí, gracias.

Ibai se lava también las manos mientras Zoe pone la cafetera en el fuego y prepara las tacitas. En cuanto sirve el café, se sientan a la mesa de la cocina, las ventanas están abiertas y corre una brisa muy agradable.

—Tú dirás —le propone Zoe sin preámbulos.

—Siento lo del otro día, tuve que irme por mi madre.

—Sí, algo me dijiste.

Zoe no entiende por qué lleva tantos días sin saber de él y por eso está un poco mosqueada. Le escribió un mensaje y no le dijo absolutamente nada.

—He estado toda la semana pendiente de ella y no he tenido tiempo de nada. Y prefería hablar contigo con tranquilidad, no por mensajes.

—¿Sigue enferma?

Ibai la mira a los ojos y él suspira antes de hablar.

—Cuando llegué, tenía el labio partido, una costilla rota y varios golpes en las piernas.

Zoe abre mucho los ojos al imaginarse a su madre así. Enseguida se tapa la boca y ahoga un pequeño grito. ¿Se trata de malos tratos?

—Tuve que llevarla al hospital y estar con ella día y noche. Es duro, ¿sabes?

—Imagino...

—Sé que al final tendré que ingresarla en algún centro, pero ella me dice que no va a pasar más...

Zoe frunce el ceño porque no entiende lo que explica Ibai.

—Y yo la quiero creer, pero siempre acabamos igual.

—Pero ¿qué le pasa exactamente?

—Mi madre padece esquizofrenia y, cuando no toma la medicación correctamente, tiene brotes psicóticos durante los cuales se autolesiona.

—¿Se hizo ella mismo todo eso?

—Sí, sus golpes siempre parecen los de un maltratador, pero se lo hace ella sola. Cuando lo hace, no se da cuenta y después, cuando empieza a sentir el dolor, me llama a mí.

—¿Y tu padre?

Ibai la mira un segundo y baja la vista.

—Te mentí, mi padre se fue hace tiempo. Nos dejó solos.

Zoe está procesando toda aquella información con rapidez. Ibai le está explicando algo muy íntimo, entiende que no vaya contando algo así por ahí. No debe de ser nada agradable tener que lidiar con esos episodios y solo.

—La primera vez que ocurrió, mi padre se asustó mucho y corrieron al hospital. Lo primero que pensó todo el mundo es que había sido él y tuvo que demostrar que eso no era verdad. Le costó lo suyo, pero al final mi madre confesó que no se había tomado la medicación y que se había autolesionado. Todo eso complicó un matrimonio que de por sí ya no iba espectacularmente bien y mi padre acabó dejando a mi madre.

«Y a Ibai», pensó Zoe con tristeza.

—Después de su marcha, mi madre tuvo una buena época porque intentaba no olvidarse de la medicación, hasta que volvió a suceder. De eso hace un par de años y los médicos me han recomendado que la ingresemos.

—Qué duro.

—Sí y ella no quiere.

—Y es tu madre —le dice Zoe entendiendo la postura de Ibai.

—El psiquiatra cree que es lo mejor para ella. Al final puede hacerse daño de verdad y yo no quiero que pase algo grave.

—Es complicado decidir...

Zoe intenta ponerse en la piel de Ibai. ¿Qué haría ella? Internarla es una opción muy desagradable, pero si acababa clavándose un cuchillo en alguna parte vital, puede perder a su madre para siempre.

—Es que con el medicamento es una persona normal, ¿me explico? Nadie diría que necesita esa medicación. Es una madre como cualquier otra, pero cuando no lo toma... su cabeza no funciona bien y entonces pasa eso. Y no hay una razón concreta para que deje la medicación, simplemente se le olvida. Le he puesto alarmas, avisos, mensajes. Da igual. Cuando ve la alarma, dice: «Ahora me la tomo», pero en cuanto ha pasado un rato, ya se le ha olvidado. Debe tomar dos pastillas cada día y, en alguna ocasión, cuando le preguntas si se las ha tomado, te responde que sí, pero no es verdad, no se acuerda, pero no se la ha tomado.

Zoe piensa que Ibai tiene un gran problema y que la solución es dolorosa, pero cree firmemente que debería ingresar a su madre para que deje de hacerse daño.

—En fin, en la próxima visita con el psiquiatra tendremos que hablar seriamente. No me queda otra, no quiero encerrarla, pero...

Ibai mira a Zoe y ella coge su mano por encima de la mesa.

—No te sientas culpable, Ibai, no es culpa tuya. Tu madre está enferma y es una gran putada, la verdad. Pero tú harás lo mejor para ella, debes verlo así.

—Lo sé, si le pasa algo grave, no me lo perdonaré.

—Ya sabes que mi madre murió en un accidente.

Ibai asiente con la cabeza y entonces él acaricia la mano de Zoe con cariño.

—Fue un accidente tonto, porque resbaló con la nieve y chocó con un árbol. No hubo otro coche, ni un peatón de por medio ni nada similar. Era invierno, así que era normal que hubiera algo de nieve en la carretera y mi madre era muy buena conductora. No hubo culpables, Ibai, pero mis hermanas y yo hemos pensado en algún momento durante estos cinco años que teníamos algún tipo de responsabilidad.

—¿Por qué?

—Porque siempre buscamos culpables ante algo tan injusto como la muerte, pero a veces no los hay. Mi hermana Laura siempre ha pensado que, si no hubiera hablado con ella por teléfono, mi madre seguiría viva.

—Eso es imposible saberlo —la corta Ibai muy seguro.

—Imposible. Xenia siempre ha creído que podría haberlo impedido de alguna manera, pero eso tampoco es así. Martina solo tenía diez años cuando ocurrió y no entendió qué había pasado, de un día a otro su mamá había desaparecido... Como no lo entendió, pensó que quizá era culpa suya: «¿He hecho algo malo, Zoe?». Eso me preguntó al cabo de un par de días.

A Zoe le resbala una lágrima por la mejilla. Ibai deja que llore, no va a decirle que no llore porque llorar deja el alma descansada.

—¿Y tú, Zoe? ¿También pensaste que era culpa tuya?

Ella lo mira a los ojos fijamente.

—Estuve a punto de irme con ella aquella tarde. Iba a la ciudad a hacer algunas compras y le dije que me apuntaba a acompañarla, pero al final una de mis amigas vino a casa para pedirme ayuda con unos deberes y se me hizo tarde. En más de una ocasión me he hecho la pregunta absurda: ¿y si hubiera estado en ese coche, seguiría mi madre con vida?

Ibai niega con la cabeza porque es imposible predecir algo así.

—Lo sé, sé que no hay una respuesta, pero me lo he preguntado.

—Es algo muy humano.

—Sí, como que tú no quieras encerrar a tu madre, pero le harás bien. Ella estará mejor y tú también, porque imagino que ahora vives un poco al límite con todo esto...

—Sí, joder, cuando me llama se me pone el vello de punta y, cuando suena mi móvil, siempre me temo lo peor. ¿Y si un día es la policía diciéndome que se la han encontrado muerta?

Ibai tiene la respuesta en su cabeza, sabe qué debe hacer, pero le cuesta reconocer que su madre estará mejor en un centro. Es su madre, tiene con ella una relación excelente. Cuando está bien juegan al parchís, ven alguna película juntos y chismorrean sobre alguna historia de algún vecino. Todo aquello terminará, su madre dejará el piso y él irá a visitarla de vez en cuando. Siente cierto vértigo al verse solo, a pesar de que económicamente no tienen problemas porque su madre tiene unos buenos ahorros. No sabe si le va a gustar estar tan solo allí.

—Sigo pensando que es una decisión complicada, Ibai, pero hagas lo que hagas, cuenta conmigo.

—¿Damos un paseo? La otra vez me encantó pasear por aquí...

—Claro, recojo esto y nos vamos.

Zoe tenía pensado dibujar un rato después de limpiar las malas hierbas, pero ya lo hará en otro momento.

Ahora Ibai la necesita.

Justo cuando salen de casa, se cruzan con su padre.

—Qué pronto, papá.

Mateo saluda con simpatía a Ibai, que no tiene muy buena cara. ¿Habrá discutido con su hija?

—Sí, hoy he salido un poco antes porque ya hemos pasado el artículo a redacción.

Mateo madruga mucho, pero a mediodía suele estar ya en casa, algo que les encanta a sus hijas.

—Genial, voy a dar un paseo con Ibai por el bosque —le dice ella con un gesto con la mano.

—Vale, hasta luego, chicos.

Mateo observa a su hija mientras se dirige hacia uno de los caminos del bosque. No parece que hayan discutido, andan más bien cerca y le parece que en algún momento sus manos se rozan sin querer. Este chico le gusta, aunque sabe que Zoe no quiere tener pareja, es demasiado independiente. Luna siempre decía que

Zoe era un alma libre, soñadora, apasionada y amante de la vida. A su hija nunca le han gustado las ataduras, le gusta decidir por sí misma y siempre ha tenido muy claro lo que ha querido.

Mateo debe recordar que es la tercera de las cuatro porque a veces parece la hermana mayor. En eso se parece un poco a él y sonríe hasta que se acuerda de que tiene que hablar con las cuatro. ¿Cómo reaccionarán cuando les diga que quiere que Eneka viva con ellos? Hasta ahora creía con firmeza que no se opondrían, pero empieza a tener alguna duda.

40

EL PASADO SIEMPRE VUELVE

—Estás muy callada hoy...

Laura mira a Mikel con una sonrisa en los labios.

—Estoy concentrada, nada más —le responde ella mientras coloca las pastas en uno de los hornos.

Mikel la nota distante y no sabe bien por qué. El otro día, en su piso, todo fluyó con normalidad y, que él sepa, no hizo nada inconveniente. Ya le hubiera gustado meter alguna marcha más, pero no quiere correr con Laura.

—Pues van a salir las mejores pastas de la semana —le comenta intentando alegrar su rostro.

—Eso me lo dices cada día.

Ambos se ríen porque es cierto, es una frase habitual en Mikel.

—¿Qué tal en tu nuevo piso? —le pregunta Laura.

—¿Puede ser que eche de menos el alboroto de mis hermanas? A veces pienso que soy masoca.

Se ríen de nuevo y Laura asiente.

—Te entiendo perfectamente. Yo también las echaría de menos. En mi casa siempre hay alguien y, cuando estamos todos, aquello parece un bar lleno de gente.

—Y eso da vida, ¿verdad? Pero a mí ya me tocaba salir del nido. Bueno, la verdad es que me apetecía.

—Claro, ahora ya eres un chico independiente.

Mikel se acerca un poco más a ella casi sin darse cuenta mientras apoya los brazos en la mesa.

—Un chico mayor que hace cosas de mayores.

—¿Cómo qué? —pregunta ella con una sonrisilla.

¿Está coqueteando con ella? Porque lo parece...

—Como invitar a una chica preciosa a cenar.

Laura se muerde los labios un segundo y él mira en esa dirección.

—¿Así en plan cita?

—Así en plan serio, que ya soy mayor —responde él guiñándole un ojo.

—¿Y ya se lo has dicho?

Laura no sabe de dónde sale todo ese atrevimiento, pero le gusta ese juego con él.

—¿Quieres cenar conmigo, reina de los pasteles?

Laura se ríe por ese apodo y Mikel admira su bonita sonrisa.

—¿Eso es un sí? —le pregunta él.

—Claro que sí —le responde Laura.

Un pensamiento rápido pasa por su cabeza: Jon. Pero lo descarta de inmediato. Él está en su pasado, aunque se haya cruzado justo ahora en su camino.

—Perfecto, busco sitio y quedamos el... ¿domingo? ¿Te va bien? Es que el sábado he quedado en el piso con mi familia...

—Me va perfecto.

Mikel se va a preparar cafés y Laura sigue con su trabajo mucho más contenta. Le gusta Mikel, mucho. Y le apetece volver a salir con él, aunque ahora parece algo mucho más formal. ¡Una cena! Está emocionada, aunque en parte tiene un poco de miedo. ¿Y si no salen bien las cosas? Es su jefe... ¿No se está complicando demasiado la vida? No, tampoco es el trabajo de su vida. Ella quiere estudiar psicología, ya se ha matriculado para estudiar la carrera online, como está haciendo Gadea. Va a seguir trabajando aquí en invierno por la mañana, porque así ganará el dinero suficiente para pagarse los estudios. No quiere pedirle más a su padre, ya ha pagado suficiente.

Justo en ese momento, suena su teléfono y lo coge casi sin pensar con las manos llenas de harina.

—¿Sí?

—Hola, Laura.

Laura se queda muda porque es Jon y no entiende por qué Jon tiene su número de teléfono.

—Sé que me dijiste que no te llamara...

Sí, se lo dijo claramente.

—Pero no sé, al verte el otro día... ¿No podríamos quedar un día y ponernos al día? Me apetece verte.

Silencio.

—Mucho —acaba diciendo Jon.

A Laura se le acelera el corazón. ¿Qué intenta su ex?

—¿Por qué tienes mi número?

—Íker me comentó que ahora tenías móvil y se lo pedí. No te enfades, Laura, pero quería saber de ti.

Laura se queda callada. Le gusta saber de él, pero al mismo tiempo está aterrorizada.

—¿Estás cabreada?

—No... Pero no esperaba que me llamaras.

—No quiero agobiarte ni nada por el estilo. Recuerdo perfectamente lo que pasó entre nosotros, pero me resisto a pensar que te tengo tan cerca y no puedo ni comunicarme contigo... Y ahora que tienes teléfono...

Laura se apoya en la mesa. No sabe qué decirle porque realmente no esperaba todo aquello.

—Oye...

Su tono de voz suave y dulce la lleva al pasado.

—Déjame ser tu amigo.

—¿Mi amigo? —Le tiembla un poco la voz.

—Solo eso.

Ella se aclara la garganta porque teme que no le salgan las palabras. La verdad es que necesitaría tiempo para pensar en esa respuesta, pero no quiere parecer idiota, solo ha pedido ser su amigo.

—Bien, de acuerdo.

Jon suelta el aire retenido en los pulmones y ella inspira con fuerza. ¿Se va a arrepentir?

Xenia

Hoy es viernes noche, pero le he dicho a Gadea que no puedo ir al bar. Queríamos comentar nuestra última lectura, pero hace un par de días que Martina me va detrás para que quedemos, así que hoy le voy a dedicar el rato que necesite. La creación de ese álbum me parece una idea genial, Martina lo necesita, pero los demás también. Mi madre dejó un vacío inmenso entre todos nosotros. Yo siempre lo he comparado con una silla a la que le falta una pata. Es una silla, sí, pero ya no sirve. No quiero decir que mi familia se haya desintegrado ni nada parecido, pero falta ella y todos lo sabemos.

—¡Xenia!

Martina entra en casa llamándome a gritos.

—Martina, estoy en la cocina —le digo mientras me preparo una manzanilla.

Ella y Harán han cenado en casa de su amigo porque celebraban el santo de su padre y ellos le dan mucha más importancia al santo que al cumpleaños, algo que en mi casa es impensable porque no sabemos ni cuándo es nuestro santo.

—¿Preparada? —me pregunta Martina sonriendo.

Harán lleva una libreta en las manos, parece su secretario y suelto una risilla.

—Cuando queráis, pareja.

Nos sentamos a la mesa de la cocina porque en el salón están Laura y Zoe viendo una película. Mi padre y Eneka se han ido al cine después de cenar.

—¿Tienes la anécdota? —me pregunta Harán mientras abre su libreta.

—Me ha costado elegir, la verdad.

—Cuéntanos —me pide Martina con los ojos brillantes.

Todo aquello le aporta mucho, lo acabo de ver justo en este momento. Cierro los ojos un segundo y vuelvo a mis catorce años sin ningún problema.

—Mamá y yo estábamos en una tienda de la ciudad, mirando ropa para mí...

—¿Y estos pantalones te gustan? —me preguntó con cariño.

—¿No son muy anchos?

—Sí, tal vez sí.

Justo entonces me crucé con dos chicas del instituto bastante idiotas, me miraron y soltaron una risilla. ¿Se reían de mí? A veces me costaba captar según qué matices, pero estaba casi segura de que se habían reído de mí. Mi gesto cambió y se me quitaron las ganas de seguir allí.

—Vámonos, mamá.

Ella me miró preocupada.

—¿Estás bien?

—No, mamá, ¿por qué la gente se ríe de mí?

—¿Gente interesante? ¿Gente que te importa? ¿O gente que te da igual?

Parpadeé un par de veces asombrada por sus preguntas. Esperaba otro tipo de respuesta.

—Gente imbécil, mamá.

—Pues entonces tú misma tienes la respuesta.

—No sé si eso me sirve.

—Mira, Xenia, si esa gente no te importa, no debes molestarte. ¿Vale la pena? No. ¿Consiguen ellas lo que quieren? Sí, que te molestes. ¿Les vas a dar el gusto? No, no deberías. Entiendo que es complicado, pero, créeme, si no consiguen lo que buscan, dejarán de hacerlo.

—¿Seguro?

—Cuando tenía tu edad, llevaba unos aparatos en el paladar, horribles, que me hacían hablar como un pato. El primer día que se rieron de mí, me fui corriendo al baño y me eché a llorar. Mi profesora de matemáticas estaba allí y me preguntó qué me pasaba. Cuando se lo expliqué, me dio este consejo y funcionó. Yo hablaba, algún idio-

ta se reía, pero alzaba la barbilla y continuaba como si no existiera. Al final, se cansan.

Miré a mi madre pensando en que tenía razón.

—Si ahora nos vamos de la tienda, te irás sin la ropa que quieres. ¿Quién sale ganando la partida? ¡Oh, mira estos pantalones!

Sonreí porque mi madre era única.

Salí de allí con mi ropa nueva y mucho más segura de mí misma.

—Y he usado su consejo hasta el día de hoy —les digo pensando que con el tiempo comprobé que mi madre tenía razón.

—A veces nos importan opiniones de gente que ni conocemos —dice Harán asintiendo con la cabeza.

—Sí, no tiene sentido —le apoya Martina.

—Ninguno, porque hay gente malvada que disfruta jodiendo a los demás. ¿Valen la pena? No —les digo.

—Mamá hubiera sido una buena psicóloga —comenta Martina sonriendo.

—Y ahora la foto...

Es una de mis fotos preferidas con ella. Es un selfi que nos hicimos en el sofá la noche antes de su muerte. Solo se nos ve la cara, pero estamos las dos sonriendo mucho, con los ojos felices y estamos dando un beso al aire.

—Es de la noche...

—Antes de su muerte —me corta Martina muy seria mirando la foto.

—¿Cómo la sabes?

—Por la camiseta que lleva —responde con un hilo de voz—. Recuerdo perfectamente que estuve abrazada a ella antes de irme a la cama. Recuerdo que me acompañó a la habitación para ponerme a dormir. Y recuerdo que, antes de cerrar los ojos, vi las rayas rojas de su camiseta... Es algo en lo que he pensado muchas veces, la última vez que estuve abrazada a ella de esa forma.

No puedo evitar que me caigan varias lágrimas. Puedo imaginar a mi hermana con diez años y con todos esos recuerdos en su cabeza. Han pasado cinco años, pero lo tenemos todo muy reciente.

Harán nos ofrece un pañuelo de papel a cada una y nos secamos las lágrimas.

—¿Queréis que lo dejemos para otro día? —nos pregunta con mucho tiento.

—No, no pasa nada —le digo tomando aire.

—Solo nos queda la frase y la palabra —dice Martina.

—Vale, la frase: siempre nos enseñó a luchar y a querernos. Y la palabra no la tuve que pensar demasiado...

Harán y Martina me miran sonriendo.

—Única.

—Lo era de verdad —dice Martina observando a Harán escribir esa palabra en su libreta.

Harán suspira tras poner el punto final y Martina y yo soltamos una risilla. Ese chico es un encanto y yo daría medio brazo por tener un amigo como él... tan sensible, detallista y atento. Ese chico es un amor.

41

SORPRESAS

Xenia

El móvil me ha sonado ya dos veces y empiezo a estar preocupada. Estamos comiendo todos en el salón y lo tengo guardado en el bolso, pero lo oigo de todos modos.

Miro a mi padre y él me devuelve la mirada.

—Papá, ¿y si es Ander?

—¿Puede esperar?

—¿Y si le ha pasado algo a Zeus? Me refiero a eso.

Yo a Ander puedo hacerlo esperar un año si hace falta.

—Anda, cógelo.

Eneka sonríe y mi padre la mira poniendo los ojos en blanco. Me encantan.

Me levanto rápido y busco el móvil.

—¿Lo veis? Es él.

Lo llamo ahí delante con prisas, ojalá Zeus esté bien.

—¡Xenia!

—¿Va todo bien?

—¿Eh? Sí, sí...

—Me has llamado dos veces seguidas.

—Claro, quería hablar contigo.

En ese momento, me doy cuenta de que todos en la mesa están pendientes de mi conversación y les doy la espalda para bajar el tono.

—¿Qué es eso tan importante? Me has hecho pensar que le pasaba algo a Zeus.

—Qué va, Zeus está genial. ¿Haces algo el domingo por la tarde?

Abro los ojos, alzo las cejas y trago saliva ante su pregunta.

—No —respondo para que los míos no sepan de qué hablamos.

—Pues resérvalo para mí.

—¿Y eso?

—Sorpresa.

No me gustan mucho las sorpresas, prefiero saber qué va a suceder en cada momento, pero es algo que también llevo años trabajando.

—Vale.

—¿No puedes hablar? —me pregunta.

—No, es que estamos comiendo.

—Joder, perdona. Ya te mando un WhatsApp más tarde. Hasta luego.

—De acuerdo. Hasta luego.

Dejo el móvil en su sitio y siento todas las miradas de mi familia puestas en mí.

—¿Está bien el perro? —me pregunta mi padre en un tono divertido.

Pues a mí no me hace mucha gracia que estén tan pendientes de mí.

—Perfectamente. ¿Por qué estáis todos tan callados?

—No queríamos molestarte —me responde Laura con el mismo tono bromista que mi padre.

—¿Todo bien con Ander? —pregunta entonces Martina.

Los miro a todos, uno a uno.

—Ander es solo...

No sé qué decir. No es un amigo, no es un compañero ni un colega. Tampoco es ese imbécil de antes.

—Bueno, da igual. Que no alucinéis, que os veo en la cara lo que estáis pensando todos.

Mi familia suelta una buena carcajada que llevan rato aguantándose y yo acabo riendo también.

—Xenia, me encanta tu naturalidad —me dice Eneka en un susurro.

La miro sonriendo. Entiendo lo que dice. Mis hermanas son más comedidas en ciertos temas, a mí no me importa hablarlos en la mesa. Pero están equivocados si creen que entre Ander y yo pasa algo. Lo único que pasa es que este domingo Ander pierde su primera apuesta y yo voy a ganar cinco libros, ni más ni menos.

—Bueno, es el momento —dice Mateo cuando han terminado de cenar.

Les ha pedido que hoy cenen todos juntos, también con Eneka, porque quiere hablar con sus hijas. Ellas lo miran expectantes, ya saben qué van a decirle, pero esperan a que su padre comience la charla. Eneka lo mira seria, teme que a toda ellas les parezca mal su petición.

—Quiero hablar con vosotras de algo que es muy importante para mí.

Todas esperan en silencio.

—Le he pedido a Eneka que vivamos juntos, que viva aquí. —Mateo las mira de una a una y continúa—: Quizá pensáis que llevamos poco tiempo juntos, pero a nuestra edad las cosas se ven de otro modo. Yo se lo he pedido a Eneka, pero ella quiere saber vuestra opinión.

—A ver, primero quiero deciros que no quiero cambiar nada —empieza a hablar Eneka mirándolas—. Si no os apetece tener a una más en la casa, yo lo entiendo perfectamente. Sois una familia y yo he aparecido de repente.

—¿Qué significa que no quieres cambiar nada? —le pregunta Xenia.

—Que no quiero alterar vuestras vidas ni vuestra familia.

—¿Ni cambiar muebles y eso? —insiste Xenia.

Eneka sonríe.

—Tampoco. A mí vuestra casa me encanta tal y como está. Creo que soy yo quien tendría que adaptarse a vosotros.

Las hermanas se miran entre sí muy satisfechas, Eneka les ha dicho lo que ellas querían casi por propia iniciativa.

—Creo que sería terrible que llegara a vuestro hogar y quisiera imponer mi voluntad.

—Tú nunca harías eso —dice mi padre con rapidez, lo que provoca la sonrisa de sus hijas.

—Lo sé, pero quiero que vosotras también lo sepáis.

—Pues bienvenida —le dice Laura con entusiasmo.

—Gracias, Laura, pero necesito que estéis todas de acuerdo.

—Cuando quieras, esta es tu casa —le dice Zoe muy segura.

—Claro, bienvenida —suelta Xenia animada.

Martina se muerde el labio mientras todas las cabezas se vuelven hacia ella. Quiere que su padre y Eneka sean felices, por supuesto, pero cree que todo esto le va a chocar un poco.

—¿Martina? —le pregunta su padre.

—Quiero que se instale, claro que sí. Pero ¿no será todo un poco raro?

Eneka le sonríe con cariño.

—Claro que lo será, sobre todo al principio. Para mí también, Martina, pero espero que funcione bien. Yo prometo no venir en plan madrastra, odio ese papel en los cuentos...

Todos se ríen al mismo tiempo.

—Os he dicho que no quiero cambiar nada porque me pongo en vuestro lugar y es lo que yo querría.

—Yo también intento ponerme en el tuyo e imagino que es complicado empezar a vivir con las hijas de tu pareja —le comenta Zoe.

—No tanto si esas hijas sois vosotras. Ya os conozco un poco y creo que estaremos bien.

—Sí, seguro que sí —comenta Laura convencida.

—Claro que sí —dice Mateo acercando a Eneka a su cuerpo con un brazo—. Sois las mejores.

Sueltan una risilla conjunta y él continúa hablando.

—Antes de dar por terminada esta charla, tengo una pregunta.

—Dispara —le dice Xenia.

—Justamente es para ti.

—Dime.

—¿Por qué no te ha sorprendido la noticia?

—¿Eh?

—No esperaba que las demás expresaran su sorpresa, pero tú, cariño... Esperaba alguna reacción...

Xenia mira a su padre a los ojos. La conoce a la perfección y sabe que lo normal hubiera sido que ella saltase enseguida de forma acelerada con mil preguntas. No le gusta el cambio de rutinas, se pone nerviosa. Y Mateo ha visto demasiada tranquilidad en su hija.

—Ya lo sabía —suelta Xenia.

No quiere mentir. Una cosa es omitir la verdad y otra muy distinta mentir.

—¿Lo sabías?

—Os oí hablar del tema. Fue sin querer —confiesa Zoe.

—Y lo hablamos las cuatro —continúa Laura.

Su padre las mira entre asombrado y divertido.

—Estábamos esperando que nos lo dijeras —dice Martina.

—Vaya, vaya, así que ya lo sabíais... —Mateo sonríe a sus hijas.

—Sí y nuestra única condición era decirle a Eneka que no cambiara nada de la casa ni nuestras costumbres —explica Xenia.

—Pero como eso ya lo ha dicho ella, pues perfecto —concluye Laura.

Mateo se vuelve hacia Eneka.

—Esto mismo con cuatro chicos no me hubiera pasado, ¿lo sabes, no?

Sus hijas y Eneka sueltan una buena carcajada y continúan hablando de otros temas menos trascendentales hasta que poco a poco van despejando la mesa. Al final, solo quedan Mateo y Eneka.

—¿Has traído el pijama? —le pregunta él.

—¿Eh? No...

—Pues hoy duermes con uno mío...

—Pero, Mateo, vamos a esperar...

—No hay nada que esperar. Ellas están de acuerdo y yo me muero de ganas por verte rondando por mi habitación en braguitas.

Se ríen los dos y se miran como deben mirarse dos enamorados.

—Te quiero...

—Y yo...

A Mateo se le hincha el corazón. Hace cinco años se le truncó la vida y pensó que jamás podría volver a amar. Por eso mismo se siente el hombre más afortunado del mundo. Tiene cuatro hijas preciosas, las tuvo con Luna, a quien amaba con locura. Y ahora vuelve a sentir que el amor corre por sus venas. ¿Y qué sentimiento mejor que ese para sentirse vivo?

42

COSQUILLAS QUE DUELEN

Harán está un poco callado y Martina intenta saber por qué. Están en la plaza Mayor del pueblo porque ella ha quedado allí con Nerea.

—¿Seguro que no te pasa nada?

—Que no, en serio.

Martina no termina de creérselo, pero no quiere insistir más. Si su amigo quiere, ya le dirá lo que le ocurre. Ellos siempre se respetan mucho y saben que al final el otro termina explicándolo todo.

—Vale, vale. Estoy nerviosa.

Harán le sonríe a medias.

—Seguro que ella también lo está.

—No sé, ella es como muy segura, ¿sabes?

—Y tú vales mucho, así que deja de preocuparte.

—¿Qué vas a hacer tú?

Es sábado por la tarde y Harán no tiene plan.

—Igual me paso por el bar y me tomo algo con Daniel y los demás.

—Hola, Martina.

Ambos se vuelven y se encuentran con una Nerea sonriente y feliz.

—¡Nerea!

—Hola, Harán.

Él la saluda intentando disimular esa animadversión que ha empezado a sentir hacia ella.

—Hola, Nerea. Esto... me voy, ¿vale?

Martina asiente con la cabeza y le da un beso en la mejilla.

—Te llamó más tarde —le susurra.

Harán se va sintiendo el cosquilleo de la voz de su amiga en su oído. Le encantaría que esas palabras tuvieran otro significado, pero la realidad es que ella lo llamará para explicarle cómo le ha ido la cita con otra persona. Con Nerea. No tiene nada en contra de esa chica, al contrario, le caía bien hasta que se ha enterado de que quiere algo con Martina.

Se autoculpa diciéndose que quizá debería haber dado algún paso con su mejor amiga, lleva mucho tiempo sintiendo cosas por ella. ¿Por qué no se ha atrevido a decirle algo? Tiene clarísimo por qué. Son muy amigos, los mejores amigos del mundo, y mezclar la amistad con sentimientos románticos solo puede traer problemas. Él ya ha barajado un par de opciones.

La primera: Harán le dice lo que siente y Martina le dice que no siente lo mismo que él. A él se le rompe el corazón, ¿y qué ocurrirá entonces? ¿Cambiará su relación? ¿Martina lo mirará con recelo? ¿Podrán seguir siendo los mejores amigos? Solo tiene quince años y ha vivido poco, pero lo duda. Lo duda y mucho.

La segunda: Harán le dice lo que siente y Martina le confiesa que también tiene sentimientos hacia él. Pasan de amigos a ser una pareja, pero con el tiempo surgen las peleas, las discusiones y los malos rollos. Acaban mal y rompen. Entonces, es evidente que Harán se queda sin nada, sin amiga y sin amor. Y esa opción no la quiere ni imaginar, prefiere pasar la vida enamorado de ella y tenerla a su lado. Solo de pensar que no hablaría más con ella, que no escucharía su risa, que dejarían de ser los mejores amigos del mundo... le da algo.

También podrían terminar bien, pero sabe que nunca volvería a ser lo mismo y no quiere perder lo que tiene con Martina por nada del mundo. De ahí que lo mejor sea callar, quedarse a un lado y observar como Martina hace su vida. Él podría hacer lo mismo, pero no le apetece liarse con ninguna chica. Es jodido, pero espera que con el tiempo se le pase, algo que también duda.

Martina observa a su amigo hasta que gira la esquina. No le gusta dejarlo solo, pero ambos tienen otras amistades y saben que es sano relacionarse con otra gente. Si no lo hicieran, acabarían existiendo solo ellos dos y acabarían teniendo una dependencia emocional nada recomendable.

—¿Damos un paseo? —le pregunta Nerea.

—Claro.

Nerea la pone un poco nerviosa porque la ve muy segura de sí misma y ella aún no tiene nada claro. Ha accedido a salir con ella por el pueblo porque le apetece tener otra de esas charlas interesantes, pero ¿quiere algo más? Lo mejor es que se deje llevar y que no piense tanto, tampoco le está sirviendo de mucho.

Su nueva amiga le habla de una serie que ha visto en Netflix y al minuto Martina está charlando con ella cómodamente. Van paseando sin rumbo fijo hasta que llegan a otra plaza más pequeña donde se sientan en un banco bajo la sombra de un gran árbol. Siguen con su conversación con entusiasmo y de la serie pasan a una película y de la película a unos libros que está leyendo Nerea. Martina ya los ha leído y le encanta poder destriparlos con ella.

Es como estar con Harán, con quien también puede hablar de todo.

Al cabo de una hora, se levantan para seguir con el paseo y Nerea le va preguntando cosas sobre el pueblo. Ella siempre ha vivido en la ciudad y le gusta ese aire familiar que se respira allí. A Martina le gusta lo que oye porque, a veces, los adolescentes de la ciudad se ríen un poco de ellos. Es verdad que en la ciudad hay muchos más servicios, pero en el pueblo tienen lo necesario y, sobre todo, tienen calidad de vida. Si necesitan algo de la ciudad, solo tienen que coger el autobús. La vida en su pueblo es mucho más tranquila, pero a Martina le encanta, en la ciudad todo va demasiado rápido.

—¿Y aquí trabaja tu hermana?

—Exacto, es la tienda de comestibles y justo delante está la librería.

Martina ve a Ander en la puerta, se está comiendo una manzana y la saluda con la cabeza. Ella le devuelve el saludo y Nerea lo mira con curiosidad.

—Es Ander, estudia dos carreras y trabaja en la librería. Ahora en verano está todo el día currando.

—Un cerebrito.

—Sí, aunque nadie lo diría. Le va mucho la fiesta y eso.

—Ya veo, una cosa no está reñida con la otra.

Nerea le da un repaso rápido a ese chico. Es guapo, eso es evidente, y tiene buena planta, pero a ella no le interesa nada y vuelve la mirada hacia Martina.

—¿Estás nerviosa? —le pregunta.

—¿Eh? ¿Por qué?

Martina teme que le diga algo que la incomode. No sabe si está preparada para ir más allá. Está muy a gusto con ella, pero necesita su tiempo.

—Por lo del concurso de San Sebastián, ¿no anuncian el ganador dentro de nada?

—¡Si! Es verdad. A finales de semana, dicen el ganador por redes. Van a enseñar el dibujo por todas sus cuentas.

—¿Te imaginas que...?

—Qué va, ojalá, pero es muy difícil. Estoy segura de que habrá dibujos mucho mejores que el mío.

—No sé yo...

Martina la mira y ambas se ríen. Hay complicidad entre ellas, eso se nota.

—Allí está el famoso bar de nuestro querido pueblo.

—Pues se ve grande...

—Lo es, solo hay uno, pero es enorme.

—¿Y qué tal el ambiente? ¿Va gente joven y eso?

—Sí, sí. A ver, por la mañana, hay mucha gente mayor y a mediodía igual, pero por la tarde y por la noche está lleno de jóvenes. Muchos toman la primera ronda aquí y después se van a la ciudad.

—¿En coche? —pregunta un poco alarmada Nerea, lo que provoca una risilla de Martina.

—No, la mayoría van en autobús, aunque los que van en coche suelen turnarse para no beber. No sé si lo cumplen o no. Yo no salgo por la ciudad.

—Yo tampoco. Quiero decir, no salgo de noche y eso. Mis padres no me dejan todavía. A ver, que puedo llegar a las once a casa, pero nada de salir de fiesta.

—Bueno, nosotros tampoco llevamos ese rollo aquí.

—Ya, nosotros igual. Ya habrá tiempo, ¿verdad?

—Exacto. No tengo ninguna prisa en hacerme mayor.

Nerea se ríe y Martina le da un codazo con suavidad. Nerea se revuelve y le hace cosquillas en la parte baja del cuello. Martina se troncha de la risa y entonces da un giro rápido para devolverle esas cosquillas. Se ríen, mucho, mientras alguien las mira a través de la ventana del bar.

Harán está con la boca abierta, observando cómo el cielo se llena de nubes hasta tal punto que apenas se ve la calle. Eso es lo que imagina, porque en realidad brilla el sol, pero para él todo se ha oscurecido.

Duele, duele mucho.

Su mejor amiga está haciendo el tonto con aquella chica que le cae bien. Se lo están pasando muy bien, están riendo como dos crías y él no puede dejar de mirarlas.

—Harán, tío, ¿estás o no estás?

Han empezado una partida de cartas, a tres euros la partida, pero es incapaz de soltar una carta, así que coge la primera que pilla y la tira. Le da igual todo. Le importa una mierda la partida, los tres euros y su puta madre.

Martina está descojonándose con aquella chica. Como hace con él. La ve feliz. Como con él.

Va a perderla, en ese momento lo tiene claro. Eso si no la ha perdido ya...

43

EL MEJOR DÍA DE MI VIDA

Xenia

Estoy entre nerviosa, emocionada y algo tensa. Estoy esperando a Ander porque me ha dicho que me recogería con el coche a las siete en punto. Quedan tres minutos y, si pudiera, le pondría cualquier excusa para no quedar. No me ha querido decir de qué va la sorpresa, pero temo que no me guste o que me lleve un chasco. Eso es lo peor de las sorpresas, cuando tienes que disimular que te gusta algo y no es así. A mí me cuesta no ser sincera y no mostrar lo que siento, pero lo intentaré. Si la sorpresa es una mierda, le sonreiré estirando mucho los labios y le diré un gracias escueto y simple. Me sabe mal ser borde, pero no puedo dar más de mí.

Oigo el coche a lo lejos, creo que es el suyo y miro el reloj. Queda un minuto. Me gusta ese tipo de puntualidad, ni mucho antes ni con retraso. Odio cuando la gente te hace esperar, como si tu tiempo no tuviera valor alguno.

Aparca el coche en la entrada y voy hacia allí con paso seguro.

—Xenia.

—Ander.

Nuestro tono es divertido y ambos nos reímos, sin saber muy bien la razón.

Subo al coche y Ander arranca en dirección a la ciudad.

—¿Me vas a decir ya a dónde vamos? Las sorpresas me ponen nerviosa.

Me mira un segundo y sonríe de medio lado antes de juntar los labios en ese gesto tan suyo que hace cuando está pensando.

—No pienses tanto y dímelo —le ruego.

—¿Cómo sabes que estoy pensando?

—Porque te conozco.

No voy a decirle que lo he observado en muchas ocasiones y que por eso sé qué significan algunos de sus gestos.

—Vaya, vaya. Interesante.

—No me cambies de tema.

—Estaba pensando en si decírtelo o no. No quiero ponerte nerviosa ni que te agobies, ¿puedes confiar en mí? Te va a gustar.

—¿Y cómo lo sabes?

—Porque te conozco.

Nos miramos un segundo y él vuelve la vista al frente para conducir. Sonreímos al mismo tiempo.

Bueno, sea lo que sea, tendré que esperarme, así que decido disfrutar del recorrido charlando con él. En las últimas semanas, he descubierto que la mente de Ander es demasiado interesante como para no interactuar con él. Sin darme cuenta, llegamos a la ciudad y aparca en una de las calles principales.

—Vamos a ir allí.

Me señala una pequeña cafetería que hay en una de las esquinas. En el cartel se ve una taza de café con humo y unas estrellas muy bonitas.

—¿Vamos a merendar?

—Sí, algo así.

—¿Algo así?

—Sí, es una merienda.

Lo miro asombrada. ¿Esa es la sorpresa? A ver, que no me parece mal, pero tanto como para llamarlo «sorpresa»...

—Pues estoy muy sorprendida —le digo para no herir su ego.

Ander suelta una carcajada y lo miro sin entenderlo.

—¿De qué te ríes?

—De tu buen corazón. Y yo que pensaba que eras una borde de mucho cuidado.

—No empecemos que prefiero no decirte lo que yo pensaba de ti.

—En pasado —comenta sonriendo.

—Sí, eso sí.

Nos sonreímos de nuevo y Ander mira el reloj.

—Vamos a esperar un par de minutos.

—¿Por qué?

—Eh... La apuesta.

Lo dice como si se le hubiera ocurrido de repente.

—La que has perdido.

—Sí, esa misma. ¿Por qué no estás comiendo de mi mano, verdad?

—Más quisieras, así que ya sabes, me debes cinco libros.

—Pásate cuando quieras o me dices los que quieres y te los preparo.

—Quiero el nuevo de Carmen Mola, muero por leerlo.

—¡Buf! Yo también, espero que esté a la altura de *La novia gitana*.

—Ojalá, porque esas historias me dejaron el alma encogida.

Ander me mira fijamente y yo le sostengo la mirada, aunque siento cosas extrañas en la nuca.

—Vale, ya es la hora. ¿Vamos?

Lo sigo hacia la cafetería y entro detrás de él, con lo cual no veo bien su interior hasta que ya estoy dentro.

—¿Ander y Xenia?

—Sí, somos nosotros. ¿Marta?

—Sí, encantada.

Ander saluda con la mano a una mujer alta y muy bien vestida. Está al lado de una mesa larga preparada con muy buen gusto con varios dulces, bebidas y... ¿puntos de libro?

Alzo la vista para observar a la gente que hay sentada alrededor y la mayoría me sonríe.

—Podéis sentaros, en nada llega.

Miro a Ander extrañada, ¿quiere que me siente allí con todos esos desconocidos? ¿Qué mierda de sorpresa es esta?

—Confía en mí —me dice al oído en un susurro.

Me siento para no liarla y porque quiero mirar de cerca esos puntos de libro. No entiendo nada hasta que cojo uno y lo leo: *Una corona de huesos dorados* de Jennifer L. Armentrout. Alzo las cejas con curiosidad.

—¿Es una reunión para hablar del libro? —le pregunto en un tono bajo a Ander señalando el punto de libro.

—Algo así.

—Joder, podrías ser más explícito.

Ander suelta una risilla mientras observamos a un señor alto y delgado que coloca varios libros de la escritora en la mesa y uno delante de cada persona que estamos allí sentadas.

—¿Y esto? —le pregunto—. Yo no necesito el libro, me lo sé de memoria. Gadea y yo nos lo leímos en menos de una semana.

Ander suelta otra risilla y le doy una patada por debajo de la mesa. Estoy preparada para su respuesta, pero entonces oigo que las demás personas murmuran emocionadas y levanto la vista para ver, ni más ni menos, que a la mismísima Jennifer. ¿Estoy viendo visiones? ¡Joder! Cojo el brazo de Ander sin darme cuenta y se lo aprieto fuerte. Él me mira sonriendo.

—He aquí la sorpresa.

—Dios, Ander, igual me da un puto infarto —digo casi sin voz.

Estoy impactada, pero ella se sienta allí con nosotras y nos saluda en inglés. Todos le responden menos yo, que me he quedado muda.

Esto no es una sorpresa, es algo... ¡increíble!

Me vuelvo hacia Ander, que me está observando con su sonrisa ladeada. Lo miro emocionada. ¿Por qué estamos allí sentados con Jennifer?

La señora elegante empieza también a hablar en inglés y todo el mundo calla.

—Muchas gracias a todos por asistir a esta pequeña merienda con nuestra querida autora Jennifer Lynn Armentrout. Primero vamos a hablar un poco del libro y después, si queréis, pasamos a las preguntas.

Madre mía, yo quiero preguntarle un millón de cosas. ¿De dónde saca todas esas ideas? Cuando escribe, ¿lo tiene todo ya en su mente o va surgiendo a medida que va hilando la historia? ¿Los finales de los libros de la saga los tiene claros desde el principio? Quiero saberlo todo.

La autora nos saluda y empieza a hablar por encima de la saga, se entiende que allí todos hemos leído los tres libros que se han publicado en España, así que lo hace sin miedo y me encanta saber cómo creó el personaje de Hawke o de dónde sacó la idea de la doncella. Me paso la siguiente hora casi sin respirar, escuchándola atentamente porque no quiero perderme ni un detalle, y como es en inglés, tengo que concentrarme un poco más. Cuando termina, nos invita a que le hagamos preguntas y todo el mundo se queda en silencio, imagino que por el respeto que le tenemos.

—Hola, soy Ander. Muchos de los elementos de esta increíble saga están inspirados en la mitología griega, ¿es algo que te apasiona?

Miro a Ander mientras dice aquellas palabras. Seguro, tranquilo y con una bonita sonrisa en el rostro. ¿Se puede ser más guapo? Vale, vale, es la emoción del momento y de todo aquel tinglado.

Jennifer suelta una risilla y le contesta con entusiasmo mientras los demás escuchamos muy atentos.

Después de Ander, se anima otra chica a preguntarle y así sucesivamente hasta que ya ha hablado casi todo el mundo. Ander me mira y con la mirada me anima a que pregunte, sabe que adoro esa saga.

—¿Encontrará Poppy respuestas a todas sus dudas? —me atrevo a preguntar finalmente.

Jennifer me mira e intento no parecer una fan loca, porque es lo que soy. Me sonríe y me siento flotar entre las nubes, me da igual si son nubes negras o nubes cargadas de rayos, siento que levito entre ellas.

—Poco a poco va a ir encontrando todas esas respuestas que no tiene...

La escucho, pero al mismo tiempo, pienso en Ander. Ahora mismo lo adoro. Está comiendo un minicruasán mientras escucha atento. Yo no he comido nada, no he podido de la emoción, aunque he ido bebiendo un zumo de naranja natural riquísimo.

Marta, la señora elegante, le pregunta un par de cosas más y entonces nos invita a hacernos una foto con ella y a que nos firme el libro que nos han dejado en la mesa. Cuando llega mi turno, estoy temblando por dentro, pero hablo con ella intentando aparentar una normalidad que no siento. ¡Es ella! Cuando se lo diga a Gadea le va a dar un patatús.

Al salir de allí, sigo flotando. En cuanto hemos dado unos pasos, me lanzo hacia Ander y lo abrazo.

—Madre mía, Ander. Gracias por el mejor día de mi vida.

Suelta una risilla y me rodea la cintura con sus brazos. Siento el calor, la cercanía, su aroma, lo bien que se está allí y levanto la vista hacia él. Sus labios dejan de sonreír y me mira serio.

—Ander...

—Xenia...

44

¿Y AHORA QUÉ?

Ander siente que su cuerpo se acaba de convertir en gelatina. En algo inconsistente que no controla y que está a punto de desparramarse por el suelo. Inspira con fuerza para tomar el mando de la situación, pero con esos ojazos mirándolo fijamente es complicado.

Tiene ganas de besarla. Muchas. Quiere besarla hasta que se termine el mundo.

Cierra los ojos un segundo. ¿Hasta que se termine el mundo?

Se acerca a Xenia despacio, teme que en cualquier momento desaparezca de entre sus brazos, tampoco le extrañaría nada, pero sus ganas de tocar esos labios de nuevo pueden con ese miedo. Siente una pequeña sacudida en el pecho. ¿Debería detenerse?

Coloca un dedo en el rostro de Xenia y lo sigue despacio mientras nota que se le acelera la respiración de los dos. Por un segundo piensa en dejar de tocarla, dar un paso atrás y disculparse, pero ese pensamiento lo despacha de su cabeza con rapidez.

Necesita esto y ahora.

—Creo que voy a besarte —le dice mientras acerca sus labios a los de ella muy despacio.

Encuentra su boca y el calor se expande por todo su cuerpo. Se acerca un poco más y presiona con cautela. Xenia no ha reaccionado y teme lo peor, pero de repente ella le abraza el cuello y entreabre sus labios. Un latigazo en su sexo le indica el deseo que siente por ella, pero se contiene, no quiere ser brusco ni parecer un desesperado. Quiere besarla con mimo, con cuidado, sin prisas. Quiere que ese beso quede grabado a fuego en sus labios.

En los de los dos.

Xenia

Mi deseo ha tomado el control de mi cuerpo y me he rendido. ¿Para qué luchar contra algo que necesito con urgencia? Estamos en medio de la calle, pero me da igual, yo necesito besarlo.

Entreabro los labios y Ander introduce la lengua con timidez, algo que me excita sobremanera. Pensaba que sería de esos chicos que besan con rudeza, sin miramientos y no, está haciendo todo lo contrario.

Sus manos envuelven mi cintura y me acerca más a él mientras seguimos besándonos. Me pregunto por qué no hemos repetido esto mucho antes, me encanta besarlo. Es como tocar el cielo con los dedos, como meter las manos en el agua transparente del mar.

Nos separamos un poco para poder coger aire.

—Xenia —dice entre asustado y sorprendido.

Entiendo lo que siente porque a mí me ocurre lo mismo. Esto puede convertirse en algo muy adictivo y las adicciones nunca son buenas.

Me acerco a él antes de que me arrepienta y deslizo mi lengua por sus labios. Ander gime y la parte baja de mi estómago palpita durante un segundo. Nos besamos de nuevo sintiendo la respiración agitada del otro y pegando nuestros cuerpos. Nos tocamos por todos los puntos, pero no nos movemos.

Cuando nos separamos, nos miramos a los ojos.

—Deberíamos irnos —me dice muy serio.

Sí, deberíamos, porque acabaremos montando un numerito innecesario aquí en medio.

Asiento con la cabeza y nos vamos hacia el coche en silencio. Él no lo sé, pero yo me siento excitada y asombrada al mismo tiempo. Sé que me he lanzado a sus brazos para abrazarlo, pero no era mi intención cruzar esta línea. Porque... ¿ahora qué?

¿Y ahora qué? La verdad es que Martina no sabe muy bien cómo despedirse de Nerea. Han pasado la tarde juntas y se lo ha pasado genial. Han quedado en verse en una semana, ella cogerá el autobús e irá a la ciudad.

—Bueno, me ha encantado pasar esta tarde contigo. Los domingos suelen ser un rollo, pero hoy ha sido especial —le dice Nerea mirándola fijamente.

—Yo también me lo he pasado muy bien, me he reído mucho.

—Eso es bueno —comenta Nerea en un murmullo.

Martina siente un cosquilleo en su estómago, pero no sabe si son nervios o si es porque le gusta Nerea.

Nerea se acerca al rostro de su amiga, despacio porque no sabe cómo va a reaccionar. Le da un beso suave en los labios y la mira con intensidad. Quiere decirle mil cosas, entre ellas que le gusta mucho, que hacía tiempo que una chica no le gustaba así, pero se calla. Le dijo que se dejaran llevar y ella no quiere agobiarla. Sabe que Martina no ha estado nunca con una chica y sabe que esto al principio es un poco complicado.

—Nos vemos.

—Sí, nos vemos —le dice Martina sonriendo.

Nerea se despide con la mano mientras sube al autobús. Cuando está allí sentada y el vehículo arranca, Martina le envía un beso con la mano. Nerea le sonríe y le guiña un ojo.

Le gusta, esa chica le gusta, pero teme equivocarse. ¿Y si no le gusta en el sentido romántico? No lo tiene nada claro. Se dirige hacia la plaza Mayor para coger su bicicleta y regresar a casa. Piensa en Harán, está en el bar y podría ir a hablar con él. Pero prefiere no molestarlo, está pasándoselo bien con sus amigos.

Se va a casa y, nada más dejar la bicicleta, le llega un mensaje de su mejor amigo.

Harán

Espero que haya ido genial.

Martina

¿Puedo llamarte? No quiero molestar.

Harán

Estoy ya en casa y tú nunca molestas.

Martina entra en casa, saluda rápido a su padre y a Eneka, que están preparando la cena, y se va a su habitación. En casa no hay nadie más, así que puede hablar con tranquilidad.

—Hola, Harán.

—¿Qué tal?

—Ay... estoy hecha un lío, ¿sabes? Nerea es un encanto, me lo he pasado muy bien con ella. Es interesante, divertida y sabe escuchar.

—¿Pero?

Harán sabe que está a punto de decir ese «pero».

—Pero no tengo claro que quiera algo con ella en ese plan...

Él hace un esfuerzo por no suspirar con fuerza. ¿Qué puede aconsejarle? Es su mejor amiga, eso lo primero, y debe dejar a un lado todos sus sentimientos por ella.

—¿Ha pasado algo?

—Nerea me ha besado al despedirnos. Ha sido un simple beso, sin más, y yo no he hecho nada.

—¿Has sentido algo?

—Es que no lo sé. No quiero confundirme ni confundirla a ella. Todo esto es demasiado nuevo para mí.

—Entiendo. Entonces, tranquila, no tienes que decidir nada esta misma noche, ¿no?

—Sí, es verdad. Hemos quedado dentro de una semana.

—Ajá.

—Iré a la ciudad y daremos un paseo por allí.

—Pues entonces tómatelo con calma. Os volvéis a ver y ya irás viendo.

—Sí, tienes razón. Tampoco hace falta que me raye. No sé qué haría sin ti, Harán.

Él se muerde el labio por dentro cuando oye sus palabras. Le jode que Martina tenga dudas con respecto a esa chica, pero le daría igual si fuese un chico. Lo que le jode es que salga con alguien y que ese alguien no sea él.

—¿Y tu tarde qué tal?

Harán le explica un poco qué es lo que ha hecho con sus amigos y ella también le comenta por dónde ha paseado con Nerea. Enseguida hablan de otros temas hasta que los padres de Harán lo reclaman para poner la mesa.

—¿Nos vemos mañana? —le pregunta Martina.

—Mañana no puedo.

Martina se sorprende porque habían quedado el lunes para seguir haciendo el álbum, les quedaba pasar a limpio el testimonio de Xenia y quería ya explicar su anécdota también.

—¿Y eso?

—Mi madre quiere que la acompañe a la ciudad.

—Vale, ¿pues el martes?

—El martes tengo dentista.

—Joder, es verdad. ¿Quieres que te acompañe?

—Prefiero que no me veas cagado de miedo.

Martina sonríe, pero en parte le fastidia que no quiera que lo acompañe.

—Vale, pues ya quedaremos.

—Vale, te dejo, que mi madre me va a gastar el nombre.

—Sí, sí, hasta luego.

—Adiós.

Martina mira el móvil sin verlo porque está pensando en ese «adiós». ¿Adiós? ¿Desde cuándo ellos se dicen adiós? Nunca. Siempre se despiden con un «hasta luego» o algo similar. ¿Le pasa algo a Harán? Lo nota un poco raro. Quizá no tiene un buen día, eso también le ocurre a ella de vez en cuando. No todos los días son de puta madre, algunos son mediocres y otros son una mierda de las grandes. Tal vez Harán tiene uno de esos días.

Sale de su habitación y baja por las escaleras mientras mira por el móvil en Instagram. Le salta la página del concurso del Salón Internacional del Dibujo de San Sebastián y cuando lee una de sus historias abre mucho los ojos: «En menos de 24 horas sabremos el ganador, ya lo tenemos y os aseguramos que es un dibujo increíble». Martina se muerde los labios, nerviosa. No va a ganar, pero aún quedan posibilidades y, por un momento, sueña con que podría ser ella la protagonista de ese concurso. Con rapidez, vuelve a la realidad y niega con la cabeza. Es imposible, lo sabe. Dibuja por placer, no ha recibido ningún tipo de enseñanza y hay miles de personas que dibujan de maravilla, lo ve cada día en TikTok o en Instagram.

Justo en ese momento, le llega un mensaje de Nerea a través de Instagram. Le ha enviado esa misma historia y enseguida le ha enviado un audio: «Yo creo que vas a ganar, pero ganes o no ganes, para mí eres la número uno. Por muchas cosas. Un beso».

Martina sonríe y piensa que es muy afortunada por tener personas tan bonitas a su lado. Ella también le envía un audio: «Gracias, Nerea, quizá no gano porque yo ya tengo mucho ganado con personas como tú a mi lado».

45

MUCHO MÁS

Laura ha cogido el bus para acudir a su cita con Mikel. Él ha insistido en recogerla con su coche, pero ella se ha negado en rotundo porque van a cenar en la ciudad, no quiere que haga tantos viajes y ella puede coger el autobús sin problema.

Ahora está un poco inquieta, la cena de hoy es una cita en toda regla y ambos lo saben. Han estado tonteando de forma sutil en la cafetería y ha llegado la hora de la verdad. A ella le gusta mucho Mikel, muchísimo, pero le da pánico enamorarse de él. ¿Y si no es correspondida? ¿Y si lo es, pero al cabo de un par de meses la deja? ¿Y si se va con otra? ¿Y si... y si...? Su cabeza le lanza un millón de ese tipo de preguntas y Laura se obliga a dejar de pensar de esa forma. No le hace ningún bien. Debe afrontar la vida con valentía, todo el mundo se enamora, todo el mundo cae y se vuelve a levantar. A mucha gente le han roto el corazón y no por ello deja de amar a otras personas. Ella no va a ser menos.

Su historia con Jon no salió bien, como muchas otras, aunque en el fondo sabe que estaban hechos el uno para el otro. Solo que las cosas se complicaron y él metió la pata. Fue un error que ella no le pudo perdonar y que realmente la partió en dos. Entre eso y lo de su madre, Laura ha pasado unos años muy duros. Y ahora se le presenta Mikel, con su cara guapa, sus ojos azules y su sonrisa permanente. Es un hombre interesante, divertido y muy activo. Le gusta mucho eso de él. La verdad es que le gusta todo de él, pero sus temores no son infundados. Confiaba en Jon como en nadie, le entregó su alma y él la destruyó a mordiscos.

Y quiere volver a ser su amigo... Todavía está intentando digerir eso, pero hoy no va a pensar en él. Hoy va a cenar con Mikel y se lo van a pasar en grande. Está segura.

Cuando el autobús llega, él ya la está esperando, apoyado en la parada, sonriéndole.

—¿Quieres que me dé algo? Estás guapísima.

Laura suelta una risilla tímida y se sonroja. Él no se corta un pelo y le gusta, pero a veces le da vergüenza que sea tan directo.

—Tú también estás muy guapo.

Le da un repaso rápido: vaqueros rectos, camiseta negra y zapatillas de piel negra también con una raya blanca. Informal, pero atractivo.

Se dan dos besos muy cerca de los labios y ambos sueltan una risilla. Ha sido sin querer, pero les ha subido la temperatura un par de grados.

Él coge la mano de Laura con naturalidad y la guía hacia una calle estrecha con un cartel iluminado donde pone: «Amor en el bosque».

—¿Es un restaurante?

A Laura le hace gracia ese nombre.

—Sí, claro. No te voy a llevar a una casa de citas.

Laura y él se ríen. Alguien les abre la puerta y, cuando Laura entra, lo mira todo con curiosidad. La luz ambiental es tenue, cada mesa tiene su propia lamparita que la ilumina sin problemas, y el lugar huele muy bien, como si estuvieran en medio de la naturaleza.

Laura mira a Mikel con ilusión. Es un sitio muy bonito, no se esperaba algo tan original. Las paredes blancas están decoradas con dibujos pequeños que parecen hechos a mano: corazones, árboles, cabañas de madera, montañas, flores...

—Me encanta —dice Laura en un murmullo.

Una chica muy amable los lleva hacia una de las mesas y los invita a sentarse. Les indica que tienen el código QR en la misma mesa y desaparece con sigilo.

Ambos sacan el móvil y miran la carta a través de la pantalla para elegir los platos. Deciden compartir una ensalada griega de primero y, de segundo, osobuco de cerdo en salsa, la especialidad del chef.

—¿Te apetece beber vino? —le pregunta enseguida Mikel.

—Sí, elige tú mismo.

Mientras Mikel mira la carta de vinos, ella se dedica a observar los detalles de la pared. Hacía mucho tiempo que no iba a un restaurante, pero es que este lugar le parece como mágico. Mira a Mikel sin reparo y siente un escalofrío por todo su cuerpo. No quiere enamorarse de él, la verdad es que no quiere volver a enamorarse, pero empieza a entrever que eso no está en sus manos. Los sentimientos son difíciles de controlar y Mikel tiene muchas cualidades que a ella le encantan.

—¿Todo bien? —le pregunta él ante su mirada intensa.

Ella parpadea un par de veces, algo avergonzada.

—Sí, sí, estaba pensando.

—Espero que en algo bonito —comenta él bromeando.

—¿Les tomo nota?

La cena es exquisita y ambos están encantados con la compañía.

Laura comprueba una vez más que con Mikel puede hablar de cualquier tema. Siempre tiene algo que decir y, cuando desconoce algo, lo pregunta sin ningún tipo de reparo.

Mikel se siente con Laura en el séptimo cielo, no puede creer que esa chica que tiene enfrente sea casi perfecta. Y dice casi porque la perfección no existe. Es divertida, inteligente, guapísima y tiene una mirada que lo deja sin aliento cada vez que se encuentra con sus ojos.

Después de cenar, dan un paseo sin rumbo hasta que Laura mira el reloj.

—¿Tienes que irte? —le pregunta Mikel.

—No quiero perder el último bus —le responde ella.

—Nada de bus, yo te acompaño a casa. En serio.

—No quiero molestarte...

—¿Molestarme? Me encanta estar contigo.

Se miran con intensidad y Mikel se lame los labios antes de hablar.

—¿Tomamos la última copa de vino en mi piso?

Los dos saben qué significa esa pregunta. Mikel teme un no rotundo, pero le apetece mucho besarla, aunque solo sea eso.

Laura asiente y le sonríe. Ella también quiere besarlo mucho.

Cuando llegan al piso, Mikel prepara un par de copas mientras Laura lo espera admirando las vistas desde el balcón. Inspira con fuerza, quiere dar un paso más con Mikel, pero a veces el miedo la bloquea. ¿Y si se queda pillada por él? ¿Y si no funciona? ¿Y si se le viene a la cabeza Jon? No, eso no. Jon no se merece que esté pensando en él en ese momento.

Mikel le da una copa de vino blanco fresco y se coloca a su lado, apoyando su brazo izquierdo en la barandilla para mirar a Laura.

—A veces me gustaría entrar en tu cabeza —le dice mirándola fijamente.

—¿Estás seguro? —pregunta ella riendo.

—Cuando te veo tan pensativa, sí. Seguro que es un lugar muy interesante.

Laura suelta otra risilla.

—Yo más bien diría que es un lugar complicado.

—No lo pongo en duda y eso es lo interesante.

Laura lo mira coqueta y él clava sus ojos en sus labios rojos.

—¿Puedo?

A Laura la desarma que le pida permiso. Solo falta que hable como un personaje de la Edad Media y que le haga una reverencia. Acabaría desmayada, le gusta demasiado esa época.

Laura se acerca un poco más a su rostro a modo de respuesta y él entreabre la boca. Se aproxima a ella y esa distancia desaparece. Roza su nariz con la de ella y siente su aliento. Le encanta el aroma que desprende Laura. Cuando toca sus labios, toda la piel se le eriza y tiene que cerrar los ojos para no perder el sentido.

—Madre mía —susurra Mikel.

—¿Qué pasa? —le pregunta ella en el mismo tono.

—Creo que ya puedo morir tranquilo.

Laura estira su sonrisa y él también sonríe. Dejan la copa en la mesa casi al mismo tiempo.

Se besan despacio, con todos los sentimientos puestos en ese contacto.

Mikel cree que en cualquier momento empezará a levitar.

Laura nota que todo su cuerpo vibra con ese simple contacto.

Se abrazan casi al mismo tiempo y se besan con más intensidad, como si de repente les hubiera entrado prisa. Es el deseo, que los recorre a ambos por igual. Él siente la presión del pantalón y ella, el calor que palpita en su sexo. Juntan sus cuerpos por ese punto y empiezan a restregarse despacio, los dos piensan que es una tortura maravillosa.

—Joder, Laura...

—Mikel...

Su tono suena entre desesperado y lastimoso. Quieren más. Se besan de nuevo mientras sus manos piden más y más. Se separan respirando agitados y se miran a los ojos para hablar a través de ellos. Mikel le coge la mano y se van hacia su habitación, donde no la suelta para seguir con aquellos besos en la intimidad. Se desnudan el uno al otro con tranquilidad entre besos y mordiscos. Laura suelta algún gemido y él algún que otro taco. Laura lo excita mucho y no quiere correr, con ella no.

Se tumban en la cama desnudos y Mikel baja sus besos hacia uno de los pechos de Laura, donde se recrea un buen rato provocando que ella alce su cadera. Lo necesita dentro, no es solo sexo, es una auténtica necesidad. Solo de imaginarlo, siente que la humedad surge de su epicentro. Está borracha de deseo por él. Se atreve a envolver su pene y Mikel ahoga una exclamación, eso no se lo esperaba y la mira con los ojos vidriosos. Dios, necesita entrar en ella, pero va a hacerlo durar un poco más bajando sus besos hacia el sexo de Laura. Va a tener que concentrarse para no quedar como un auténtico novato, porque el movimiento de la mano de Laura lo está poniendo a cien mil.

Se oyen jadeos, gemidos, respiraciones agitadas, mordiscos y lametones hasta que ella se coloca encima de él. Mikel la mira muy asombrado, pero al mismo tiempo expectante. Que Laura tome la iniciativa lo excita demasiado.

Ella se mueve encima de él dibujando círculos, dándose placer con su sexo erecto. Se miran con deseo hasta que ella se lame los labios muy despacio. Él pone los ojos en blanco, no puede más, va a explotar.

—Necesito coger un preservativo —dice carraspeando porque no le sale la voz.

Ella le sonríe con picardía y se aparta para que Mikel pueda coger el condón. Lo observa colocárselo y se sonríen de nuevo. Están nerviosos, pero se mueren de ganas.

Mikel la abraza y juntan sus cuerpos por todos los puntos posibles. Duda si tomar la iniciativa, pero al final se decide y coloca el cuerpo de Laura debajo del suyo. Con delicadeza, le separa las piernas y se sitúa entre ellas. Sus sexos se tocan y los dos cierran los ojos durante un segundo.

—Me tienes mal, Laura.

—¿Mal?

—Apurado, loco, ansioso.

—Yo siento lo mismo.

Mikel se relaja un poco al saber que a ella le ocurre algo similar. No quiere parecer un novato, pero es como se siente con ella.

Empuja despacio para introducirse lentamente entre sus pliegues. Laura gime flojito y Mikel inspira con fuerza. Se detiene y la observa con detenimiento.

—¿Más? —le pregunta sonriendo.

—Mucho más —le responde ella con ganas de coger sus nalgas y empujarlo con fuerza hacia ella.

—A sus órdenes.

Laura se muerde el labio inferior y se prepara para sentirlo al completo. Mikel sigue entrando hasta que siente que Laura lo envuelve entero.

—Joder —gruñe casi perdiendo la cabeza al notar que ella está muy apretada.

—Sigue... por favor...

Laura siente cierta quemazón, hace mucho tiempo que no se acuesta con nadie, pero quiere que Mikel continúe. Él sale despacio de ella y vuelve a entrar con el mismo cuidado. No quiere hacerle daño, de ahí que observe atento los gestos de Laura. Ella gime de nuevo y cierra los ojos y Mikel entiende que le está gustando tanto como a él.

—Mikel, más...

Él se empieza a mover con más seguridad y más rápido. Ella alza las caderas, quiere sentirlo muy dentro. Gimen, jadean y respiran con dificultad. El deseo está empezando a atraparlos y aceleran el ritmo. Laura curva de nuevo su espalda cuando siente el principio del orgasmo.

—Mikel... ya... ya...

Una explosión de placer le recorre todo el cuerpo y clava sus dedos en la espalda de Mikel, lo que provoca que a él le llegue el orgasmo con rapidez.

—Laura...

Ella tiembla e inspira con fuerza y él siente las convulsiones en todo su cuerpo mientras saborea aquel intenso clímax.

Al cabo de unos largos segundos, calman sus respiraciones, él sale con cuidado y se abrazan de nuevo como si quisieran decirse mil cosas que no se atreven con palabras.

—Quédate a dormir...

—¿A dormir?

—Quien dice dormir dice esto...

Laura suelta una carcajada y, de repente, se siente la persona más feliz del mundo. Está en un nivel diez de felicidad, ¿cuántos años hacía que no se sentía así?

46

DULCE Y AMARGO

Zoe mira el reloj, son las diez de la noche y tenía planeado quedar con alguien por Tinder, pero con la visita del viernes de Ibai se le han quitado las ganas. Ha decidido quedarse en casa para arreglar algunos de sus últimos diseños. De repente, entra un mensaje en su bandeja y lo mira con poco interés pensando que es propaganda, pero no, es del concurso de moda Voilà Mode.

Se muerde los labios nerviosa. Cree que puede ser la resolución del concurso y tiene miedo de que con ese mensaje se acabe la ilusión. No pensaba ganar, pero hasta ahora podía imaginarlo y soñar con ello. Ahora, una vez abra el mensaje, ya no habrá más fantasías. Duda unos segundos, pero al final se decide a abrir el mensaje, total, ya está todo hecho y si no lo abre no va a poder dormir hasta que lo haga.

«Querida Zoe:»

Zoe se levanta de la silla y bebe un trago de agua de la botella que tiene en la estantería. Inspira y suelta el aire resoplando.

—Vale, Zoe, has pasado la primera criba, así que ya puedes estar contenta.

Eso es, debe tomárselo así. En esta vida no todo es ganar. Ya la han elegido entre muchas concursantes, eso ya es una buena recompensa.

Otra voz más flojita le dice por otro lado que sí, pero que estaría tan bien ganar...

Querida Zoe:

Nos enorgullece comunicarle que su trabajo ha sido seleccionado en el primer puesto del Concurso de Moda Voilà Mode. Enhorabuena, ha sido usted la ganadora.

Zoe se levanta de la silla de golpe y se aleja de la pantalla para acercarse de nuevo y leer el mensaje mucho más despacio, quizá lo ha leído mal.

«Enhorabuena, ha sido usted la ganadora...».

—¡¡¡La hostiaaa!!! No, no, no me lo puedo creer, ¿en serio? ¡Aaah!

Sale de la buhardilla y baja corriendo las escaleras mientras grita de alegría.

Martina sale de su habitación y la mira sonriendo.

—¿Qué te pasa?

—No me lo creo, Martina. ¡He ganado el concurso de moda!

—¿¿¿Qué??? ¡Oooh! ¡Felicidades! ¡Qué pasada!

—¡¡¡Sííí!!! Estoy temblando...

Ambas se ríen de la alegría y bajan hacia el salón.

—Chicas, ¿qué os pasa? —les pregunta Mateo extrañado por tanto alboroto.

Zoe abraza a su padre y se echa a llorar de la emoción.

—Eh, Zoe, ¿qué te ocurre?

—Que estoy muy contenta, papá.

Mateo mira a Martina extrañado y Eneka se acerca a ellos con sigilo. No quiere intervenir, pero quiere estar cerca por si la necesitan.

—¿Y por qué lloras?

Zoe suelta una risilla y se separa de su padre. Tiene lágrimas en los ojos y las mejillas, pero su cara irradia felicidad. ¿Y eso?

—Papá, tienes delante de ti a la ganadora del concurso de Voilà Mode.

Mateo abre los ojos sorprendido y boquea como un pez antes de abrazar de nuevo a su hija.

—¡¡¡Enhorabuena, Zoe!!! Es una supernoticia.

—Lo es —le dice ella muy feliz.

—Yo también quiero abrazar a la ganadora —les dice Eneka contenta.

Zoe suelta a su padre y abraza a Eneka con cariño. En ese momento, piensa en su madre e intensifica ese abrazo al imaginarla entre ellos. Eneka le acaricia la espalda con suavidad y la felicita de nuevo.

—¡Esto tenemos que celebrarlo, Zoe! —exclama su padre yendo hacia la cocina.

Las tres se ríen y siguen con las risas cuando ven a Mateo con una botella de champán en una mano y cuatro copas en la otra.

—Papá, a mí no me gusta el champán —le dice Martina entre risas.

—Un día es un día, cariño. Y tengo otra en la nevera preparada para cuando ganes tú, porque ganarás.

—Papá, no digas eso porque no lo creo —se queja Martina.

—Nosotros sí lo creemos —le dice Zoe abrazando a su hermana por la cintura.

Eneka los mira pensando que le encanta estar en esa familia. Mateo es genial, pero sus hijas son igual de especiales.

Mateo sirve la bebida, hacen un brindis sonoro y beben de la copa entre risas.

En ese momento, suena el móvil de Zoe.

—¿Laura?

—Sí, esto... no vendré a dormir. He llamado a papá, pero no lo coge, imagino que estará con Eneka...

—Papá no habrá oído el móvil porque están aquí conmigo. Yo se lo digo.

—¿Qué tienes que decirme? —le pregunta Mateo un poco preocupado.

Laura ha salido a cenar con su jefe, eso lo sabe, y solo espera que ese chico se comporte bien con ella.

—Laura no viene a dormir a casa —le contesta Zoe.

—¿Dónde duerme? —pregunta él sorprendido.

—Mateo, cariño —le regaña Eneka sonriendo.

—Vale, vale. Lo capto —suelta él con rapidez.

—Vale, Laura, ya se lo he dicho.

—Ya os he oído —dice Laura divertida.

—Es el champán —le suelta Zoe con una risilla.

—¿Y eso?

—¡Aaah! Que no te lo he dicho. Siéntate, que esto es fuerte.

Laura sonríe porque está estirada en la cama de Mikel. Él está en la ducha y ella ha aprovechado para llamar a los suyos.

—¡¡¡He ganado el concurso de moda!!!

Laura se sienta de golpe, muy asombrada.

—¡¿Qué dices?! ¡¡¡Felicidades!!!

—¡Ay, sí! Estoy muy emocionada.

—Jo, y yo sin estar a tu lado…

—Tranquila, tú disfruta un poco, que te lo mereces, hermanita.

—Te quiero, Zoe.

Zoe se sorprende al oír esas palabras, no suelen decírselo aunque lo saben de sobra. Quien más lo decía en casa era su madre, pero entre ellas les cuesta más pronunciar esas dos palabras.

—Y yo a ti, Laura.

Mateo mira a su hija con cariño.

—¿Está con Mikel? —le pregunta Martina a Zoe.

—Eso parece —le responde Zoe sonriendo con picardía.

—¡Ay, cómo me alegro por ella! —exclama su hermana juntando sus manos en el pecho—. Ojalá se enamoren mucho.

Mateo, Eneka y Zoe sueltan una carcajada. Les encanta la ingenua sinceridad de Martina.

Vuelven a brindar con las copas y entonces Zoe piensa en Ibai. Quiere llamarlo y contarle que ha ganado el concurso, pero antes quiere decírselo a Xenia.

Zoe

¡¡¡Xeniaaa!!! He ganado
el concurso de moda, ¿te lo
puedes creer? Estoy megacontenta.

Espera un par de segundos, pero Xenia no abre WhatsApp. Imagina que está con Ander, habían quedado para ir a la ciudad. Por lo visto, las hermanas Luna están triunfando esta noche. Zoe sonríe y busca el contacto de Ibai para llamarlo.

—¿Zoe?

—Hola, Ibai, ¿qué tal?

Desde que sabe la situación que vive con su madre, le da un poco de apuro molestarlo, pero necesita hablar con él.

—Bien, ¿y tú?

Zoe oye coches y gente de fondo.

—¿Puedes hablar?

—Sí, sí, claro.

—Solo es un momento. Quería decirte que he ganado el concurso de Voilà Mode...

—¡Guau! ¿De verdad? ¡Enhorabuena! Estarás contenta.

—¡Mucho! Y quería compartirlo contigo. Ahora llamaré a Eli... Aquí en casa estamos con champán.

Ibai se ríe hasta que oye una voz detrás de él.

—Te espero dentro, guapito. No tardes, que te tengo muchas ganas.

Es Iratxe, una vecina con la que se ha acostado alguna vez. Ella lo ha llamado hace un rato para quedar con él en el bar de abajo. Ahora mismo está delante del local y estaba dudando entre entrar o no. Zoe y él no son nada, no tienen ninguna historia entre manos, pero le da la impresión de que si entra allí la estará traicionando de alguna manera.

—Eh, te dejo, Ibai... me llama mi padre.

—Sí, claro. A ver si lo podemos celebrar juntos.

—Sí, claro —dice ella mosqueada.

Zoe ha oído perfectamente a esa chica. Cuelga sin despedirse y se queda mirando el móvil unos segundos mientras piensa que Ibai y ella no tienen un futuro juntos. Tampoco es que ella lo desee, pero por un segundo había pensado que quizá...

—¡Eh, Zoe! Eli te está llamando por el fijo —le dice Martina mientras le pasa el teléfono portátil.

—Eli...

—¡Nenaaa! Que he mirado ahora mismo la web esa para chafardear sobre el concurso y ¡has ganado!

—¡¡¡Sííí!!! ¿No es increíble?

Zoe se aparta de nuevo de los demás para hablar con tranquilidad con su amiga. Charlan durante un buen rato hasta que se despiden casi gritando de la alegría. Vuelve con los suyos que están en salón charlando y entonces empiezan a preguntarle qué va a pasar ahora. La verdad es que no lo sabe porque no ha leído el documento adjunto que había en el correo. Más tarde lo leerá con calma. Ahora mismo necesita asumir ese premio y digerir toda esa dicha.

Está feliz, muy feliz, pero lo de Ibai la ha dejado un poco tocada. Ahora mismo se está follando a otra, sin ningún tipo de problema, ¿por qué cojones no ha hecho ella lo mismo?

47

DONDE EL CORAZÓN TE LLEVE

En realidad, Xenia no sabe cómo ha llegado a esta situación con Ander. Dos meses atrás casi que lo despreciaba y se relacionaba con él por obligación y en cambio ahora...

Lo mira de reojo. Conduce serio y concentrado. ¿Estará pensando lo mismo? Le extraña que no esté coqueteando con ella para terminar lo que han empezado en medio de la calle. Quizá no le apetece, también podría ser eso. De todos modos, prefiere que esto se quede aquí, sigue segura de lo que piensa sobre lo de enrollarse con alguien como Ander. Que sí, que es inteligente, interesante y divertido, pero eso no quita todo lo demás.

La mente de Ander va a mil por hora. Ahora mismo no sabe qué decirle a Xenia. Se gustan, eso lo sabe, pero Xenia es complicada y él no quiere rollos raros. Le gusta vivir la vida tal y como la vive, sin complicaciones, sin responsabilidades y, sobre todo, sin tener que dar explicaciones. Cuando sales con alguien, en mayor o menor medida, siempre tienes que rendir cuentas.

¿Acaso no quería llegar a este punto? Besarla, abrazarla, sentir ese deseo mutuo. Sí, claro, pero ahora no sabe qué paso dar. Tampoco tiene claro qué es lo que quiere Xenia, porque desde que ha entrado en el coche, no le ha dicho ni mu. Tal vez piensa lo mismo que él. ¿Y si le propone que se enrollen de vez en cuando sin más? Probablemente el sexo con ella sea lo más, pero una vocecilla aguda y molesta le dice que eso es una gilipollez: «Acabarás pillado por ella y lo sabes».

Ander aparca frente al camino que va hacia la casa de Xenia y gira la llave del contacto para apagar el motor. Apoya las manos en el volante y suspira.

—Ander, lo dejamos aquí y ya.

Él se vuelve hacia ella y clava sus ojos en los suyos. Está preciosa.

—¿Así de fácil?

—Ninguno de los dos quiere complicarse la vida.

Ander asiente, parece que opinan lo mismo.

—Y, para no complicarnos, es mejor no cruzar más líneas.

—¿Podremos?

—A ver, llévamos años pasando el uno del otro.

Ander sonríe al escucharla. Es cierto, muy cierto, pero en poco tiempo todo ha cambiado entre ellos.

—Eres muy pragmática.

—Soy realista.

—Pero te dejas algo, Xenia.

—¿Qué?

—Que ya no somos los mismos a los ojos del otro.

Xenia sabe que él tiene razón, pero no quiere enredarse en una historia que sabe cómo terminará. Sí, vale, imagina que el sexo puede ser muy satisfactorio con alguien con tantas tablas, pero prefiere no saberlo. ¿Y si después no puede vivir sin eso? ¿Sin él? Solo de imaginarlo, le dan escalofríos.

—No voy a negar esa evidencia, pero en el fondo ambos seguimos siendo dos desconocidos. Y yo prefiero no conocerte más.

Ander abre los ojos sorprendido. Le gusta su sinceridad, pero al mismo tiempo le hiere su amor propio.

—Entonces, no hay nada más que decir. No voy a obligarte a nada.

Ander junta los labios y vuelve la vista al frente. A Xenia le entran mil ganas de besarlo por todo: para que no se sienta mal, porque su perfil es el de un puto dios griego, porque huele demasiado bien, porque quiere volver a sentir sus labios. Pero no hace nada porque entonces sabe que abriría la caja de Pandora y empezarían los problemas gracias a su poco aguante.

—Bien, pues mil gracias por esta tarde. No lo olvidaré nunca.

Ander la mira de nuevo. Han pasado una tarde genial y le alegra ver que su sorpresa le ha encantado. Tuvo que remover cielo y tierra para conseguir esas dos invitaciones con la editorial de la autora. Su intención no era llevarse a Xenia a la cama, esa es la verdad, pero después de ese beso, le quema la entrepierna...

Ander asiente y deja de mirarla porque le cuesta mucho no lanzarse a por esos labios que ya ha catado.

—¿Y si nos damos un último beso?

Ander se vuelve rápido hacia ella. ¿En serio ha dicho eso?

—Ya, ya, suena muy a niña de ocho años, pero así sabremos que es el último.

Él suelta una risilla, esta chica es demasiado para él.

—Te mueres de ganas como yo —le comenta él en un tono ronco.

—Besas bien —le replica ella un poco repipi.

Se miran fijamente, con intensidad, y se acercan despacio el uno al otro.

Un último beso.

Xenia

Mi corazón va a mil por hora. No son nervios, es emoción, ganas y deseo. Todo junto en un cóctel explosivo.

Nos acercamos con lentitud y siento su aliento caliente antes que sus labios. Podía quedarme allí eternamente, es demasiado agradable. Sus labios besan los míos y nos quedamos unos segundos notando aquel cálido contacto.

De mi garganta sale un leve gemido que no controlo y Ander presiona un poco más sus labios mientras una de sus manos rodea mi cuello con suavidad. Desearía que esa mano recorriera otros lugares de mi cuerpo, pero tenemos que portarnos bien, es lo mejor para nuestra salud mental.

Dejo de pensar cuando su lengua busca la mía. Pierdo un poco el sentido y hundo mis dedos en su pelo denso y largo. Nuestras lenguas juegan entre ellas quitándonos el aliento y la respiración. Cuando no podemos más, nos separamos. Ander apoya su frente en la mía y cierro los ojos. Siento su respiración alterada e incluso creo que oigo su corazón, ¿o es el mío?

—El último beso —dice Ander en un murmullo.

—El último —susurro.

Nos separamos casi al mismo tiempo y abro la puerta para salir del coche. No quiero alargar más esta despedida porque al final le diré que me lleve a dónde quiera y que haga conmigo lo que le apetezca.

—Por cierto, Xenia.

Me vuelvo para mirarlo.

—Hasta hoy no he bebido nada, pero ahora mismo necesito irme al bar con mis amigos y ponerme hasta el culo. Apunta otra apuesta perdida.

Frunzo el ceño.

—¿Es culpa mía?

—No, es culpa mía.

Salgo del coche sin decirle nada más. De verdad que no quiero alargar más esto. Quedan solo unos días para que Ander gane aquella apuesta, pero prefiero que la pierda, no quiero ir a cenar con él a solas.

Oigo que se va de allí acelerando como un imbécil.

«Es Ander», me digo para intentar convencerme de que hemos tomado la decisión correcta.

A Ander le importa una mierda la apuesta y su puta madre. Se siente frustrado, muy frustrado y acelera el coche de forma descontrolada. Tiene que agarrar bien fuerte el volante para no salirse de la carretera, pero necesita ese chute de adrenalina en su cuerpo para olvidar lo que acaba de pasar con Xenia.

Volver a besarla ha conseguido ponerlo a mil de nuevo. Pero no es solo deseo, no es solo sexo. Siente cosas raras por ella y ha tenido que morderse la lengua para no decirle que le gusta de verdad.

Que no es como las otras. ¡Qué frase tan cutre! Lo sabe, pero es lo que ha pensado. Xenia es distinta, en todos los sentidos. De ahí que tenga miedo, ¿y si le rompe el puto corazón? Con Eider, su hermana, tiene suficiente sufrimiento y no necesita más dosis de dolor.

Su decisión es la correcta. En unos días, olvidará ese jodido beso y volverá a su vida normal. Ahora mismo va directo hacia el bar a tomar una cerveza, una tras otra, la verdad. Le importa una mierda perder la cena, casi lo prefiere porque no tiene el suficiente valor para salir otra vez con Xenia y disimular lo que siente por ella. Jamás había vivido una situación parecida y se siente entre acojonado y expectante. ¿Tardará mucho en olvidar todo este asunto? Espera que no, siempre ha ido a su rollo y espera seguir haciéndolo.

Cuando entra en el bar, se encuentra a Soraya con un par de amigas. Lo invitan a sentarse con ellas y se bebe una cerveza tras otra como un auténtico yonqui. Al cabo de un par de horas, está borracho perdido y Soraya le prohíbe coger el coche. Ella lo acompaña conduciendo el coche de Ander y, cuando se detiene delante de su casa, lo mira con deseo. Le da igual si está muy borracho, es su oportunidad. Se acerca a él e intenta besarlo, pero Ander le gira la cara.

—No, no beso a nadie.

—¿A nadie?

—Solo a ella —dice Ander abriendo la puerta del coche.

Tropieza, se cae y se levanta para seguir hacia su casa.

—Lo que pasa que ella no me quiere —murmura balbuceando a pesar de que nadie lo oye—. Yo creo que podría enamorarme, pero tampoco quiero eso. Imagina que me deja, que se va con otro, que deja de quererme.

Ander abre la puerta y Soraya se baja del coche y se va mosqueada a su casa. ¿Quién es ella?

Zoe no deja de darle vueltas, ¿quién era esa chica? Por el tono parecía que lo conocía de sobra o quizá no, quizá se acababan de conocer en Tinder. Entonces, ¿por qué Ibai ha respondido a su llamada? Podía haber pasado tranquilamente si estaba con alguien y está claro que estaba con alguien.

«No tardes, que te tengo ganas».

Con esa frase queda todo clarísimo.

Está a punto de escribirle un mensaje, pero no lo hace porque no tiene sentido. Ella misma iba a buscar esa noche a alguien en Tinder para tener un sexo rápido y sin riesgos, ¿por qué no Ibai? Está claro que entre ellos no hay nada, a pesar de que hace un par de días intercambiaron algunas confidencias. Él está en su derecho de acostarse con quien quiera y ella también, como hasta ahora. ¿Es que ha cambiado algo? No, la verdad es que no, pero el detalle de llevarla el otro día a aquel bar le gustó. Y charlar con él de cosas personales también. Pero claro, eso no significa que entre ellos haya algo real.

Se tumba en la cama y mira el cielo a través de la ventana abierta. Está nublado y no puede ver las estrellas, le fastidia ver el cielo tan tapado porque eso significa que probablemente lloverá. No le disgusta la lluvia en especial, pero le cuesta dormir con el ruido de las gotas que caen, le recuerdan a su madre.

—*Salimos, claro que sí.*

—*¡Mamá, que llueve!*

—Solo es agua, no nos va a pasar nada.

Era verano y hacía calor, pero llovía bastante y Zoe no quería mojarse.

—Zoe, déjate llevar.

—Después tendré que quitarme la ropa, secarme...

Su madre sonrió con tristeza, Zoe se perdía demasiadas sensaciones por no salir del camino que ella consideraba que era el correcto.

—Confía en mí, Zoe.

Su madre le ofreció la mano y Zoe la siguió pensando que aquello no era lo normal.

Salieron y una manta de agua les cayó encima. Luna rio y Zoe la miró sorprendida. Luna abrió los brazos y dio algunas vueltas, enseguida cogió a su hija y la animó a hacer lo mismo. Zoe sintió un pellizco en el corazón, aquello le gustaba. Se soltaron y dieron vueltas como dos niñas mientras el agua les caía encima del rostro.

Luna observó a su hija, tenía los ojos cerrados, una sonrisa perenne en los labios y daba vueltas como una peonza. Feliz. Sin preocupaciones. Sin ataduras sociales. Su hija solo tenía doce años, pero parecía mucho mayor, siempre pendiente de todos, preocupándose de sus padres, intentando hacer las cosas bien. Tan seria, tan recta, tan cerebral. Necesitaba que su corazón participara en esa vida tan cuadriculada, necesitaba que afloraran los sentimientos, que los tenía, pero siempre a raya.

Aquel día, Luna había logrado que Zoe se dejara llevar y se había prometido que seguiría ayudando a su hija a ser más pasional. El accidente rompió la promesa y Zoe sigue siendo esa chica que controla su impulsividad con una eficiencia inusitada.

Ibai

No sé si duermes o no,
pero quería felicitarte de nuevo.
¡Enhorabuena, lo has conseguido!
Eres única.

Zoe lee el mensaje dos veces y apaga el móvil. Su corazoncito quiere responder, pero su cabeza le dice que ni hablar. Nunca ha dejado que nadie juegue con sus sentimientos y ahora no va a empezar a hacerlo.

Oye a su madre en el fondo de su cabeza: «Zoe, déjate llevar». Esconde el rostro en la almohada y se echa a llorar.

48

DEL BESO AL ODIO SOLO HAY UN PASO

Xenia

—Yo me casaría con él, en serio te lo digo.

—Gadea, ¿qué dices? A ver, fue una sorpresa increíble, pero no exageres.

Es un lunes lluvioso, de esos que aborrezco porque poca gente sale de casa y parece que estoy sola en el mundo. Por suerte, mi mejor amiga ha optado por pasar a verme un rato. Bueno, ha venido porque por la noche le mandé un audio explicándole por encima cómo había ido la cita con Ander. Esta mañana a primera hora me ha llamado para asegurarse de que no era mentira y ahora está aquí dándome la tabarra.

—A mí me llevan a ver a la Jeni y te digo yo que, acto seguido, le pido la mano.

—Qué burra eres.

—¡Tía, la Jeni! No sé cómo no le has hecho algún favor sexual a Ander.

—Ya te he explicado lo que pasó. No me marees más con el tema.

—¿Se ha pasado por aquí a coger la manzana envenenada?

—No y dudo que se pase en días. Imagino que no está acostumbrado a que una chica no quiera acostarse con él.

Y lo entiendo porque me costó no lanzarme a sus brazos. Ander tiene algo, todavía no sé bien qué es, pero tiene algo especial.

—Debe de tener resaca. Rodri me ha dicho que Soraya tuvo que conducir su coche para llevarlo a casa. Lo dejaste tocado.

—Si siempre va igual —digo con desprecio mientras ordeno los tomates de la caja.

Sabía que iba a ir al bar, él mismo me lo dijo, pero me molesta que estuviera tan bebido que no pudiera ni conducir. ¿No ve que eso es de idiotas?

—Es un puto borracho —dice Gadea con la clara intención de picarme.

La miro alzando una ceja.

—Lo es —le confirmo para que vea que me da igual lo que diga.

—Un puto borracho y un imbécil de mucho cuidado —dice de repente una voz grave que ambas reconocemos al instante.

Hostia puta...

Ander.

—No sé en qué momento perdí la cordura y se me ocurrió acercarme a ti. ¿Sabes? Eres la tía más idiota que me he echado a la cara. Y me suda la polla lo que tengas, porque eso no justifica lo gilipollas que eres.

Está muy enfadado, nunca lo había visto con ese gesto tan airado.

Abro la boca para contestarle, pero me ha dejado muda. He metido la pata hasta el fondo. He dicho aquello sin pensarlo, la verdad, pero da igual, dudo que Ander vaya a creerme. Lo mejor que puedo hacer es apretar los labios y no contestarle. ¿Para qué?

—Y tú, Gadea, cuidado con lo que dices, no vaya a ser que Gorka se entere de que eres igual de gilipollas.

Se da la vuelta y se va directo hacia la puerta.

—Ander... no lo he dicho de verdad... —le dice Gadea de corazón.

Yo sé que es así, que lo ha dicho para que yo saltara. Y yo he respondido aquello para vacilar.

—No, claro.

Cierra de un portazo tan fuerte que se cae una pequeña maceta que tenemos colgada cerca de la puerta.

Gadea me mira y yo hago lo mismo.

—Tía, la hemos cagado —me dice.

Se siente mal, lo sé. Gadea tiene muy buen corazón, aunque a veces diga tonterías. Se suponía que estábamos solas en la tienda y que con esta lluvia nadie iba a entrar. También suponíamos que el último que entraría sería Ander.

Puta mala suerte.

—Qué mal —le digo en un hilo de voz.

—Estaba cabreado.

—Con razón.

—Joder, sí... Pero yo no pienso eso. Y tú tampoco —me asegura.

—Pero él no lo sabe —digo mirando de nuevo la puerta.

—¿Y si hablamos luego con él?

—No, Gadea, déjalo. Que él haga su vida y nosotras, la nuestra. Nos ha oído perfectamente y no hay excusa posible. Le ha dolido y no va a cambiar de opinión.

—Parece que lo conoces bien.

—Un poco, y créeme, mejor no hacemos nada.

Cuando se va Gadea, me da un buen bajón. Entre que estoy sola, la lluvia que no deja de caer y lo de Ander...

Pienso en mi madre, ¿qué me diría en esta situación? Seguro que me animaría a hablar con él, pero paso, no quiero que vuelva a insultarme de esa manera. Ha dolido, aunque lo entiendo, me ha dolido. No me apetece que me ataque de nuevo de esa manera. Recuerdo sus palabras hirientes y se me humedecen los ojos.

«Eres la tía más idiota que me he echado a la cara. Y me suda la polla lo que tengas, porque eso no justifica lo gilipollas que eres».

Se ha referido a mi TEA, claro, y, aunque no se haya metido con mi trastorno, me ha dolido su manera de decirlo. Odio que haya ocurrido todo esto. Prefería mil veces tener que lidiar con él, esquivarlo, evitar lo que siento. Esto es una auténtica mierda.

Me cae una lágrima e intento no llorar, pero es que me siento fatal. Por todo. Por lo que he dicho. Porque él crea que es verdad. Por sus insultos. Por cómo me ha tratado. Por su cara de enfado, sus ojos dolidos, su tono hiriente.

Acabo llorando mientras recojo las piezas de la maceta. Cuando me levanto, miro hacia el exterior. El panorama es deprimente. No entiendo por qué llueve en verano. Me arriesgo a mirar hacia la librería, no puedo evitarlo, y por suerte no veo a Ander. Imagino que tampoco tienen mucho trabajo y que estará en el almacén rodeado de libros, pensando que soy una gilipollas.

Ayer nos dábamos ese último beso y hoy me odia. Genial.

A Ander le gustaría odiarla, pero no puede. Le ha sentado como una patada en los cojones lo que ha oído al entrar en la tienda. No, peor, le ha dado directo en el corazón.

«Puto borracho».

¿De verdad es lo que piensa Xenia de él?

Probablemente Gadea y ella estaban hablando de que anoche se fue fino a casa, Soraya tuvo que conducir su coche. Y lo sabe, sabe que bebió demasiado, que no debería llegar a ese extremo y que ya tiene edad para dejar eso atrás. Pero tenía un buen motivo, necesitaba desconectar, olvidar el puto beso de Xenia y no pensar en nada. O bebía o se drogaba, y las drogas no son lo suyo.

No es un crío, sabe qué está bien y qué está mal, pero escuchar que Xenia piensa así de él no es nada agradable. Y se ha enfadado, mucho. Le ha soltado lo primero que se le ha pasado por la cabeza, casi ni recuerda qué ha dicho, pero la ha llamado gilipollas. Ella se ha quedado callada, como si no supiera reaccionar. ¿Se ha pasado? Quizá sí, pero ella también. Gadea y ella se han pasado tres pueblos.

No le consuela pensar que ahora será todo más sencillo, no le consuela para nada. Aborrece saber que Xenia es capaz de hablar mal de él después de lo que han compartido. ¿No ha significado nada para ella? No lo entiende. Parecía que ambos sentían lo mismo, que ambos temían implicarse en algo más, pero no se esperaba que ella fuese tan despectiva con él.

—Ander, deja ya lo que estés haciendo que vamos a cerrar. Con este tiempo no vale la pena esperar a la hora —le dice Luis.

Él mira su reloj y asiente con la cabeza.

—¿Estás bien, hijo? —le pregunta preocupado.

—Sí, estoy bien.

Durante unos segundos, piensa en explicarle a su jefe todo lo que le pasa. Sabe que lo escucharía y que incluso le daría algún buen consejo, pero prefiere callar y no darle más vueltas al asunto.

—Venga, que debes de tener ganas de llegar a casa y descansar.

—Sí, claro.

La verdad es que no le apetece nada ir a casa, pero tampoco le apetece ver a nadie, así que se irá andando hacia allá bajo la lluvia que no ha dejado de caer en todo el día. Sus padres se han llevado el coche para ir a la ciudad, hoy tenían visita con los médicos de su hermana.

Cuando sale de la librería, Luis le ofrece su paraguas.

—¿Vas andando hasta casa?

Su jefe sabe que tiene diez minutos largos hasta allí.

—Sí, me apetece andar.

—¿Bajo la lluvia? Coge mi paraguas.

—Ni hablar, Luis, a ver si vas a coger una pulmonía por mi culpa.

Luis ya tiene su edad y no está para ir mojándose como un chiquillo bajo esa manta de agua.

—Me mojaré un poco y ya está. Tampoco pasa nada, solo es agua —se justifica Ander.

Luis suelta una risilla.

—Eso mismo le decía yo a mi madre cuando tenía tu edad. Odiaba este trasto —dice señalando el paraguas.

—Nos vemos mañana —le dice Ander echando a andar bajo los balcones de la calle.

Pero da igual, llueve mucho y acaba mojado: la ropa, el pelo, el rostro. Es verdad que no le importa demasiado, en su interior también se siente así de pringado.

Anda a paso tranquilo, no hay nadie por la calle y eso aún lo deprime más. Menuda mierda de día.

—¡Ander!

Se vuelve al oír la voz de Xenia. Va en coche y se ha parado a su altura.

—¿Te llevo?

—Antes prefiero cruzarme con una marcha de zombis.

—Vamos, vas a acabar empapado.

Ander la ignora y sigue su camino mientras Xenia conduce despacio para intentar convencerlo.

—Vamos, Ander, lo siento de verdad. No lo he dicho en serio. Sube, por favor.

—Y una mierda. Tú piensas eso de mí, eso y otras cosas peores.

Xenia para el coche y sale de él corriendo hacia Ander. No sabe qué está haciendo, pero ver a Ander bajo la lluvia y con ese dolor en los ojos puede más que su raciocinio.

—Ander, lo siento. Creo que eres alguien con muchas cualidades. En serio. Eres inteligente, divertido, listo, ocurrente, sabes tener una conversación. Me gusta tu humor, tus bromas, tu manera de hablar y de gesticular. Me pareces alguien... especial.

Ander la mira muy sorprendido. ¿Xenia está diciendo todo eso?

La lluvia los está dejando chorreando a los dos, pero casi ni lo notan. Solo son capaces de ver los ojos del otro. Se acercan casi al mismo tiempo y se besan despacio, bajo aquel manto de agua que cae en sus rostros. Enseguida se abrazan, necesitan sentirse unidos de aquel modo.

—¿Tienes alguna toalla en el coche? —le pregunta Ander sonriendo.

Xenia suelta una risilla.

—Creo que sí, en el maletero.

—Vamos.

Ander coge la toalla y entran en el coche intentando secarse como pueden. Están muy empapados.

—Tápate tú —le dice Ander.

—Soy muy resistente, no te preocupes. Salgo a pasear muchas veces bajo la lluvia, a mi madre le encantaba hacerlo y a mí también.

—Tu madre debía de ser alguien muy especial.

Xenia asiente con una bonita sonrisa.

—Como tú, Ander. Te lo he dicho en serio. No pienso que seas un puto borracho.

—Ni yo que tú seas gilipollas, lo siento.

—Gadea lo ha dicho para picarme, sabe que me...

—¿Qué sabe?

—Que me gustas.

Ander traga saliva porque Xenia es de las pocas personas que van tan de frente con los sentimientos y eso... eso le parece fascinante, tanto como para acabar pillado por ella eternamente.

—Y lo que quería era que te defendiera a muerte y no le he dado el gusto. Pero ninguna de las dos pensamos eso de ti. Al contrario, Gadea me estaba diciendo que debería pedirte matrimonio por la cita de ayer.

Ander suelta una buena carcajada y ella también se ríe con él.

Xenia arranca el coche y en la radio suena Tangana junto a Rosalía. Ambos se miran y se sonríen.

«Antes de morir, quiero el cielo...».

—Hoy no podremos ver las estrellas —le comenta Ander.

Xenia mira al frente porque llueve mucho y debe concentrarse, pero sonríe.

—Hoy cerraremos los ojos y podremos ver que dos personas se besan bajo la lluvia. Es muy de película.

Él se ríe de nuevo y ella también.

A Ander se le ensancha el corazón. Estar con ella es como pasar de un paisaje lleno de niebla a uno totalmente despejado y soleado. ¿Cómo lo hace?

A Xenia le da la impresión de que ha pasado del infierno al cielo, le da igual si está cargado de nubes o si llueve. Se siente en la gloria a su lado y no quiere pensar en el futuro. Quiere vivir el ahora. Quiere sentir lo que está sintiendo en esos momentos.

Quiere estar con Ander.

49

HASTA PRONTO

Martina está nerviosa, cada dos por tres está mirando en internet a ver si han dicho quién es el ganador del concurso de dibujo. Cuando por fin sale el anuncio de que ya tienen el ganador, suelta una exclamación. No cree que ella sea la ganadora, pero la ilusión está ahí.

—Vamos a ver...

«La ganadora de nuestro concurso del Salón Internacional del Dibujo de San Sebastián es Raquel Mapel Rodríguez, con un espectacular dibujo de un grupo de niñas jugando en un parque. Un dibujo que se caracteriza por su realismo y por la combinación perfecta de colores...».

Martina resopla, no ha ganado. Ya se lo imaginaba, pero aún tenía cierta esperanza. No es tan buena como todo el mundo cree, lo sabe, pero no le gusta reconocerlo.

¿Y ahora qué?

Enseguida piensa en Harán, en llamarlo para explicarle que no ha ganado el concurso, pero recuerda que está con su madre y no quiere molestarlo. Ya hablarán. Entonces llama a Nerea, que le contesta al segundo. Martina le explica que ha perdido el concurso y Nerea intenta animarla.

—¿A cuántos concursos te has presentado? —le pregunta.

—Es mi primera vez...

—Entonces, no te agobies, Martina. Tendrás más oportunidades. Además, que no hayas ganado no significa que no les haya gustado tu dibujo. Tienen que elegir a uno.

—Ya...

—¿Sabes cómo me imagino yo que ha pasado?

—¿Cómo?

—Mmm... pues estoy segura de que les gustaban muchísimo tres dibujos y uno de ellos era el tuyo. Los jueces se han pasado cuatro horas en una sala llena de cafés debatiendo cuál era el ganador. No se ponían de acuerdo, pero al final han tenido que elegir uno. Si fuera por ellos, los tres hubieran sido los ganadores.

Martina suelta una risilla al imaginárselo.

—Tienes mucha imaginación —le dice bromeando.

Hablar con ella le ha mejorado el humor de repente. Siguen charlando un poco más hasta que se despiden entre risas. Martina agradece tenerla a su lado en momentos así.

—Martina.

Zoe llama a Martina por la casa porque acaba de buscar la página del concurso en el que se presentaba su hermana. No le había dicho nada, pero lleva dos días pendiente del concurso de Martina.

—Estoy en mi habitación, Zoe —le contesta mientras deja el móvil a un lado.

Zoe aparece arrugando el ceño.

—¿Has visto el resultado del concurso?

Martina asiente con la cabeza.

—¿Estás bien?

—Sí, he hablado con una amiga y me ha animado.

—Imagino que te hacía ilusión, Martina, pero habrá más concursos.

—Lo sé, pero me hubiera gustado ganar. Como tú.

—Yo nunca he ganado nada y tengo dieciocho años. Tú solo tienes quince. Tienes mucho tiempo para ir mejorando. ¿Puedo ver lo que estás dibujando ahora?

Martina le dice que sí y busca el dibujo que tiene en la carpeta, donde una etiqueta indica «últimas creaciones». Saca de allí una lámina y Zoe abre la boca asombrada antes de decir nada. Es su casa, dibujada a la perfección, y en el exterior están Martina y su madre cogidas de la mano.

—Es... es precioso, Martina.

—¿Verdad? Me falta darle un poco de color a la madera y ya estará.

—Creo que necesito que esté en el salón enmarcado...

—¿De qué habláis? —preguntan Laura y Xenia al mismo tiempo.

—Tal vez deberías quitarte esa ropa, Xenia —le riñe Zoe al verla empapada.

—Ahora voy, ¿qué es eso? —pregunta señalando la lámina que tiene Zoe en las manos.

—Es un dibujo de Martina y es increíble.

—Sí, pero no he ganado el concurso —les dice en un tono apagado.

Laura se acerca a ella y la abraza por la cintura.

—Bueno, no todo es ganar. A nosotras nos encanta cómo dibujas —le dice su hermana mayor.

—Sois mamá y tú... Y la casa... —comenta Xenia en un susurro al ver el dibujo.

—Es demasiado bonito —dice enseguida Laura.

—Lo podríamos enmarcar, ¿no creéis? —insiste Zoe.

Martina las mira una a una con orgullo. Compartir aquel disgusto con sus hermanas le ha quitado un peso de encima. Sabe que no está sola, las tiene a todas a su lado.

—Voy a cambiarme un segundo —comenta Xenia desapareciendo con rapidez para aparecer al minuto.

Durante un buen rato, las cuatro charlan sobre el dibujo, sus detalles, el puente de madera, las calabazas... Es que Martina no se ha dejado nada. Y admiran también lo bien que ha dibujado a su madre.

—Podríamos ponerle un marco bonito y colgarlo sin que lo vea papá —sugiere Xenia.

—Me parece una idea estupenda, pero estaría bien comentárselo a Eneka —propone Laura.

—Sí, sí, seguro que le gusta tanto como a nosotras —dice Zoe convencida.

—¿Reunión de pastoras? —pregunta su padre divertido antes de bajar las escaleras—. ¿Cenamos? Eneka ha preparado esa lasaña que os gusta tanto.

Martina esconde el dibujo y bajan todas en tropel, haciéndose bromas entre ellas.

—¿Alguna novedad, chicas? —pregunta su padre divertido cuando se sientan a la mesa.

Adora oír esas risas. Le recuerda mucho al pasado, cuando Luna estaba entre ellos.

—¿Alguna novedad, Laura? —pregunta Xenia soltando una risilla.

Laura sonríe y se sonroja.

—Nada que no sepáis —responde ella antes de comer un buen trozo de lasaña—. Mmm, está riquísima, Eneka. Como siempre.

—Gracias, gracias.

—Por cierto, Xenia, tengo curiosidad —le comenta Laura—. Si hoy te has llevado el coche porque llovía y de la tienda al coche hay dos segundos, ¿por qué has llegado empapada?

Xenia la mira achicando los ojos y le saca la lengua, lo que provoca la risa de todos.

—Seguro que tiene algo que ver con Ander —suelta Martina con naturalidad.

—No quería subir al coche porque estaba... cabreado conmigo y he tenido que salir del coche para convencerlo.

—Vaya, qué romántico —dice Martina provocando más risas.

—¿Y cómo lo has convencido? —le pregunta su padre con curiosidad.

—Sois muy cotillas, ¿no? —les dice Xenia señalándolos a todos con el tenedor.

—¿Un beso bajo la lluvia? ¡Ayyy, no me lo puedo creer! —exclama Laura dando palmadas.

Xenia la mira con la frente arrugada.

—Laura, ¿hablamos de cómo dormiste anteayer?

—Eso si durmió —comenta Zoe con ironía.

Todos se ríen a carcajada limpia, excepto Laura que está a punto de explotar de vergüenza.

—¿Cambiamos de tema? —propone.

—Oye, Martina, ¿cómo va el álbum? ¿Podemos verlo ya? —le pregunta Xenia.

—Sí, tengo muchas ganas de echarle un vistazo —confiesa su padre.

—Solo falto yo, así que casi lo tenemos.

—Qué ganas —comenta Zoe con sinceridad.

Eneka también quiere verlo. Le hubiera gustado conocer a Luna, está segura de que era alguien increíble que educó a sus cuatro hijas con unos grandes valores humanos.

Mateo necesita ese álbum. Quiere leer las anécdotas de sus hijas. Siempre que habla con ellas de Luna descubre algo nuevo y eso le encanta. Es como si siguiera estando entre ellos.

Laura está preparada para saber más cosas de su madre. Ahora se siente fuerte, ha conseguido en apenas dos meses volver a ser esa Laura de antaño. Aún le queda camino, pero está segura de que estaría muy orgullosa de ella.

Xenia está muy ilusionada con lo que ha hecho Martina. Además, ve a su hermana pequeña mucho más contenta y ya hace días que ha dejado de llevar manga larga. Hace poco leyó un artículo sobre los cortes que se hacían algunos adolescentes para despojarse del dolor. En ese momento, supo que Martina se había autolesionado, estaba casi segura. Ahora parece que las cosas están mejor, pero ella no dejará de estar pendiente.

Zoe tiene cierto miedo ante lo que se va a encontrar en ese álbum. Los sentimientos de su padre y de sus hermanas, sus anécdotas, las frases. No quiere acabar llorando mientras lee todo aquello. Todavía añora demasiado a su madre y, aunque intenta ser fuerte, eso le afecta mucho.

Y Martina... Martina necesita dejar su huella en el álbum. Quería ver a Harán por eso mismo, pero como está tan ocupado, va a hacerlo ella sola en cuanto acaben de cenar.

Se sienta en el suelo, en la buhardilla, dispuesta a escribir su anécdota. Pero antes mira al cielo. Ya no llueve, pero está lleno de nubes. Sonríe al pensar en su madre, ella le diría que aunque no las vea las estrellas siguen allí mismo...

Martina

Anécdota:

Recuerdo que entonces tenía seis años y que me tumbé en la alfombra rosa de mi habitación, me abracé las rodillas y escondí la cabeza como pude. Parecía una bolita.

—¿Martina?

—Mami, ahora no puedo hablar.

—¿Qué haces?

—Intento no crecer.

Mi madre se acercó a mí despacio y se sentó a mi lado.

—Así que no quieres crecer...

—Para nada.

—¿Quieres tener siempre seis años?

—Sí, quiero ser siempre así. Y también todos los demás.

—Vale, quieres detener el tiempo.

Me levanté de golpe y abrí mucho los ojos.

—¿Se puede hacer eso, mamá?

—Creo que no, cariño.

—Entonces, seguiré haciendo esto. Gema me ha dicho que así no creces.

—Gema te ha dicho eso... Entiendo.

Quise tumbarme de nuevo, pero mi madre me acercó a ella para sentarme en su falda. Me miró con todo el amor del mundo y la abracé con fuerza. En parte no quería crecer porque no quería que ella envejeciera. Yo deseaba con todas mis fuerzas seguir siendo esa niña feliz con una madre igual de feliz. Y es que mi madre siempre tenía una sonrisa en el rostro, hacía cosas divertidas, nos enseñaba a querernos, a amar la naturaleza, a pensar por nosotras mismas, a respetarnos, a ser mejores personas... Todo esto no lo veía entonces, lo veo ahora. En esa época, veía a alguien la mar de feliz y no deseaba que nada cambiara. ¿Para qué crecer?

—Martina, no debes tener miedo a crecer. Es algo natural y todos lo hacemos. Yo también tuve seis años...

La miré sorprendida porque no podía imaginármelo.

—Y fui muy feliz, como tú, pero cuando creces, también te pasan cosas divertidas, interesantes y a veces inesperadas. Pero el paso del tiempo forma parte de ti y va formando esta personita tan bonita que tengo ahora mismo entre mis brazos.

—Pero no quiero que papá y tú os hagáis mayores.

—¿Por qué no? Yo sí quiero ver cómo creces, cómo vas pasando de curso en el colegio, cómo llegará un día que me pedirás mi pintalabios...

—¿Como Laura?

—Sí, como tu hermana.

—Esa parte sí me gusta —le dije y le provoqué una sonrisa.

—Creo que entre las cuatro me vais a dejar sin maquillaje.

Me reí con ella al oírla reír. Solía contagiarme su risa.

—A ver, Martina, mira hacia el cielo y dime qué ves.

Me volví hacia la ventana con curiosidad.

—Un cielo lleno de nubes.

—Incorrecto.

—Mamá, se ve claro...

—Yo veo un cielo lleno de estrellas.

—¿Cómo?

—No las vemos, pero las estrellas siguen ahí. Como nosotros cuando seamos mayores, cariño.

Miré el cielo de nuevo y sonreí. No la entendí demasiado, pero sí entendí que ella siempre estaría allí para mí.

Seguimos charlando de mi futuro sentadas en la alfombra rosa y me entusiasmé con la idea de que en pocos años pudiera elegir mi ropa, pudiera ayudarla a hacer esa tarta de manzana que le salía tan buena o pudiera tener mis propias llaves de casa.

Cuatro años más tarde, ella desapareció de repente y estuve semanas pensando que ojalá la postura de la bolita hubiera funcionado aquel día.

Frase: Hasta pronto, mamá.

Palabra: Te quiero.

«**Para viajar lejos no hay mejor nave que un libro**».

Emily Dickinson

Gracias por tu lectura de este libro.

En **penguinlibros.club** encontrarás las mejores recomendaciones de lectura.

Únete a nuestra comunidad y viaja con nosotros.

penguinlibros.club